정도전 5

일러두기

1. 이 책의 편집은 정현민 작가의 집필 방식을 따랐습니다.

2. 드라마 대사는 글말이 아닌 입말임을 고려하여, 한글맞춤법과 다른 부분이라 해도 그 표현을 살렸습니다. 의성어, 의태어, 방언 또한 발음대로 표기했습니다. 지문의 경우 한글맞춤법을 최대한 따랐으나 작가의 집필 의도에 따라 고치지 않고 그대로 둔 경우도 있습니다.

3. 대사와 지문에 등장하는 말줄임표나 쉼표, 느낌표와 마침표 등의 문장부호 역시 작가의 집필 의도를 살리기 위해 최대한 그대로 실었습니다.

4. 이 책은 작가의 최종 대본으로 방송된 부분과 다를 수 있습니다.

KBS 대하드라마

정도전

鄭道傳

정현민 대본집

제5권

포레스트북스

차례

기획의도 • 6

드라마 구성 • 9

인물관계도 • 10

인물 소개 • 11

용어 정리 • 18

41회 • 19

42회 • 53

43회 • 85

44회 • 119

45회 • 151

46회 • 185

47회 • 217

48회 • 249

49회 • 283

50회 • 321

기획의도

난세를 종식하고 새 시대를 열어젖힌 '대(大)정치가' 삼봉 정도전!

14세기 후반, 고려.
권력은 수탈의 도구로 전락한 지 오래,
뜻있는 자들이 떠난 묘당廟堂에는 간신들의 권주가만 드높았다.
외적들은 기진맥진한 고려의 산천을 집요하게 파헤쳤고,
삶의 터전을 떠나 유망하는 백성의 행렬이 팔도를 이었다.

난세亂世, 신이 버린 시공간.
희망이 발붙일 단 한 뼘의 공간도 없을 것 같던 그때.
선비로 산다는 것의 의미를 태산처럼 무겁게 아는 젊은이들이 있었다.
수신제가修身齊家하였으니 난세를 다스려
평천하平天下의 도를 세우는 것이 소임이라 믿었던 고려의 젊은 피.
바로, 후세에 신진사대부라 불리는 성균관의 학사들이었다.
그들은 고려의 마지막 희망이었다.

삼봉 정도전도 그들 중 한 사람이었다.
성리학을 바탕으로 땅에 떨어진 대의를 바로 세우고자 노력했지만
공민왕이 죽은 이후 실권을 장악한 이인임에 의해
머나먼 남도의 끝으로 귀양을 가게 된다.

무려 십 년에 걸친 유배와 유랑생활.

그는 절망의 끝에서 자신의 역사적 소명을 찾아낸다. 바로 역성易姓혁명.

그는 백성의 존경을 한 몸에 받던 무장 이성계를 찾아간다.

이 역사적인 만남이 조선의 건국으로 이어졌다.

정도전은 단순한 혁명가가 아니라 치밀한 기획과 비전을 갖고

새로운 문명을 건설한 설계자이자 창조자였다.

조선 건국 이후『조선경국전』과『경제문감』등 숱한 노작을 통해

재상 정치를 근간으로 하는 중앙집권적 관료 체계의 기반을 확립하는 한편,

한양 천도, 사병 혁파와 같은 개혁을 추진하여 새 왕조의 기틀을 다져나갔다.

그러나 왕권 강화를 주장하던 정적, 이방원의 칼에 비운의 죽음을 맞는다.

조선의 건국자이면서도 역적이라는 오명을 쓰고 죽어가야 했던 정도전······.

그러나 그의 철학과 사상은 면면히 살아남아

조선왕조 오백 년을 지탱하는 힘이 되어주었다.

이 나라의 주인은 백성이다!

국민의 눈물을 닦아줄 진짜 정치가가 온다

갈수록 정치에 대한 불신이 깊어지고 있다.

국민의 눈물을 닦아줘야 할 정치가 오히려 한숨과 냉소의 대상이 되어가는 지금.

그럼에도 정치는 계속될 것이고, 우리는 정치에서 희망을 찾아야 한다.

그리하여 우리는 육백여 년 전 백성의 눈물을 닦아주고자 했던

한 위대한 정치가의 삶을 영상으로 복원하고자 한다.

이 드라마는 한낱 야인에서 조선 건국의 주역이 된 정치가,

정도전의 화려한 상에만 초점을 맞추지 않는다.

전장보다 살벌한 정치의 현장에서 언제 닥칠지 모를 죽음의 공포를 벗 삼아
혁명의 길을 뚜벅뚜벅 걸어간 한 인간의 고뇌와 갈등,
그리고 눈물과 고통을 놓치지 않을 것이다.
시청자들은 자신에게 주어진 운명을 거부하고 한계를 뛰어넘고자 노력한
거인巨人의 생애를 통해 큰 감동과 카타르시스를 느끼게 될 것이다.

여말선초라는 미증유의 난세를 살면서도
가슴 속에 대동大同의 이상사회를 품고 역성혁명을 기획하여
역사의 핏빛 칼날 위를 거침없이 질주해 갔던 삼봉 정도전.
그의 파란만장한 생애가 이제 드라마로 펼쳐진다.

드라마 구성

드라마 〈정도전〉은 공민왕이 시해되기 직전인 1374년 가을부터 정도전이 죽음을 맞는 1398년까지 24년간의 이야기를 그린다. 드라마의 내용은 크게 3부로 나뉘며, 제1부의 내용이 1권과 2권에 수록되며, 제2부의 내용이 3권과 4권에, 제3부의 내용이 5권에 수록되어 있다.

·제1부·
천명(天命)
1374~1385년

공민왕 사후, 이인임의 블랙리스트에 올라 유배와 유랑살이를 전전하던 정도전이 혁명을 결심, 이성계와 의기투합하는 시점까지.

·제2부·
역류(逆流)
1387~1392년

정도전이 이성계와 급진파를 규합하여 숱한 역경을 헤치고 조선을 건국하는 시점까지.

·제3부·
순교(殉敎)
1393~1398년

조선왕조 개창 이후 권력의 정점에서 건국 사업을 주도하던 정도전이 요동 정벌을 목전에 두고 이방원에 의해 죽음을 맞는 시점까지.

인물관계도: 주요 갈등구도와 변천

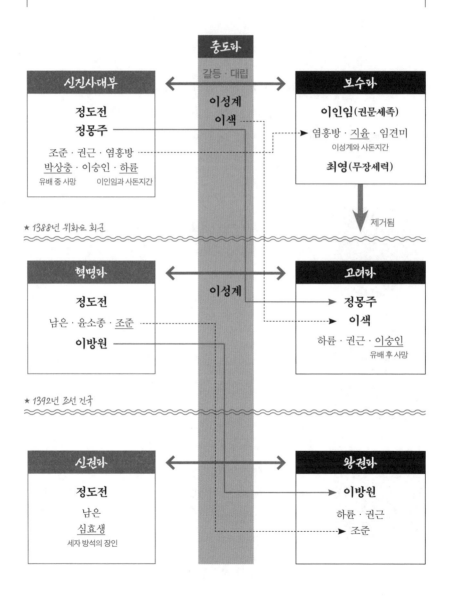

중도파

갈등 · 대립

이성계
이색

신진사대부

정도전
정몽주

조준 · 권근 · 염흥방
박상충 · 이숭인 · 하륜
유배 중 사망   이인임과 사돈지간

보수파

이인임(권문세족)

▶ 염흥방 · 지윤 · 임견미
이성계와 사돈지간

최영(무장세력)

제거됨

★ 1388년 위화도 회군

혁명파

정도전

남은 · 윤소종 · 조준

이방원

이성계

고려파

▶ **정몽주**
▶ **이색**

하륜 · 권근 · 이숭인
유배 후 사망

★ 1392년 조선 건국

신권파

정도전

남은
심효생
세자 방석의 장인

왕권파

▶ **이방원**

하륜 · 권근
▶ 조준

정도전

본관: 봉화(奉化) | 자: 종지(宗之) | 호: 삼봉(三峰)° | 시호: 문헌(文憲)

—

"이 땅의 백성이 살아있는 한, 민본의 대업은 계속될 것이다."
역성혁명을 기획하여 마침내 새로운 왕조를 개창한 대정치가

고려 말의 난세에 절망하지 않고 민본의 이상으로 역성혁명을 기획하여 마침내 새로운 왕조를 개창하고 설계한 위대한 혁명가이자 대정치가. 1392년 7월 이성계를 왕으로 추대하여 조선을 개창한 그는 개국 일등공신이 되어 왕조의 기초를 다지는 데 주력한다.

조선을 강력한 중앙집권국가로 만들고자 노력하며, 무엇보다 민본과 민생의 중요성을 역설했던 그는 토지개혁 등 세제 감면에도 적극적으로 나선다. 그러나 표전문 사건 등 명나라와의 갈등이 그의 발목을 잡고, 요동 정벌을 추진하던 와중에 세자 책봉에 불만을 품은 이방원과 맞서며 대업을 앞둔 마지막 싸움에 부딪힌다.

°   삼봉이라는 호는 단양의 도담삼봉에서 차용한 것이라는 설과 그의 옛집인 개경 부근의 삼각산에서 차명한 것이라는 설이 있는데 본 드라마에서는 그가 꿈꾸는 이상향의 모습을 형상화한 단어로 본다.

이성계

본관: 전주(全州) | 자: 중결(仲潔) | 호: 송헌(松軒)

—

"임금이란 거이 힘은 하나도 없이 허세만 부리는 자리였수다?"
조선을 건국한 조선왕조의 첫 번째 왕

조선의 태조.

1392년, 공양왕을 양위시키고 스스로 임금이 되었다. 즉위 후 휘를 단旦, 자를 군진君晉으로 고쳤다. 국호를 조선이라 정하고 도읍을 한양으로 옮겼다. 건국 과정에서 야기된 숱한 난제들을 특유의 덕망과 뚝심으로 조율하며 새 왕조의 기틀을 다져나간다. 그러나 갓 태어난 왕조, 조선은 걸음마를 떼기도 전에 크나큰 시련에 직면하게 된다.

일찍이 "대업은 또 다른 난세의 시작일 뿐"이라 했던 정몽주의 예언이 맞아떨어진 것일까? 태조가 후처 소생의 막내 방석을 세자로 책봉하면서 급기야 수면 아래 잠복해 있던 갈등이 터져 나온다. 정도전과 이방원으로 양분된 창업공신들 간의 유혈 참극, 바로 제1차 왕자의 난이다!

이방원

본관: 전주(全州) | 자: 유덕(遺德)

"어떻사옵니까? 소자, 제법 군왕다워 보이지 않사옵니까?"
복수의 칼을 빼든 최후의 승리자

이성계와 향처 한 씨 슬하의 5남. 훗날 조선의 태종. 호전적이고 잔인한 구석이 있다. 그에겐 혁명 그 자체가 최선이자 최종의 목표였다. 그에게 정도전의 혁명 방식은 너무나도 학자적이고 번잡할 따름이었다. 이 때문에 그는 수단과 방법을 가리지 않고 고려왕조를 뒤엎으려 했다. 기회를 엿보던 그에게 때가 왔다. 정몽주의 예상치 못한 반격에 혁명파가 지리멸렬해진 것이다. 그는 주저 없이 칼을 빼 들었다. 정몽주를 선지교(후일의 선죽교)에서 격살하면서 그는 역사의 전면에 화려하게 등장한다.

정몽주의 죽음부터 조선의 건국까지는 그야말로 일사천리였다. 그러나 정도전이 주도하는 나라 조선은 왕의 나라가 아니었다. 왕은 허수아비일 뿐이었다. 절치부심의 그에게 하륜이 접근한다. 정도전에 대한 분노가 가슴에 사무친 개국 반대파의 핵심이었던 하륜의 현란한 언변이 그의 마음을 움직였다. 그는 정도전에 대한 복수의 칼을 빼 드는데……

신권파 사람들

—

남은

정도전의 돌격대장. 정도전과 혁명의 시작과 끝을 함께한 진정한 동지. 조선 건국 후 개국 일등공신에 책록되었다. 개국 이후의 혼란한 정국에서도 변함없이 정도전의 곁을 지킨 인물이다.

심효생

세자 방석의 장인이다. 1391년에 문하시중인 이성계의 휘하에서 문하사인으로 있었으며, 이성계를 왕으로 추대하는 조선 개창에 공헌하면서 개국공신에 올랐다. 같은 해, 딸이 세자빈으로 책봉되자 정도전과의 관계가 더욱 긴밀해지면서 정도전, 남은 등과 군사권을 장악하고 요동 정벌을 추진한다.

왕권파 사람들

—

하륜

권문세족이 되고 싶었던 사대부. 이인임의 정치적 수제자. 조선 건국 이후 그의 정치적 입지는 완전히 상실되는 듯했으나 그는 이번에도 어김없이 기사회생한다. 이번엔 이방원이었다. 그는 이방원의 책사가 되어 정도전과 날카롭게 대립해 나간다.

이색

신진사대부의 정신적 지주. 정몽주 등과 더불어 무너져가는 고려를 지키기 위해 사력을 다하지만, 정치에서는 자신이 키워낸 제자들을 당해내지 못했다. 그리고 자신의 제자들에 의해 고문과 유배로 혹독한 시련을 겪는다.

권근

조선 건국 이후 정치적 미아가 되어 방황했으나 결국 뜻을 바꾸어 입조하게 된다. 이성계의 명으로 정릉의 비문을 짓고, 표전 문제로 정도전을 대신해서 명나라에 자진해서 다녀오는 등 정치적 입지를 쌓아간다. 이 과정에서 정도전과 자주 대립한다.

조준

혁명파의 저격수, 토지와 경제 전문가. 토지 문제 해결을 위해 정도전과 손을 잡고 혁명의 대장정에 참여했다. 정도전의 분신과도 같은 최고의 혁명 동지였으나, 건국 이후 노선 차이를 드러내다 요동 정벌 논쟁에서 결별한다.

이성계의 사람들

경처 강 씨

신덕왕후. 고려의 권문세족인 황해도 곡산부 상산부원군 강윤성의 딸로 결단력과 명석함을 겸비한 여인이다. 이성계가 왕으로 즉위하자 현비에 책봉되어 왕후가 되는 동시에 아들 이방석을 기어이 왕세자에 앉히며 이방원과 대립 관계에 선다.

이지란

이성계의 의형제. 호위대장을 자처하는 여진족 귀화인이다. 어눌한 함경도 사투리와 여진족 말이 모국어다. 1371년, 천호로서 부하들을 이끌고 고려에 귀화해 이씨 성과 청해를 본관으로 하사받았다. 이성계와는 숱한 전장에서 동고동락

했다.

배극렴

황산대첩 이후 이성계를 주축으로 하는 무장 출신 계파를 형성했다. 정비 안 씨
에게 공양왕의 폐위와 이성계를 왕으로 윤허하는 교서와 옥새를 강요한 인물로,
이 공으로 일등 개국공신이 되어 성산백에 봉해지고, 문하좌시중에 오른다.

그 외
—

최 씨

정도전의 처. 재물과는 담을 쌓은 남편을 대신해 가계를 책임지는 생활력 강하
고 당찬 여인이다.

득보

정도전의 가내 노비. 정도전을 업어 키운 장본인. 현명하고 꾀가 많다.

용어 정리

DIS(Dissolve) 앞의 장면이 사라지고 있는 동안 새 장면이 페이드 인 되는 것.

E(Effect) 주로 화면 밖에서의 음향이나 대사에 의한 효과를 말함.

F.B(Flashback) 과거의 회상을 나타내는 장면 또는 그 기법.

F.I(Fade In) 화면이 점차 밝아지는 것.

F.O(Fade out) 화면이 점차 어두워지는 것.

INS(Insert) 화면의 특정 동작이나 상황을 강조하기 위해서 삽입한 화면.

Na(Narration) 장면에 나타나지 않으면서 장면의 진행에 따라 그 내용이나 줄거리를 장외에서 해설하는 일. 또는 그런 해설.

O.L(Overlap) 한 화면이 없어지기 전에 다음 화면이 천천히 나타나는 이중화면 접속법.

41회

1 _____ 이성계의 집 마당 안 (낮)

이성계   ...삼봉...

정도전   소신 정도전... 주군께 독대를 청합니다.

일동   (이성계의 반응을 살피는)

이성계   ...내는 인자... 거기 주군이 아이오.

정도전   소신에겐... 주군이십니다.

이성계   (들어가는)

일동   !

조준   삼봉 대감...

정도전   (작심한 듯 뒤따라 들어가는)

이방원   (바라보는)

2 _____ 동 안방 안 (낮)

일각에 옥새가 달랑 놓여 있다. 이성계와 정도전 사이에 침묵이 흐른다.

정도전   (부드럽게) ...어찌 이리 노여워하십니까?

이성계   (홱 노려보는)

정도전   그간 주군의 곁을 지켜드리지 못한 불충... 잘 알고 있습니다. 송구합니다.

이성계   (시큰둥한 어조로) 그래... 그간 어캐 지내셨수까?

정도전   정처 없이 세상 구경을 좀 하였습니다.

이성계   (피식) 내를 이 가시방석에 냅두구서리 거 고약한 양바이구만... 왜... 가서 아예 돌아오지 말지 그랬슴메?

정도전	(엷은 미소) 그럴 생각도 있었습니다. 끝내 결심이 서지 않으면 인적없는 두메산골에서 목을 맬 작정이었으니까요.
이성계	...무시기 결심 말이우까?
정도전	주군...
이성계	거 주군 소리 좀 하지 맙세!
정도전	...옥새를 받으십시오.
이성계	...내는 낙향해서리 조용히 여생을 보낼 거이니 삼봉 선생도 인자... 그만 다 내려놉세. 아! 도성에 있기가 불편하문 가족들 델꾸 동북면으로 오시우다. 내하고 같이 술도 묵고 사냥도 댕기고 또 그 수수께끼 놀이도 가끔 하문서... (빈정대는) 그리 사는 거이 대업이니 뭐니 개지랄 떨문서 사는 것보담은 훨씬 사람답게 사는 거 아이갔슴?
정도전	소신이 불충하고 미욱하여 주군께 약속드린 선위°에는 실패하였으나 군자의 나라를 만들겠다던 함주 막사에서의 약속만은 지킬 것입니다.
이성계	그만하시우다. 대업이고 군자고 내는 인자 미련 없수다.
정도전	주군께서 보위를 거부하시면 세상은 엄청난 혼란에 빠지게 될 것입니다. 지금보다 더한 난세가 백성들을 짓누를 것입니다. (하는데)
이성계	(버럭) 글쎄 내는 아이 한단 말이우다!!
정도전	...
이성계	내 임금 되서리 용상 바닥에 똥 싸지길 때꺼지 살아봤자 십 년, 이십 년이우다! 긴데 지가 임금 되고 싶어서리 임금 줄줄이 갈아치우고 충신들 싹 귀양 보내구, 죽이구, 나중엔 아들내미 시켜 정몽주 모가지까지 따버린 개호로자식 이성계의 이름 석 자는 얼마를 가갔슴메! 백 년! 아니 천 년, 만 년!! ......내가 미쳤다고 그 짓을 하겠수까!

° 왕이 살아서 다른 사람에게 왕위를 물려줌.

정도전	소신이 주군의 이름 석 자 앞에 성군의 칭호를 붙여드릴 것입니다.
이성계	성군? ...이봅소, 선생. 내사 임금이 되믄 제일 먼저 뭐부터 해야 하는지 정녕 모르시우까! 내를 도적이라 생각하는 놈들, 임금 취급도 아이 하는 놈들... 왕씨들, 귀족들, 이색의 사대부들... 그놈들 싸그리 다 때려잡아야 할 거우다!
정도전	그럴 것입니다.
이성계	기란데 성군은 무시기 얼어 죽을 성군!!
정도전	소신이 죽일 것입니다.
이성계	!
정도전	소신의 이름으로, 소신의 손으로 처단할 것입니다. 그것이... 소신이 이번 유랑에서 가슴에 새기고 돌아온 결심입니다. 주군께선 언제나 높은 곳, 밝은 곳으로 임하시어 백성을 덕으로 인도하십시오. 소신은 낮은 곳, 어두운 곳으로 내려가 새 나라의 적들과 싸우겠습니다.
이성계	(보는)
정도전	주군... 옥새를 받아주십시오.
이성계	내는... 기래도 못 하우다.
정도전	(보는)

3 _____ INS - 동 마당 + 대청 안 (낮)

배극렴, 이지란, 조준, 남은, 윤소종, 이방과 등 중신들이 안채를 주목하고 있다. 안채를 바라보는 이방원, 강 씨의 표정에 초조함이 감돈다.

4 _____ 다시 안방 안 (낮)

이성계   포은 선생이 죽는 순간 대업도... 끝난 거입메.

정도전   (울컥) 포은은 죽었지만 포은과의 싸움은 아직 끝나지 않았음을 정녕 모르시겠습니까! 포은이 옳고 우리가 틀렸던 것입니까? 백성을 건사하지 못하는 나라를 무너뜨리고 민본의 나라를 만들겠다던 우리의 대의가 틀린 것이냔 말입니다! 대답해 보십시오!

이성계   내한테 중요한 건 내 정당성을 입증해줄 포은이 죽었다는 거우다. 포은의 시체 우에서 내 임금 할 수 없수다.

정도전   허면 살아 있는 사람들은 어찌합니까! 오늘보단 내일이 나으리란 희망하나 부여잡고 사는 이 가련한 삼한 땅의 백성들은 어찌하냔 말입니다!

이성계   내 임금 아이 해두 백성들 죽지 않수다!! 산 사람은 어캐든 살게 되어 있지비!!

정도전   산다고 다 사는 것입니까! 사람답게 살아야죠! 그것이 우리가 이루고자 한 대업이었습니다!!

이성계   (보는)

정도전   (눈물 그렁해지는) 이 땅에 핍박받는 단 한 명의 백성이라도 살아남아 있는 한... 대업은 끝난 것이 아닙니다.

이성계, 갈등하는데 정도전, 자세를 바꿔 두 손으로 바닥을 짚고 엎드려 조아린다. 이성계, !

정도전   소신, 살아서는 이곳을 나가지 아니할 것입니다... 주군, 엎드려 바라옵건대... 옥새를 받아주십시오.

이성계   (허! 탄식 같은 한숨을 토하는)

5 _____ 동 집 대문 앞 (밤)

민 씨, 걸어온다. 활짝 열린 대문 주변에 모여들어 안을 들여다보는 백성들 사이로 들어간다.

6 _____ 다시 마당 + 대청 안 (밤)

민 씨, 들어와 보면 배극렴 등 중신들이 그대로 있다. 대청 앞 일각에 이방원과 강 씨, 긴장한 표정으로 서 있다.

민 씨   (다가서는) 삼봉 대감이 독대 중이라 들었습니다. 어찌 되었습니까, 영감...

이방원   한때 고성이 오가더니 지금까지 잠잠합니다.

강 씨   (초조한 듯 옅은 한숨)

7 _____ 다시 안방 안 (밤)

불조차 켜지 않은 실내. 이성계가 외면하듯 앉아 생각에 잠겨 있다. 정도전은 4씬의 자세 그대로 조아리고 있다. 이성계, 물끄러미 정도전을 본다.

F.B》**31회 7씬의**

정도전   (부복한 채 눈물을 흘리며) 주군! 오늘 시작은 이토록 미미하고 부족하오나! 언젠가 대업의 문이 활짝 열리는 그날엔! 이 나라 억조창생이 모두 뛰쳐나와 새 나라의 개창과 주군의 즉위를 경하드릴

것이옵니다! 소신이 그리 만들 것이옵니다! 소신, 신명을 바쳐 대
업을 완수하겠나이다!

현재》

이성계, 애잔하게 바라보는 모습 위로...

F.B》37회 33씬의

정몽주   대업은 허상입니다. 또 다른 난세의 시작일 뿐이지요.

현재》

이성계   (무언가 결심한 듯 차분한 어조로) 이봅소, 삼봉...

정도전   ...예, 주군.

이성계   내 보위에 오른다고 해서... 선생 말대루 백성이 사람답게 사는 그
런 세상을 맹글 수 있갔소?

정도전   반드시 그리 만들 것입니다.

이성계   이다음에 내 죽어서리 저승서 포은을 만났을 때 말입메... 포은한테
떳떳하게 보여줄 수 있는 그런 나라... 과연 맹글 수 있갔소?

정도전   소신, 죽을힘을 다할 것입니다. 만들 수 있습니다.

이성계   ...그 말에... 선생의 목숨을 내놓을 수 있수까?

정도전   (보는)

이성계   (보는)

8 ＿＿＿ 동 마당 + 대청 안 (밤)

배극렴 등 긴장해서 서 있다. 문소리에 보면 정도전, 천천히 걸어
나온다. 일동, 웅성댄다.

배극렴	삼봉 대감... 어찌 됐소이까?
일동	(주목하는)
정도전	방금 이 나라에... 새로운 주인이 탄생하였습니다.
일동	(감격과 놀라움의 탄성이 터지는)
강 씨	(울컥) 대감...
이방원	이제 됐습니다! 아버님께서 대업을 이루셨습니다!
강 씨	(눈물이 그렁해서) 방원아...
이방원	(감격스러운) 어머님...

이방원과 강 씨를 바라보는 민 씨의 눈에도 감격의 눈물이 고인다.
정도전, 이방원을 묵묵히 바라보는데...

배극렴	주상전하~~~ 천세~~~!!
일동	천세!! 천세!! 천세!!

이지란, 조준 등의 순으로 '주상전하 천세'를 선창하고 눈물이 글썽
해서 바라보는 강 씨와 감격스러운 표정의 이방원. 정도전, 안채를
바라본다.

9 _____ 다시 안방 안 (밤)

바깥에선 신하들의 천세 소리가 들려온다. 서안 위에 놓인 옥새를
물끄러미 바라보는 이성계.

F.B》31회 1씬의

이인임	이보게 이성계... 불행해지고 싶지 않거든... 용상을 쳐다보지 말게.

이성계	(보는)
이인임	분수에 맞는 자리까지만 탐하시게... 자네에게 용상은... 지옥이 될 것이니 말일세.

현재》

이성계의 얼굴에 기쁨이라곤 찾아볼 수 없다. 쓸쓸하고 헛헛한 이성계의 표정 위로 F.O

10 _____ 해설 몽타주 (낮)

1) 저잣거리 - 백성들, 운집해 있다. 의장대와 악대를 갖추고 면류관을 쓴 이성계가 연을 타고 나아간다. 가마가 뒤따른다. 가마의 창이 열리고 바깥을 내다보는 강 씨, 감격스럽다. 이성계, 묵묵하다.

2) 대궐 뜰 안 - 예복을 입은 배극렴, 이지란, 남은, 윤소종, 조준, 하륜 등 문무백관들이 품계별로 도열해 있다. 이방우를 제외한 이방과, 이방원, 이방번, 이방석 등 왕자들, 신료들 앞에 도열해 있다. 이성계와 강 씨, 행진하여 단상에 오른다. (점프의 느낌으로) 어보를 받는 이성계. 즉위교서를 대독하는 정도전. 이성계 앞에 축하 전문을 바치는 신하들. 단상 곁의 남은이 '국궁 사배 흥 평신~!' 외치면 백관들이 일제히 사배를 올리고, 남은이 '산호~!' 외치면 백관들이 '천세, 천세, 천천세!' 외친다. 정도전, 덤덤히 이성계를 바라보면 좌중을 묵묵히 굽어보는 이성계...

해설(Na)	서기 1392년 7월 17일 마침내 이성계가 왕이 되었다. 이성계는 수창궁에서 즉위식을 거행하고 최고 정무의결기관인 도평의사사, 즉

도당의 인준을 받아 정권의 합법성을 획득했다. 이로써 고려는 건국 475년 만에 역사의 뒤안길로 사라졌다. 왕조가 교체되는 과정에서 적지 않은 정쟁과 옥사가 발생하긴 하였지만 군사력을 동원한 정권 교체가 아니었다는 점에서 조선 건국은 세계사에서 그 유례를 찾아보기 힘든 무혈혁명이었다. 이성계는 정도전이 작성한 즉위교서에서 고려라는 나라의 명칭은 물론 의장과 법제 모두 계승한다고 선언하였는데 역성혁명에 따르는 저항과 부작용을 최소화하기 위한 조치로 풀이된다. 이성계는 이듬해 국호를 조선으로 바꾸고 새 나라의 태조가 된다. 성리학을 국가이념으로 하는 농본주의 국가, 조선왕조 518년의 역사는 이렇게 시작되었다.

11 ＿＿＿ 도당 외경 (낮)

12 ＿＿＿ 도당 안 (낮)

상석에 배극렴, 조준, 정도전, 남은, 이지란, 윤소종 등 재상들이 앉아 있다.

정도전　전하께서 즉위교서에서 열일곱 가지의 편민사목°을 반포하신 이후 종사는 물론 나라의 예법과 풍속이 하루가 다르게 안정되고 있다 합니다.

이지란　(혼잣말처럼) 거참 다행이구만그래…

배극렴　허나 여전히 왕씨를 추종하는 세력들이 잔존해 있으니 이게 문제

°　백성을 편안하게 하는 열일곱 조항의 국가 운영 방침으로 정도전이 지음.

외다.

남은 　새 왕조의 기강을 확립하기 위해 왕씨들을 지방으로 이주시켜야
　　　　　합니다.

윤소종 더불어 구세력의 정신적 기반이 되고 있는 사찰의 특권을 폐지하
　　　　　고 팔관회와 연등회를 없애야 합니다.

조준 　왕씨와 사찰도 문제지만 새 나라의 벼슬을 거부하고 두문동으로
　　　　　들어간 유자들이 더 골칩니다. 가족들까지 합치면 그 수가 수백이
　　　　　랍니다.

이지란 많이도 기어들어 갔구만... 이러이 조정에 관리가 모자랄 수밖에...
　　　　　간나새끼들 성질 같아서는 동네에 불이나 확 싸질러 버렸으믄 좋
　　　　　갔는데...

조준 　부족한 관리들은 오늘부터 실시되는 과거를 통해 충당할 수 있다
　　　　　지만 문제는 민심입니다. 항간에 두문불출°이라는 말까지 만들어질
　　　　　정도라 하니 이러다 자칫 백성들 사이에 고려에 대한 향수가 퍼질
　　　　　까 두렵습니다.

남은 　이게 다 고려파 잔당들에 대한 처결이 뜨뜻미지근해서 벌어진 일
　　　　　입니다. 이색이고 우현보고 간에 폐서인에 귀양이 고작이니... 저들
　　　　　이 간이 부은 것입니다.

배극렴 전하께서 극형에 극구 반대하시니 도리가 없지 않소이까?

윤소종 뭔가 대책을 세우지 아니하였다간 조직적인 저항이나 변란이 일어
　　　　　날 수 있습니다.

배극렴 그렇다고 한번 벌을 내린 사람들을 다시 벌줄 수도 없는 노릇이
　　　　　니... 문하시랑찬성사께선 어찌 생각하시오?

정도전 ...차근차근 순리대로 풀어가야지요. 우선은 당면한 과거부터 치르
　　　　　고 새 나라의 관제를 정비하는 것이 급선무일 것입니다.

°　집에서 은거하면서 관직에 나가지 아니하거나 사회의 일을 하지 아니하다.

배극렴   (수긍하는)

정도전   (무언가 생각하는)

13 _____ 대궐 침전 앞 (낮)

이방원, 초조한 듯 침전을 향해 서 있다. 김 내관, 난처한 얼굴로 나
온다.

이방원   (다가서는) 어찌 되었느냐? 알현을 하시겠다더냐?

김 내관   아뢰옵기 송구하오나 전하께옵서... 물러가라 하셨사옵니다.

이방원   (난감한 듯 옅은 탄식) 다시 아뢰거라. 내 오늘만큼은 아바마마를
뵙고 용서를 구할 것이다.

정도전   (E) 아직은 때가 아닌 듯싶사옵니다.

이방원, 보면 정도전, 다가와 공손히 인사한다. 김 내관, 슬그머니
빠진다.

이방원   삼봉 숙부...

정도전   (감흥 없는 어조로) 그간 존체 강령하셨사옵니까?

이방원   아바마마를 뵈러 오신 것입니까?

정도전   개국 이후 첫 과거가 열리는 날이옵니다. 새 나라의 동량이 될 사
람들이니 전하께서 친견을 하셔야 하지 않겠사옵니까?

이방원   허면... 아바마마께 소생의 알현을 허락해달라 청을 넣어주십시오.

정도전   세월이 약일 것이옵니다. 그만 사가로 돌아가심이 좋을 듯싶사옵
니다.

이방원   (서운한) 숙부님...

정도전	...이제 일국의 왕자시옵니다. 과거의 사사로운 호칭은 받잡기 민망하오니 거두어 주시옵소서.
이방원	(화나는) 계속... 이리 나오실 것입니까?
정도전	(보는)
이방원	정몽주를 죽인 것이 비록 정당한 방법은 아니었으나 불가피하였습니다. 그때 제가 거사를 결행하지 아니하였다면 개국도 없었을 것입니다.
정도전	(옅은 미소) 해서... 공치사를 받고 싶은 것이옵니까?
이방원	(발끈) 적어도 죄인 취급을 받아서는 아니 되는 것이잖습니까!
정도전	...
이방원	제가 아니었다면 숙부님은 지금 이 세상 사람이 아닐 것입니다. 좌명공신 종일품 문하시랑찬성사, 동판도평의사사, 판호조사, 판상서시사, 보문각대학사, 지경연예춘추관사, 의흥친군위절제사 봉화군!!
정도전	...
이방원	내정과 군권을 틀어쥔 실권자, 정도전은 이 자리에 없었을 것이란 말입니다.
정도전	...
이방원	(훅! 숨 내쉬고) 숙부님, 이제 지난 일은 잊으시고 제게 마음을 열어주십시오.
정도전	...살펴 가시옵소서. (인사하고 가는)
이방원	(허! 하는 모습 위로)
정도전	(E) 정안군을 언제까지 멀리하실 작정이시옵니까?

14 _____ 동 침전 안 (낮)

이성계, 정도전과 바닥에 나란히 앉아 주전부리를 하고 있다.

이성계 ...

정도전 전하께서 가장 총애하는 아드님이 아니시옵니까? 이제 그만 용서를 해주시옵소서.

이성계 (대꾸 대신 그릇에서 먹을 것 하나 꺼내 건네는) 이거 함 드셔보시우다. 수라간 나인들 솜씨가 확실히 다르긴 다릅디다.

정도전 (조금 주저하다가 편하게 받아먹는)

이성계 어캐... 드실 만하우까?

정도전 (씹으며, 조금 겸연쩍은 듯) 예... 아주 맛이 좋사옵니다, 전하.

이성계 (어린애처럼 기분 좋은 듯) 그렇수까? (그릇 내미는) 기라문 이것도 마저 드시우다.

정도전 아니옵니다. 괜찮사옵니다.

이성계 (그릇 내려놓고 후~) 내 막상 궐에 들어와 보이 재미난 일은 하나 두 없구, 하지 말라는 것투성이니 요새 이케 주전부리만 늘었수다. (먹는)

정도전 (안쓰러운) 차차... 적응이 되실 것이옵니다. 우선은 용상에 앉는 습관부터 들이시옵소서.

이성계 (어두워지는)

15 _____ F.B - 대궐 침전 안 (밤)

등롱이 밝혀져 있다. 이성계, 용상 앞에 홀로 서 있다. 잠시 주저하는 듯하다가 천천히 앉아본다. 어색함을 감추며 자세를 잡아본 뒤...

이성계	(험! 연습하듯) 밀직은 내 명, (큼) 밀직은 과인의 명을 받들라...
	(험!) 경의 뜻대로 하시오... (어색한 듯 옅은 한숨 내쉬는)
사내	(E) (낮게) 네 이놈.

이성계, 표정이 굳어진다. 홱 뒤를 돌아보면... 아무도 없다.
이성계, 불길하다.

16 _____ 다시 침전 안 (낮)

이성계	(씁쓸한 듯 피식 웃고 일어서는) 과장으로 갑세... 내 오늘 장원하는
	사램은 특별히 중용을 할 것이우다.
정도전	(따라 일어나며) 그리하시옵소서. (하는데)
김 내관	(E) 전하...

일동, 보면 김 내관, 들어와 머리를 조아린다.

이성계	마침 잘 왔소. 과장으로 갈 것이니 어가를 대령하시오.
김 내관	(난감한) 전하... 그것이...
이성계	?
정도전	어가를 대령하라는데 어찌 꾸물대는 것이오?
김 내관	과장에 지금... 아무도 없사옵니다.
이성계	!
정도전	아무도 없다니 그게 무슨 소린가?
김 내관	소과 합격자 중에 이번 대과에 응시한 유생이 한 명도 없다 합니다.
정도전	뭐라?
이성계	(노기가 치미는... 피식) 이자들이 벼슬하기 싫은 모양이구마는...

기라문 그자들 식구들은 한 백 년은 과거 보지 말라 하시우다.

정도전 (이성계에게) 뭔가 착오가 있을 것이옵니다. 소신이 자초지종을 파악할 것이니 너무 심려치 마시옵소서. (서둘러 나가는)

김 내관, 따라 나간다. 분노를 억누르던 이성계, 주전부리 그릇을 걷어차 버린다.

17 ＿＿＿＿ 정도전의 집무실 안 (낮)

정도전, 윤소종, 남은이 앉아 있다.

남은 이색 계열의 유생들이 충신불사이군忠臣不事二君°이라는 명분으로 과거를 거부할 뜻을 밝히자 다른 유생들이 눈치가 보여 과장에 나타나지 못하였다 합니다.

윤소종 이것은 새 나라의 정당성에 대한 명백한 도발입니다. 결코 좌시해선 아니 됩니다.

남은 허나 과거를 보지 않았다고 벌을 줄 수는 없는 노릇이잖소?

윤소종 전하의 권위를 실추시킨 죄를 물으면 될 것입니다.

정도전 백성들의 조롱만 살 뿐일세.

윤소종 대감...

정도전 과거를 다시 치를 것일세. 동정은 재시를 준비해 주시게.

윤소종 이리 미온적으로 대처하였다간 구세력들이 더 심각한 사태를 조장할 것입니다.

정도전 내 말대로 하게.

° 충신은 두 임금을 섬기지 않는다.

윤소종	...알겠습니다. (일어나 나가는)
남은	동정의 말이 맞기는 맞수. 저들의 기를 자꾸 살려줘선 곤란합니다.
정도전	(고심하는) 이보게, 남은.
남은	(보는)
정도전	즉위교서에 적힌 반혁명 세력 쉰여섯 명 중에 아직까지 형이 집행 되지 않은 사람들이 있는가?
남은	장류형˚을 선고받은 자들이 있습니다. 귀양은 떠났지만 아직 형장 은 치지 아니하였습니다.
정도전	형장...
남은	그렇수. 한 사람당 백 대씩이우.
정도전	... (결심한 듯) 형의 집행을 황거정이에게 맡기게.
남은	황거정이한테요?
정도전	(일어나며) 이 말을 같이 전하게...
남은	(보면)
정도전	형을 엄정히 집행하고 돌아오되... 단 한 사람이라도 숨이 붙어 있 다는 소식이 들리는 날엔 자기 목숨을 보전키 어려울 것이라고.
남은	!! ...대감.
정도전	허나 소임을 완수하면 아마도 개국공신의 말석 정도는 차지하게 될 것이라고... 아시겠는가?
남은	...알겠수.
정도전	(나가는데)
남은	대감.
정도전	(멈춰 보는)
남은	정말... 괜찮겠수?
정도전	자네답지 않게 뒷일이 두려운 것인가?

˚   죄인을 형장으로 치거나 귀양 보내는 형벌을 아울러 이르는 말.

남은	뒷일 때문이 아니라 대감 마음이... 감당이 되겠냔 말이오.
정도전	... (쓸쓸한 미소)
남은	(안쓰러운) 대감...
정도전	어째 기억이 좀 가물가물하구만. 그 사람들 이름이나 말해주게. 명복이나마 빌어줘야지.
남은	최을의, 김진양, 이확... 우현보의 아들 우홍수, 우홍명, 우홍득, 목은 이색의 아들 이종학... (망설이듯 말 끊는)
정도전	...종학이가 있었구만... 그게 다였던가?
남은	한 명 더 있습니다... 이숭인요.
정도전	... (쓸쓸한... 나가는)
남은	(엷은 한숨)

18 _____ 초가집 마당 안 (밤)

관졸들에게 끌려 나오는 이숭인. 황거정 앞에 놓인 형틀에 묶인다. 이숭인, 비장하다.

황거정	(찝찝한 표정으로 보다가) 죄인을 쳐라!

관졸의 곤장이 이숭인의 등짝을 후려친다. 이숭인, 컥!

이숭인	네 이놈~!! 니놈이 지금 나를 죽이려 드는 것이냐~!!
황거정	나를 원망하지 마시오.
이숭인	!...뭐라?!
황거정	매우 쳐라!

이숭인의 등짝으로 날아드는 곤장. 이숭인, 으악! 비명을 지른다.

19 _____ 성균관 대성전 안 (밤)

정도전, 굳은 얼굴로 공자의 신위 앞에 배향한다.

20 _____ 다시 초가 마당 안 (밤)

크억! 각혈하는 이숭인. 피가 밴 등짝 위로 사정없이 날아드는 곤장. 이숭인, 이를 악물고 버티는가 싶더니 어느새 축 늘어져 버린다. 불끈 쥐었던 주먹이 스르르 풀린다. 한 대 더 내려치는 형리. 그러나 기척도 없다.

황거정   멈춰라! (다가가 살피는)
이숭인   (죽어 있는)

21 _____ 다시 대성전 안 (밤)

정도전, 신위 앞에 무릎 꿇고 앉아 있다. 무심한 듯하지만 먹먹하다.

정도전   ...잘 가시게... 도은...

22 ___ 다시 마당 안 (밤)

병사들이 둘러서 있다. 멍석 위에 아무렇게나 버려진 이숭인의 시체.

23 ___ 다시 대성전 안 (밤)

정도전의 침통한 얼굴에서... F.O

24 ___ 대궐 뜰 안 (낮)

이방번과 이방석, 걸어 들어간다.

이방번   (E) 아바마마... 그간 옥체 강령하셨사옵니까?

25 ___ 동 현비전 안 (낮)

이성계, 강 씨, 이방번, 이방석이 다과상을 놓고 앉아 있다.

이성계   (흐뭇한) 그래, 그래... 방버이, 방석이 다 그간 별고 없었니?
이방번   그렇사옵니다.
이방석   (미소)
강 씨   (가볍게 찌푸리며) 전하... 이젠 이름을 부르시면 아니 되십니다. 무
              안군, 의안군, 그리 군호를 부르시옵소서.
이성계   (머쓱하게 웃으며) 아들이 하나둘도 아이고 누가 누군지 자꾸 헷갈

이방석	려서 말이오. 그래 우리 막내, 의안군은 요새 어찌 지내는 것이냐?
이방석	왕족의 예법과 경전을 배우고 있사옵니다.
이성계	경전? ...소학 말이니?
이방석	(옅은 미소)
강 씨	(대견한 듯) 소학은 진작에 떼었사옵구 지금은 사서삼경을 읽고 있사옵니다.
이성계	벌써 사서삼경을 배운단 말이오? (방석에게) 어디 그럼 생각나는 거 아무거나 애비 앞에서 한번 읊어 봐라.
이방석	공자께서 말씀하시기를 묵이지지默而識之라 하였사옵니다. 터득한 것은 묵묵히 마음에 새겨야지 입 밖에 내는 것은 옳지 않다 하였사옵니다.
이성계	(놀라운 듯 허! 하고)
강 씨	(대견한)
이성계	(껄껄 웃으며) 이거 막내가 지 형들보다 낫구만그래. (흡족한 표정으로) 이제 방우만 동북면서 돌아오문 내 자식들 걱정은 아이 해도 되겠소.
이방석	큰형님이 도성에 오는 것이옵니까?
강 씨	나라를 열었으니 응당 국본이 서야 하지 않겠느냐? 지란 숙부가 데리러 갔으니 곧 도성에 당도할 것이니라.
이성계	(흐뭇한)

26 _____ 동 침전 안 (낮)

이지란, 긴장해서 앉아 있다. 이성계, 활기찬 기색으로 문 벌컥 열고 들어오며...

이성계	지라이 잘 댕겨왔니?
이지란	(화들짝 놀라 일어나는) 전하~!! 신 참찬문하부사 이지란, 삼가 전하를 알현하나이다~!!
이성계	간나새끼 지랄하고 자빠졌다. (용상 앞에 다가가 멈칫, 작심한 듯 용상에 앉는) 멀대처럼 있지 말구 앉으라우.
이지란	(앉는... 긴장한 기색이 역력한)
이성계	긴데 어캐 혼자 왔니? 방우는 따로 오는 거이니?
이지란	전하... 그, 그거이...
이성계	?
이지란	진안군이 사라졌사옵메다!
이성계	무시기?
이지란	전하께서 즉위하셨다는 소식을 듣고는 며칠 식음을 전폐하다가 소리소문없이 화령을 떴다 하옵메다!
이성계	(부르르 떠는)
이지란	소신이 동북면을 이 잡듯이 뒤졌사온데... 종적이 묘연합메다...
이성계	이놈이 끝까지... 이놈이 끝까지!! (서안을 쾅 내려치는)
이지란	...
이성계	(비탄에 잠기는)

27 _____ 해설 몽타주 (낮)

1) 산길 - 누더기를 걸치고 유랑하는 이방우.
2) 폐가 안 - 술을 마시면서 눈물이 그렁한 채 자조 섞인 웃음을 터뜨리는 이방우. 병색이 완연한 모습에서...

해설(Na)	이방우... 이성계의 맏아들로 어머니는 향처 한 씨, 즉 신의왕후이

다. 일찍이 벼슬에 나아가 예의판서, 밀직부사 등을 역임한 그는 다른 형제들과는 달리 아버지의 역성혁명에 반대하였다. 조선 개국 직후 진안군에 봉해지고 함경도 고원의 전답을 하사받았으나 세상을 등지고 해주에 은거하였다. 이듬해 지병으로 죽으니 그의 나이 40세였다. 본관은 전주, 시호는 경효다.

28 _____ 대궐 뜰 안 (밤)

정도전, 배극렴, 조준이 걸어 들어간다.

이성계　(E) 진안군의 문제를 어찌해야 되겠소?

29 _____ 동 침전 안 (밤)

용상에 침통한 이성계 앞에 정도전, 배극렴, 조준, 나란히 앉아 있다.

배극렴　(난감한) 아뢰옵기 송구하오나 진안군은 이제 포기하심이 옳을 듯 싶사옵니다.

이성계　...포기하면 세자는 어찌하잔 말이오?

조준　근자에 구세력의 저항이 수그러들었다고는 하나 아직은 사직의 안정을 장담하기 어려운 상황이옵니다. 더욱이 전하의 보령, 예순을 바라보고 있사오니 세자의 책봉을 서둘러야 할 것이옵니다.

이성계　그럼... 세자로 누가 좋겠소?

배극렴	예로부터 세상이 태평할 때는 적장자°를 세우고 시국이 어려울 때는 공이 많은 이를 세운다 하였사옵니다.
조준	적장자를 따지자면 차남 영안군이, 공을 따지자면 정안군이 적임일 것이옵니다.
정도전	...
이성계	방과 아이문 방원이... 삼봉의 생각은 어떻슴메?
정도전	두 분 대감의 말씀이 일리가 있사오나 세자는 장차 이 나라의 군왕이 될 국본... 나이와 공 이전에 덕망을 갖춘 자여야 할 것이옵니다.
이성계	덕망...
정도전	부디 왕자들 가운데 가장 어진 이를 택하여 국본에 앉히시옵소서.
이성계	...

30 _____ 이방원의 집 사랑채 안 (밤)

이방원, 민 씨, 조영규, 앉아 있다.

이방원	(날카로운) 일이 정녕 그리되어간단 말이지...
조영규	지금 궐 안에 영안군과 대감 중에 한 분이 세자가 될 것이란 소문이 파다합니다.
이방원	(고심하는)
민 씨	(조영규에게) 고생이 많으셨습니다. 예조전서께선 그만 물러가 보세요.
조영규	예, 군부인 마님. 허면... (일어나 이방원에게 인사하고 나가는)
이방원	...

° 정실이 낳은 맏아들.

민 씨	나이니 공이니 하는 것은 다 구실일 뿐입니다. 결국은 전하께서 누구를 더 총애하느냐에 달린 것입니다.
이방원	예전이라면 모를까 지금은 아바마마의 눈 밖에 나 있는 처지... 시기가 너무 좋지 않아요.
민 씨	시운을 탓하신들 무슨 소용이 있겠습니까? 석고대죄를 해서라도 전하의 용서를 받아내시어요.
이방원	...아바마마보다 삼봉 숙부가 문제요.
민 씨	(보는)
이방원	삼봉 숙부가 세자의 조건으로 덕망을 주장했다지 않습니까? 정몽주를 죽인 것을 빗대어 이 사람은 아니 된다고 에둘러 말한 것입니다.
민 씨	(옅은 한숨)
이방원	삼봉 숙부가 반대하면 아바마마께선 결코 이 사람을 선택하지 않으실 게요.
민 씨	허나 대감께는 삼봉 대감의 힘에 필적할 만한 원군이 있지 않습니까?
이방원	(보는)
민 씨	...
강 씨	(E) 어서 오너라.

31 _____ 대궐 현비전 안 (밤)

강 씨, 이방원과 마주 앉는다.

강 씨	(반가운) 그래... 이 늦은 시각에 어인 일이냐?
이방원	어마마마께 염치 불고 청을 넣으러 왔사옵니다.
강 씨	아바마마의 진노를 풀어달라는 것이라면 걱정 말거라. 안 그래도

내 매일 같이 설득을 하고 있으니 머잖아 용서해주실 것이야.

이방원 그 일이 아니오라 세자 책봉에 관한 것이옵니다.

강 씨 (보는)

이방원 중신들이 아바마마께 방과 형님과 소자를 천거한 것을 어마마마께 옵서도 아실 터... 소자를 도와주십시오.

강 씨 (당황스러운) 정안군...

이방원 소자 단지 세자 자리가 탐나서 이러는 것만은 아니옵니다. 아버님 께서 창업하신 이 나라를 반석 위에 올려놓기 위해서는 부족하나 마 소자가 더 적임이라 여기기 때문이옵니다.

강 씨 너의 재주가 출중하고 개국에 가장 큰 공을 세웠다는 것을 이 애미 가 어찌 모르겠느냐? 허나 세자는 적장자가 되는 것이 동서고금의 상례가 아니더냐?

이방원 적장자 승계의 원칙은 방우 형님이 자취를 감추는 순간 이미 깨진 것이옵니다.

강 씨 (보는)

이방원 방과 형님은 단지 연장자일 뿐이오니 형제들 중 누가 세자가 된다 해도 상례를 어기는 것이 아니란 말씀이옵니다.

강 씨 ... (무언가 언뜻 떠오르는, 심각해지는)

이방원 (망설이는 것이라 여기고) 어마마마... 부디 소자에게 힘을 실어주시 오소서... 어마마마께서 도와주시면 소자, 세자가 될 수 있사옵니다.

강 씨 (생각이 깊은)

이방원 어마마마...

강 씨 (정신 차리고 둘러대듯) 오냐... 내... 곰곰이 생각을 해보마.

이방원 (반색) 감사하옵니다, 어마마마.

강 씨 ...

32 _____ 이방원의 집 마당 안 (밤)

이방원, 들어온다. 기다리고 있던 민 씨, 다가선다.

민 씨 대감, 얘기가 어찌 되었습니까?

이방원 심사숙고하시겠답니다.

민 씨 (조금 실망스러운) 답이 겨우... 그것입니까?

이방원 (미소) 자칫 형제간에 분란이 생길 수도 있는 문젭니다... 해서 즉답을 피하시는 것일 터이니 실망하지 마시오. 어마마만 늘 이 사람의 편이지 않습니까?

민 씨 (찜찜한)

민제 (E) 정안군의 말씀이 옳습니다.

민 씨와 이방원, 보면 민제, 들어온다.

민 씨 아버님...

이방원 (인사) 장인어른...

민제 세자 물망에 오르셨단 얘기가 들려 와봤습니다. (미소) 이 사람은 뭐 도울 일이 없겠습니까?

이방원·민 씨 (미소로 보는)

33 _____ 동 사랑채 안 (밤)

이방원, 민 씨, 민제가 앉아 있다.

민제 중전마마에 대한 전하의 마음이 실로 극진하시니... 도와만 주시면 그야말로 천군만마일 것입니다.

이방원 하오니 너무 심려치 않으셔도 될 것입니다.

민제 (흡족한 듯 끄덕이며) 그래요... 내 세자 문제 때문에 사람을 하나 천거하려 하였더니 굳이 그럴 필요가 없겠습니다그려.

민 씨 천거라니... 그게 무슨 말씀이십니까?

민제 지인 중에 이색의 당여로 분류되어 변두리를 전전하는 사람이 있는데, 다짜고짜 찾아와서는 정안군을 세자로 만들어줄 테니 만나게만 해달라고 조르지 뭐냐?

민 씨 (의아한)

이방원 (흥미가 동하는) 그 사람이 누굽니까?

민제 한때 재상까지 지냈던 자이니 정안군께서도 안면은 있으실 것입니다. 하륜이라구.

이방원 ... (조금 어이없는)

34 ＿＿＿＿ 거리 (밤)

하륜, 민제와 마주 서 있다.

민제 아무래도 다음을 기약해야 할 것 같소. 미안하게 됐소.

하륜 (미소) 대감께서 미안하실 게 뭡니까? 인연이 닿으면 또 만나게 될 것입니다. 다만... 기회가 되시면 정안군께 한마디만 전해주십시오.

민제 말씀하세요.

하륜 세자가 되고 싶다면 배극렴, 조준의 도움을 청하고 중전마마를 멀리하라 일러주십시오.

민제 ? ...아니, 왜요?

하륜	인지상정人之常情˚이니까요... 중전마마도 사람이시니 팔이 안으로 굽지 않겠습니까?
민제	... (의아한)

35 _____ 대궐 현비전 안 (밤)

고심하는 강 씨의 모습 위로...

이방원	(E) 형제들 중 누가 세자가 된다 해도 상례를 어기는 것이 아니란 말씀이옵니다.
강 씨	박 상궁, 게 있느냐?

박 상궁, '예, 마마' 하며 들어온다.

강 씨	전하의 침전으로 갈 것이다. (일어나는) 길을 잡거라.

36 _____ 동 침전 안 (밤)

이성계, 굳은 표정의 강 씨와 마주 앉아 있다.

이성계	무슨 안 좋은 일이 있는 게요?
강 씨	세자에 영안군과 정안군을 놓고 고민하신다 들었나이다.
이성계	(씁쓸한 미소) 그렇소...

˚ 사람이면 누구나 가지는 보통의 정서나 감정.

강 씨	결심은 하셨나이까?
이성계	부인 생각은 어떻소?
강 씨	나이로 보면 영안군이 적임이겠으나 자질은 정안군만 못하옵구, 정안군은 자질이 뛰어나고 개국의 공로가 형제들 중 으뜸이나 덕망이 부족하옵니다.
이성계	(보는)
강 씨	더욱이 정몽주를 격살하여 신망을 잃었사오니 세자로는 어울리지 않습니다.
이성계	허면... 역시 방과라는 것이오?
강 씨	(보다가 눈물 그렁해지는) 참으로 너무 하십니다.
이성계	(의아한 듯 보는)
강 씨	전하의 아들 중에 정녕... 무안군과 의안군은 보이지 않는 것입니까?
이성계	...! 중전...
강 씨	신첩 평생을 전하만 바라보고 살았나이다. 권문세가들로부터 원나라에서 귀화한 부원배의 첩이라는 비아냥을 들으면서도 전하의 건승을 위해 이를 악물고 참아온 세월이 삼십여 년입니다. 신첩이 아무리 공이 없기루 정안군만 못하겠으며, 신첩의 아들들이 아무리 미욱하기루 영안군만 못하겠사옵니까?
이성계	(타이르듯) 고정하시우다. 내 가들 눈에 넣어도 아프지 않을 놈들이오. 허나 아직 나이가... (하는데)
강 씨	전하께서 아직 정정하신데 나이가 무슨 상관이란 말이옵니까? 충신들이 보필하고 석학들이 지성으로 가르친다면 장차 성군이 되고도 남을 아이들이옵니다!
이성계	(일리가 있다 싶은)
강 씨	(간절한) 전하... 세자의 덕목은 나이도 아니고, 공도 아니옵니다. 오로지 덕망이옵니다. 평생을 전쟁터에서 보낸 영안군과 목적을 위해서라면 서슴없이 사람을 죽이는 정안군보다는... 저 때 묻지 않

은 어린 왕자들에게 기대를 거는 것이 낫지 않겠사옵니까?

이성계	...
강 씨	(흐느끼는) 전하... 신첩의 간절한 비원을 외면하지 말아주시옵소서...
이성계	(고심하는)

37 _____ 이방원의 집 안방 안 (밤)

이방원과 민 씨, 앉아 있다.

민 씨	소첩은 중전마마의 일이 계속 마음에 걸리나이다.
이방원	(미소) 부인답지 않게 어찌 이리 초조해하시오? (농담처럼) 세자빈이 되고 싶어 안달이라도 나신 겝니까?
민 씨	(놀란 듯) 예?
이방원	(핏 웃고) 다 잘될 것이니 아무 염려 마시오, 부인... (하는데)
하인	(E) 대감마님...
이방원	무슨 일이냐?
하인	(E) 궐에서 기별이 왔사온데 주상전하께서 찾아계신답니다요.
이방원	!
민 씨	대감...
이방원	(기대감 어린) 다녀오리다. (일어나는)

38 _____ 궐 침전 안 (밤)

이성계 앞에 이방원, 부복해 있다.

이성계	오랜마이구만...
이방원	소자... 그간 뼈를 깎는 심정으로 반성의 시간을 보냈사옵니다. 바라옵건대 소자의 과오를 너그러이 용서해 주시오소서.
이성계	(보다가) 내 니한테 일을 하나 맽길라고 불렀다.
이방원	!... (보는)
이성계	할 수 있갔니?
이방원	무엇이든 하겠사옵니다.
이성계	...

39 _____ 동 현비전 안 (밤)

강 씨에게 고하는 박 상궁.

박 상궁	정안군이 좀 전에 침전으로 드셨사옵니다.
강 씨	알았다... 그만 나가보거라.

박 상궁, 나가고 강 씨, 초조하고 긴장되는...

40 _____ 다시 침전 안 (밤)

이성계	...동북면으로 가라.
이방원	...! (보는)
이성계	거 가서 조상들한테 내 왕에 올랐다고 고하고 묘소를 왕릉으로 싹 뜯어고치고 오라우... 알갔니?
이방원	(혼란스러운)

이성계	어캐 대답이 없니?
이방원	(작심한 듯) 소자... 하나만 여쭙겠사옵니다.
이성계	말하라우.
이방원	세자는... 방과 형님이 되는 것입니까?
이성계	...
이방원	말씀해 주십시오...
이성계	세자는... 의안군... 방석이다.
이방원	!
이성계	...
이방원	(울컥) 아바마마!!

이성계, 이방원, 강 씨의 얼굴에서 엔딩.

42회

1 _____ 대궐 침전 안 (밤)

이방원 세자는... 방과 형님이 되는 것입니까?

이성계 ...

이방원 말씀해 주십시오...

이성계 세자는... 의안군... 방석이다.

이방원 !

이성계 ...

이방원 (울컥) 아바마마!!

이성계 (노기 어린 듯 보는)

이방원 의안군을 세자에 앉히다니요... 이럴 수는 없는 것이옵니다!

이성계 어째서? 가는 내 아들 아니라든?

이방원 이제 갓 코흘리개를 면한 어린아입니다. 의안군이 국본의 자리를 감당할 수 있다고 보시옵니까!

이성계 방석이가 못할 건 또 뭐이니? 그 나이에 벌써 사서삼경을 읽는 놈이다!

이방원 아바마마...

이성계 내 심사숙고해서 내린 결정이니 토 달지 말고 날래 나가라우.

이방원 (버티듯 앉은)

이성계 (보면)

이방원 소자는... 어찌하여 아니 되는 것이옵니까?

이성계 ...

이방원 소자 그간 아바마마와 대업을 위해 목숨을 걸고 싸워 왔사옵니다. 방석이가 어마마마 품에서 어리광을 부릴 때 소자는 아바마마를 대신하여 명나라에 사신으로 갔었사옵구, 벽란도에서 아바마마를 모셔 왔사옵구, 삼봉 숙부와 당여들을 몰살시키려는 정몽주를 죽였사옵니다... 헌데 그런 소자는 어찌하여 아니 되는 것이옵니까?

이성계	...방워이.
이방원	(보는)
이성계	니가 세운 공이 많은 거... 안다...
이방원	!
이성계	애비로서 고맙고 기특하게 생각하는 것 분명히 있지비... 긴데 이 애비는... 니가 임금감이 아니라는 것도... 안다.
이방원	(서운함이 어리는) 어째섭니까?
이성계	전쟁터에서 적을 죽이는 것보다 더 중요한 게 뭔지 아니? 싸우기도 전에 적이 제풀에 항복하게 맹그는 거이야... 그건 칼로 하는 게 아이라... 이 마음... 마음으로 하는 거이다... 내 임금 되는 공부는 아이 했지만 이거 하난 확실히 안다. 임금은 칼이 아이라 마음이다... 긴데 니는 그 마음이 없어... 니는... 임금감이 아이다.
이방원	(억장이 무너지는) ...아바마마...
이성계	그만 나가보라우... (외면하는)
이방원	(이를 악무는)

2 _____ 대궐 앞 (밤)

몸종과 함께 초조한 표정으로 기다리던 민 씨, 궁문을 나서는 이방 원을 보고 다가선다.

민 씨	(불길한) 대감, 어찌 되었습니까?
이방원	(쓸쓸한 듯 피식) 나더러 동북면으로 가서 조상의 묘소를 손보라 하십니다.
민 씨	!... 세자 때문에 부르신 것이 아니었습니까?
이방원	세자에는 방석이를 앉힌다 하셨소.

민 씨	(안색이 변하는) 의안군이라니요?
이방원	...
민 씨	...필경... 중전마마께서 움직인 것입니다.
이방원	(보는)
민 씨	대감이 도와달라 청하였더니 즉답을 하지 않고 돌려보낸 연유가 이것이었습니다.
이방원	그런 말씀 마시오, 부인.
민 씨	분명 중전마마십니다. 그렇지 않고서는 의안군이 간택될 리가 없습니다.
이방원	글쎄 그럴 리가 없다 하지 않습니까!!
민 씨	!
이방원	두 번 다시 그런 말 마시오. 내 아무리 부인이라 해두 어마마마를 모함하는 언사는 참을 수 없습니다.
민 씨	(옅은 한숨) 알겠습니다... 어서 가시어요.

민 씨, 걸음 떼다 멈추면 이방원, 찜찜한 표정으로 멈춰 서 있다.

민 씨	대감...
이방원	(작심한 듯 되돌아 대궐로 들어가는)
민 씨	!

3 _____ 동 현비전 안 (밤)

강 씨 앞에 박상궁, 앉아 있다.

박 상궁	정안군이 알현을 마치고 퇴궐하였사옵니다.

강 씨   무슨 말이 오갔다 하더냐?

박 상궁   대전내관도 그것까진 모른다 하옵구, 전하께서 정도전 대감을 급히 불러들이라 하셨다 하옵니다.

강 씨   ... (조바심을 견디지 못하고) 아니 되겠다. 내가 침전으로 갈 것이다. (일어나 나가는데)

문이 벌컥 열린다. 강 씨, 멈칫 보면 이방원, 들어선다.

이방원   굳이 그러실 필요 없습니다.

강 씨   (긴장) 정안군...

이방원   소자가 말씀드리지요. 아바마마께서 방석이를 세자에 앉히겠답니다.

강 씨   !

이방원   일이 이리된 연유를 어마마마께선 아실 듯하여 왔사옵니다.

강 씨   ...박 상궁은 나가 있게.

박 상궁   (머리 조아리고 나가는)

이방원   (노기를 참으며 선)

강 씨   (이내 차분하게 자리로 돌아가며) 게 앉거라. (앉는)

이방원   (앉고) 의외의 결과이니 놀라시는 것이 당연할 터인데... 어찌 이리 침착하시옵니까?

강 씨   (덤덤히) 어째서 의외의 결과라는 것이냐?

이방원   (보는)

강 씨   세자는 응당 왕자 중에 간택하는 것... 의안군이 세자가 되는 것이 문제라도 되는 양 말을 하니 묻는 것이다.

이방원   ...역시... 어마마마께서 일을 이리 만드신 것이옵니까?

강 씨   아바마마께선 너와 영안군 모두 내키는 눈치가 아니시더구나. 해서 내 다른 왕자들도 있음을 상기시켜 주었느니라. 잘못된 것이냐?

이방원   (조소로 일그러진 표정으로) 정확히 말하면 어마마마께서 배 아파 낳은 왕자들이 있다는 것을 고하였겠지요.

강 씨	정안군!
이방원	(울컥) 도와달라 하였습니다!!
강 씨	(보는)
이방원	도와주시리라 믿었습니다... 철석같이 말이옵니다... 헌데 그런 소자의 믿음을 헌신짝처럼 내던지실 수 있는 것이옵니까?
강 씨	내 더는 들어줄 수가 없구나. 그만 물러가거라.
이방원	(눈가 벌게지는) 어마마마... 이건 소자에 대한... 배신입니다.
강 씨	(발끈) 뭐라?...배신?
이방원	예! 배신 말이옵니다! 아니면 어디 아니라고 말씀을 해보십시오!!
민 씨	(E) 구차하십니다!

강 씨, 보면 민 씨, 굳은 표정으로 들어와 공손히 인사한다.

민 씨	(건조한 말투로) 정안군의 무례를 용서해 주시옵소서...
강 씨	...
이방원	(이를 악무는)
민 씨	(이방원에게 나직이) 그만 소첩과 사가로 가시어요.
이방원	오늘의 일... 결코 잊지 않겠사옵니다. (박차고 나가는)
강 씨	(허! 하는)
민 씨	(인사하고 나가려는데)
강 씨	군부인은 잠깐 서시게.
민 씨	(멈칫 보는)
강 씨	(옅은 한숨 쉬고) 기대가 컸던 만큼 실망 또한 컸겠지... 내일 날이 밝는 대로 다시 입궐을 하라 전하게. 내 성심껏 위로를 할 것이야.
민 씨	아뢰옵기 송구하오나 그건 어려울 듯싶사옵니다.
강 씨	(보는)

민 씨	정안군은 평소 중전마마를 친어머니 이상으로 여겼사옵니다. 정안군은 지금 세자가 되지 못한 실망보다두 어머니를 잃은 것 같은 비통함에 잠겨 있는 것이오니... 당장 입궐키는 어려울 것이옵니다.
강 씨	어머니를 잃다니... 자네의 언사가 참으로 해괴하구나!
민 씨	(태연히 보는)
강 씨	(참자 싶은) 꼴도 보기 싫네... 썩 물러가시게!
민 씨	(인사하고 나가는)
강 씨	(마음이 편치 않은 듯 옅은 한숨)

4 _____ 동 침전 앞뜰 (밤)

민 씨, 나와 둘러보면 일각에 이방원, 홀로 서 있다. 참담한 모습 위로...

이성계	(E) 임금은 칼이 아이라 마음이다... 긴데 니는 그 마음이 없어... 니는... 임금감이 아이다.

이방원, 비틀 한쪽 무릎을 꿇는다. 민 씨, 다가가려다 만다. 이방원, 눈가에 눈물이 고인다. 이를 악무는...

정도전	(E) 의안군이라 하셨사옵니까?

5 _____ 동 침전 안 (밤)

이성계 앞에 정도전, 앉아 있다.

이성계	기렇소... 내 생각을 해봤는데 아들놈들 중에 가가 제일 총명하고 성품도 좋은 것 같습꾸마.
정도전	...
이성계	어캐 가타부타 말이 없슴메? 찬성사도 제일 어진 아를 세자로 앉히라 하지 않았슴?
정도전	...이복형제들과 도당의 중신들이 수긍을 하겠사옵니까?
이성계	걱정할 거 없수다. 아, 내가 임금인데 세자 하나 내 맘대로 못 앉히겠수까?
정도전	의안군의 자질이 훌륭한 것은 사실이오나 세자가 되기에 이른 감이 있는 것 또한 사실이옵니다. 정 그러시면 책봉을 미루시는 것도 방도일 것이옵니다.
이성계	아이오... 시간 끌어봤자 아~들 욕심만 더 커질 거우다. 초장에 결정을 지어놔야 미련도 아이 갖겠지비. 삼봉께선 모른 척 잠자코 계시기만 하문 되오.
정도전	(옅은 한숨)

6 _____ **도당 외경 (낮)**

민제	(E) 이는 천부당만부당한 일입니다!

7 _____ **빈청 도당 안 (낮)**

배극렴, 조준, 이지란, 남은, 윤소종, 민제 등 재상들이 앉아 있다.

민제	경륜 있는 왕자들을 수두룩하게 놔두고 하필이면 막내인 의안군이

라니요! 이 같은 결정을 조정의 대소신료와 백성들이 납득을 할 수 있다 보십니까?

윤소종　민 대감의 말씀이 맞습니다. 세자는 영안군과 정안군 가운데 간택 하는 것이 순리일 것입니다.

배극렴　허나 이미 전하께서 낙점을 하셨지 않으이까? 도당에서 반대를 하 잔 말입니까?

조준　반대를 해서라도 막을 것은 막아야지요. 의안군은 아니 됩니다.

배극렴　(고심하다 정도전의 빈자리를 보고 남은에게) 헌데 문하시랑찬성 사는 어찌 아니 보이시는 게요?

남은　빈청에서 전하께 올릴 개국공신 명단을 검토하고 있습니다.

배극렴　(탐탁잖은) 갑자기 개국공신은 어찌... 지금 그게 급한 것이 아니거 늘...

조준　이러고 있을 시간이 없습니다. 전하를 알현하여 재고해달라 주청 을 드려야 합니다.

배극렴　(고심하는)

조준　좌시중 대감!

배극렴　좋소... 이 사람이 우시중과 전하를 알현하고 오겠소이다.

배극렴과 조준, 나간다.

이지란　(걱정스러운) 이거이... 잘못하다가는 조정이고 왕실이고 죄다 난 장판이 되게 생겼구만그래.

남은　...

8 _____ 대궐 침전 안 (낮)

이성계, 배극렴, 조준, 앉아 있다.

이성계   (불쾌한 빛이 감도는) 지금 의안군은 아니 된다 하셨소?

배극렴   아뢰옵기 황공하오나 의안군은 나이가 어릴 뿐 아니오라 개국에 기여한 공로가 없지 않사옵니까? 의안군은 현명한 선택이 아니라고 사료되옵니다.

이성계   (참고) 과인은 이미 결심을 굳혔소. 허니 더 이상 왈가왈부하지 마시오.

조준   하오나 전하, 장성한 왕자들이 여럿 있사온데 막내를 세자로 삼는 것은 예법에 비추어 바람직한 일이 아니옵니다.

이성계   이보시오, 우시중... 내 태어나서 자란 북쪽 땅엔 절반이 여진족들이오. 그 사람들은 집이구 말이구 다 막내한테 물려주는 거이 원칙이지비. 기래두 잘 먹고 잘 사는 사람들 많소. 장자니 막내니, 다 허튼소리고 자질만 좋으문 세자는 할 수 있는 것이오.

조준   비단 자질만의 문제는 아니옵니다. 세자 책봉은 후대의 권력을 결정짓는 중차대한 일이옵니다. 다른 왕자들이 흔쾌히 수긍하지 아니한다면 왕실의 화합은 깨지게 될 것이구 사직이 흔들릴 우려가 있사옵니다!

이성계   글쎄 과인은 결심했다 하지 않수까!

조준   전하! 새 나라의 천년지대계가 걸린 일이옵니다! 통촉하여 주시옵소서!

이성계   (노려보는)

배극렴   (당혹스러운)

이성계   (보다가 밖을 향해) 내관!!

김 내관, 들어온다. '예, 전하'

이성계   밀직에게 명한 세자 책봉의 교서를 받아 오시오.

조준   !

시간 경과》

김 내관, 조준 앞에 쓰다만 교서와 지필묵을 놓고 나간다. 조준, ?

배극렴   이것이 무엇이옵니까?

이성계   형제들이 세자를 마음에 들어 하지 않고 흔들어대고 그라문 세자를 옹립한 중신들이 지켜주면 되지 않겠소?

조준   !

이성계   그 교서에 우시중이 직접 방석이의 이름을 써넣으시오.

배극렴   !

조준   ...전하...

이성계   어서 쓰시오. 어명이오.

조준   (당혹스러운)

이성계   어명이라는 소리 못 들으셨소?

조준   (갈등하는)

이성계   우시중!

배극렴   전하~ 고정하시옵소서! 간언하는 재상을 이리 겁박하는 것은 온당치 않은 처사이시옵니다!

이성계   (홱 노려보는)

배극렴   전하~!

이성계   (노기를 못 참고 벌떡 일어나 나가는)

배극렴   (후~ 안도하는)

조준   ...

9 _____ 동 침전 앞뜰 (낮)

성난 이성계, 전각을 박차고 나온다. 김 내관을 비롯한 나인들 우르
르 따라 나온다.

이성계   (멈춰 돌아보는) 혼자 있을 것이니 따라오지 말라!

나인들, 흠칫. 이성계, 가면 김 내관 등 나인들이 다시 따라가고...

이성계   (멈춰 버럭) 따라오지 말라잖니!!
김 내관   (울상) 전하...

이성계, 획 걸음 떼다 멈춘다. 이방과를 비롯한 세 명의 왕자들이
인사한다.

이성계   니들이 여긴 어쩐 일이네?
이방과   거두절미하고 말씀드리겠사옵니다. 소자는 애초부터 세자 자리에
연연하지 않았사옵구, 앞으로도 그럴 것이옵니다.
이성계   ...긴데?
이방과   하오나 의안군이 세자가 되는 것에는 수긍할 수 없사옵니다.
이성계   무시기?
이방과   소자가 부족하다면 정안군 방원이가 있지 않사옵니까? 방원이는
왕재로서 하등의 부족함이 없는 녀석이옵니다.
이성계   시건방진 소리 지껄이지 말라우. 세자는 내가 정하는 거이다. 썩 물
러가라우.
이방과   (무릎 꿇는)
이성계   !

왕자들	(일제히 무릎 꿇는)
이방과	의안군이 세자가 되는 날엔 군건했던 형제들의 결속이 깨지게 될 것이옵니다... 지하에 계신 어머님을 생각해서라두 결정을 재고해 주시옵소서...
이성계	(당혹스러운)

10 _____ 이방원의 집 사랑채 안 (낮)

이방원, 민 씨, 민제, 조영규, 조영무가 앉아 있다.

조영규	중추원에서 세자 책봉 교서의 작성이 중단되었다 합니다.
조영무	도당과 왕자마마들의 반대에 전하께서도 심히 당황하시는 눈치라 합니다.
민제	이거 어쩌면 다시 기회가 올 수도 있을 것 같습니다.
이방원	허나 그 사람이 문젭니다.
민제	누구 말입니까?
민 씨	실세들 가운데 아직까지 입장을 밝히지 않는 사람... 삼봉 대감 말입니다.
민제	!
이방원	(생각하는)

11 _____ 빈청 정도전의 집무실 안 (낮)

정도전, 개국공신 명단이 적힌 두루마리를 들여다보고 있다. 남은, 답답한 듯 앉아 있다.

남은	지금 그게 눈에 들어오시우?
정도전	(대꾸 않고 보는)
남은	아, 대감!!
정도전	(내려놓고, 보는) 거 사람... 귀청 떨어지게시리 어찌 이리 언성을 높이시는가?
남은	지금 세자 책봉 때문에 조정이 발칵 뒤집혔는데 뜬금없이 개국공신 명단이나 주무르고 계시니 이러잖수!!
정도전	이것도 중요한 일이잖은가? 말이 개국공신이지 추후 나라의 기틀을 만들어갈 핵심 인물을 추리는 작업이니 말일세.
남은	대체... 세자 책봉에 대한 대감의 의중은 뭐유? 의안군이 되는 것에 찬성이라도 하는 게요?
정도전	... (다시 명단을 보는)
남은	으이구... 나 이거야 원... (하는데)

이방원, 들어온다.

남은	!... (인사) 정안군 대감.
이방원	(공손히 인사) 그간 강령하셨습니까?
남은	아, 예...
정도전	(묵묵히 일어나 인사)
이방원	삼봉 숙부와 긴히 할 얘기가 있어 그러는데 송구하지만 자리를 좀 비켜주실 수 있겠습니까?
남은	(정도전 일별하고) 아, 예... 말씀 나누시옵소서. (휙 나가는)
이방원	(탁자 위 문서 보며) 집무 중에 불쑥 와서 죄송합니다.
정도전	(두루마리를 한쪽으로 치우며) 괜찮사옵니다. 앉으시옵소서.
이방원	(앉으며) 얼핏 보니 이름들이 적혀 있던데... 개국공신들입니까?
정도전	아직은 손을 좀 봐야 합니다. 헌데 하실 말씀이란 것이 무엇이온지요?

이방원	의안군의 문제로 궐이고 관부고 죄다 뒤숭숭한 판국인데 유독 숙부님만 잠자코 계시니 의중이 궁금하여 왔습니다.
정도전	안 그래두 생각을 정리 중에 있사옵니다.
이방원	거두절미하고 말씀드리겠습니다. 의안군은 아니 됩니다.
정도전	어째서 그렇사옵니까?
이방원	허수아비가 될 것이니까요.
정도전	그건 또 어째서 그렇사옵니까?
이방원	방우 형님을 빼더라도 의안군 위로 이복형들만 다섯입니다. 하나같이 만만찮은 권력에 수많은 사병들을 거느리고 있습니다. 의안군의 능력으로는 형제들은 물론 그들을 따르는 가신과 당여들을 장악할 수 없습니다. 그리되면 결과는... 파국일 것입니다.
정도전	만일 의안군이 낙마한다면 대안은 누구를 생각하시는 것이옵니까?
이방원	...소생입니다.
정도전	소인이 찬동하리라 보시옵니까?
이방원	그렇습니다.
정도전	어째서요?
이방원	이건 어디까지나 정치니까요... 좋은 사람과도 뜻이 맞지 아니하면 적이 되는 곳이구, 싫은 사람이라도 뜻만 맞으면 언제든 동지가 될 수 있는 것... 그게 정치이지 않습니까?
정도전	대감과 소인의 뜻이 같다고 보시옵니까?
이방원	그 옛날 숙부님의 사가에서 함께 민본의 대업을 결의했었습니다. 처음부터 숙부님과 소생의 뜻이 다르지 않았습니다.
정도전	중도에 길이 엇갈린 듯싶사옵니다만...
이방원	민본의 나라를 만들겠다는 목표는 같으니 결국엔 어디선가 다시 만날 것입니다. 소생은 그것이 지금이길 바랍니다.
정도전	(옅은 미소)
이방원	왕조를 교체하긴 하였으나 진정한 민본의 대업은 이제부터 시작일

것입니다. 대업의 성공을 위해서는 숙부님의 뒤를 받쳐줄 강력한 왕권이 필요합니다. 대안은 소생입니다.

정도전　(중얼대는) 강력한... 왕권이라...

이방원　...숙부님.

정도전　...

이방원　(일어나 무릎을 꿇는)

정도전　!

이방원　정안군 이방원, 이 순간만은 왕자가 아니라 숙부님을 진심으로 존경하고 따랐던 제자로서 부탁드리겠습니다. 도와주십시오.

정도전　(앉은 채로 보는)

이방원　(간절한)

12 ＿＿＿ 대궐 앞 (낮)

이방원, 걸어 나온다. 기다리고 있던 조영규, 조영무, 다가선다.

조영규　대감... 얘기가 잘된 것입니까?

이방원　(후~) 결과는 하늘에 맡기는 수밖에... (하다가 어딘가 보고 멈칫)

걸어오던 이방번과 이방석, 이방원을 보고 멈춘다.

이방번　(긴장) 혀, 형님...

이방원　(이방석을 뚫어져라 보는)

이방석　(덤덤히) 그간 기체 강령하셨습니까?

이방원　오냐... 중궁전에 드는 것이냐?

이방석　그렇습니다.

이방원	내 한마디만 하마.
이방석	말씀하십시오.
이방원	사람은 각자에게 어울리는 자리가 있는 것이다.
이방석	....
이방원	...아느냐?
이방석	...

일각에서 정도전, 지켜보고 있다.

이방석	압니다.
이방원	허면 니가 어찌 처신해야 하는지도 알겠구나.
이방석	...압니다.
이방원	내 두고 볼 것이다. (가는)

조영규와 조영무, 이방석을 흘겨보고 지나친다.

이방번	(휴~ 안도하고) 의안군, 괜찮은 것이냐?
이방석	가시지요. (하는데)
정도전	(E) 어찌하여 아무 대꾸도 못 하신 것이옵니까?

이방석, 이방번, 보면 정도전, 다가서서 인사한다.

정도전	스스로에게 그토록 자신이 없는 것이옵니까?
이방석	(미소) 어찌 대꾸를 못 했다 하십니까? 할 말은 다 하였습니다.
정도전	?
이방석	이 사람, 이 나라 국본의 물망에 오른 몸이니 처신에 각별히 유의 해야 하지 않겠습니까? 몸을 낮추고 말을 아끼고 타인의 충고에 귀

를 기울인 것뿐입니다.

정도전   (내심 놀라는)

이방석   모름지기 군주가 될 사람이라면 말하는 입보다는 듣는 귀가 중요
하지 않겠습니까? 그리하였을 뿐입니다. (인사하고 가는)

정도전   (보는)

13 _____ 대궐 현비전 안 (낮)

수심 어린 표정의 강 씨, 이방석, 이방번과 앉아 있다.

강 씨   시국이 뒤숭숭한 것은 사실이다만 결과가 뒤집히는 일은 없을 것
이니라... 허니 의안군은 사세에 일희일비하지 말고 의연함을 잃어
서는 아니 될 것이야.

이방석   심려 마시옵소서, 어마마마... 소자, 마음의 준비가 되어 있사옵니다.

강 씨   (대견한 듯) 오냐... (하는데)

박 상궁, 들어온다.

박 상궁   중전마마...

강 씨   무슨 일인가?

박 상궁   삼봉 대감이 세자 책봉의 일로 전하를 알현하고 있다 하옵니다.

일동   !

14 _____ 동 침전 안 (낮)

뚱한 표정의 이성계, 정도전과 앉아 있다.

정도전   용안에 노여움이 가득하시옵니다.

이성계   (씁쓸한 듯 피식 웃는) 임금 이거 말짱 빛 좋은 개살굽메다. 세자
           하나 책봉하는 것도 맘대로 못 하니 원...

정도전   전하께옵서도 그럴진대... 의안군이 장차 용상을 감당할 수 있겠사
           옵니까?

이성계   (보는) ...삼봉도 반대하는 거우까?

정도전   ...

15 _____ 동 침전 앞뜰 (낮)

이방원, 조영규, 조영무 등과 들어와 보면 남은, 윤소종, 조준 등 긴
장한 표정으로 서 있다.

이방원   (조준에게 다가서는) 우시중 대감...

조준   (일행과 함께 인사하고) 오셨사옵니까?

이방원   삼봉 숙부가 독대를 하고 있다 들었습니다. 숙부님의 의중을 들으
           신 게 있습니까?

조준   양단간에 결판을 짓고 나올 것이니 결과에 따라 달라는 부탁만 있
           으셨습니다.

이방원   (보는)

16 _____ 다시 침전 안 (낮)

정도전 반대가 아니오라... 전하의 의지를 여쭙는 것이옵니다.

이성계 의지?

정도전 ...의안군은 훌륭한 왕재이오나 세력이 없고 경륜이 일천한 것 노한 사실이옵니다. 그런 의안군이 국본을 거쳐 보위에 오르기까진 수많은 난관이 있을 것이옵니다. 그래도 하시겠사옵니까?

이성계 ...그렇소.

정도전 (보는)

이성계 설령 삼봉이 반대를 한다 해두 내는 그리할 거우다. 내 보기에 방석이는 성군이 되고도 남을 놈이우다.

정도전 (보다가 소매에서 두루마리를 꺼내 서안 위에 공손히 올리는) 하오시면... 이것을 보아주시옵소서.

이성계 (보지도 않고) 그게 뭐우까?

정도전 개국공신의 최종 명단이옵니다.

이성계 (펼쳐 보는)

정도전 초안에는 화령에서 돌아가신 왕후마마 소생의 왕자들 이름이 모두 들어 있었사옵니다. 특히 정안군은 개국 일등공신에 올라 있었사온데... 소신이 모두 삭제하였사옵니다.

이성계 (보는)

정도전 의안군이 세자가 되는 순간, 왕자들은 형제에서 정적이 되는 것이옵니다. 힘을 빼앗고, 견제하고, 감시해야 할 대상이 된단 말이옵니다. 전하께서 이것을 윤허하신다면... 소신, 의안군을 따를 것이옵니다.

이성계 (고심하는)

17 _____ 다시 침전 앞뜰 (낮)

정도전, 숙연한 표정으로 걸어 나온다. 조준, 남은, 윤소종, 다가선다.

윤소종　대감, 결정이 난 것입니까?

잠시 대꾸를 망설이는 정도전의 시야에 이방원 일행이 보인다.
이방원, 긴장한 표정으로 정도전을 바라본다.

남은　아, 어찌 되었냐니까요!

정도전　...곧 도당과 관부에 전하의 교지가 하달될 것이니 의안군의 책봉식
　　　　준비들을 해주시게.

남은　!!

조준　지금... 의안군이라 하셨습니까!

이방원　(신음처럼 허! 낮게 토하는)

윤소종　대감!

정도전　...만전을 기해주시게. (이방원에게 인사하고 걸어가는데)

이방원　(E) 삼봉 숙부!!

정도전　(멈칫)

이방원　왕자의 체면도 내던지고 간, 쓸개까지 빼주었거늘... 이러실 수가
　　　　있는 것입니까!!

정도전　(보는)

이방원　(부르르 떠는)

정도전　소신은 소신의 뜻에 맞는 분을 선택하였을 뿐이옵니다... 이건 어디
　　　　까지나... 정치니까요. (가는)

조준 등 마뜩잖은 표정이다. 이방원, 정도전을 노려본다. 정도전,

결연한 표정으로 걸어간다.

18 _____ 몽타주 (낮)

1) 대궐 뜰 안 - 배극렴, 조준, 정도전, 남은, 이지란, 민제, 윤소종 등 백관들, 도열한 가운데 이방석에 대한 책봉식이 진행되고 있다. 이성계, 이방석에게 사첩을 내려주고, 이방석, 인사한다. 강 씨, 감격스럽다. 이방원, 이방과, 이방번 등 왕자들, 한편에 도열하여 굳은 표정으로 지켜본다. 조영규, 조영무와 나란히 말석에 서 있는 하륜은 이방원을 묵묵히 본다.

2) 빈청 정도전의 집무실 안 - 정도전, 윤소종을 비롯한 관원들과 함께 수북이 쌓인 사초를 분류한다. 윤소종과 함께 사초를 보며 담소한다.

3) 대궐 앞 - 정도전, 사신단을 이끌고 나아간다. 배웅 나온 이방석, 윤소종, 남은, 조준 그리고 일각의 최 씨와 득보. 걱정스러운 배극렴의 표정에서...

해설(Na) 서기 1392년 8월 의안군 이방석이 세자에 책봉됐다. 9월에는 개국공신의 책봉이 이루어졌는데 배극렴, 조준, 정도전, 남은, 이지란 등 모두 52명이었다. 그러나 정몽주를 격살하여 건국의 결정적인 계기를 마련한 이방원을 비롯한 왕자들은 이성계와 공신들의 견제로 단 한 명도 이름을 올리지 못하였다. 이후 정도전의 건국사업이 본격화되었다. 윤소종과 더불어 고려사의 편찬을 시작하였는가 하면 병사들의 훈련을 위해 '오행진출기도'와 '강무도'라는 병서를 지어 이성계에게 바쳤다. 10월에는 명나라 황제 주원장이 이성계의 즉위를 인정하는 문서를 보내오는데, 이성계는 왕조창업의 전

말을 알리고 양국의 우호 증진을 위해 정도전을 사신으로 파견한다. 그리고 얼마 후... 배극렴이 죽었다.

19 _____ 대궐 침전 안 (낮)

조금은 맥없이 앉아 슬픔에 잠겨 있는 이성계...

F.B》26회 37씬의

배극렴 (고심 끝에 벌떡 일어나는) 우도통사 장군.
이성계 (보면)

배극렴, 걸어 나와 이성계 앞에 한쪽 무릎을 꿇어앉는다.

배극렴 목숨을 걸고 간하겠습니다... 회군해 주십시오.
이성계 !
배극렴 지금 나라를 구할 길은 그것뿐입니다.
이성계 배 장군...

현재》
이성계, 눈물을 떨군다.

20 _____ 해설 몽타주

1) 일실 안 (낮) – 평온히 잠든 배극렴의 시신...
2) 배극렴의 자료화면 위로...

해설(Na) 배극렴… 공민왕 대에 출사하여 진주, 욕지도, 울주 등지에서 수차 례 왜구를 격퇴하며 이름을 떨쳤다. 위화도 회군 이후 정도전, 조준 등과 더불어 이성계를 왕위에 올리는 데 큰 역할을 하였다. 조선 개국 일등공신으로서 초대 문하좌시중을 역임하다 예순여덟의 나 이로 죽었다. 본관은 경산, 시호는 정절이다.

21 _____ 대궐 외경 (밤)

22 _____ 동 침전 앞 복도 (밤)

이지란, 걸어온다. 김 내관, 나직이 '대감' 하며 인사한다.

이지란   뭔 일 있슴메? 전하께서 어캐 이 야심한 밤에 내를 찾는 거우까?
김 내관   소인도 사정은 잘 모르옵나이다.
이지란   …고하시우다.
김 내관   전하~ 참찬문하부사 입시이옵니다.
이성계   (E) 드시라 해라.
이지란   (큼, 들어가는)

23 _____ 동 침전 안 (밤)

이성계 앞에 머리를 조아리고 앉은 이지란. 이성계, 묵묵히 지켜보 고 있다.

이지란	전하... 소신을 찾으신 연유가 무엇이옵메까?
이성계	중전이 그라는데 니... 장가간다매?
이지란	!... 아, 그러니끼니 고거시... 중전마마께옵서 과년한 조카딸이 하나 있다 해서리...
이성계	간나새끼... 성님은 이 골방에 처박아 두고 니만 재미 보니?
이지란	아, 고것이 고러니끼니 고런 것이 아이고... 소신은 아이 할라 기켰는데...
이성계	내 안다... 우리 어린 세자 마이 도와달라고 중전이 신경 써준 거 아이갔니... 챙피해할 거 없다... 방석이하고 중전 마이 도와줘라이.
이지란	아, 예! (우렁차게) 성은이 망극하옵메다!
이성계	지랄한다... 야, 지라이...
이지란	(바짝 긴장) 예, 전하.
이성계	성니메 소리 한번 해봐라.
이지란	!... (보는)
이성계	사램들이 다 내 앞에만 오문 똥 마려운 강아지처럼 전전긍긍해대이 내 속이 답답해서 뒤질 거 같다... 니라도 좀 편하게 해봐라... 자, 그 큰소리로 성니메~ 해봐라.
이지란	전하... 그 어인 망극하신,
이성계	(버럭) 지랄하지 말고 성니메 소리 지껄여 보라잖니!
이지란	(난감한) 전~하...
이성계	(우쒸! 하더니 벌떡 일어나 다가앉는)
이지란	(움찔하는)
이성계	(짓궂어지는) 어명이다... 날래 아이 하문 참형에 처해서리 저자에 모가지를 매달아 버리가서...
이지란	!... (보는)
이성계	자, 편히 해보라우... 성니임~...
이지란	(망설이는)

이성계	(기대)
이지란	(큼, 헤실대며) ...전하, 이카시문 아이 되옵메다.
이성계	간나새끼... 니네 동네 가라! (있는 힘껏 콱 쥐어박는)
이지란	아! (울컥) 이런 쌍, 성니메!!

이성계, 홱 보고, 이지란, 아차 싶다. 이성게, 이내 킥 웃너니 파안대소한다. 이성계를 바라보는 이지란의 얼굴에 짠한 미소가 감돈다. 이내 웃음소리 잦아들면 후~ 숨 내쉬는 이성계.

이성계	그래 그 소리였다... 지란아.
이지란	(뚱하게) 야.
이성계	내관들 몰래 바깥 구경하러 가자.
이지란	!
이성계	(씨익 웃는)

24 _____ 저잣거리 (밤)

왕래하는 행인들 틈에 도포 차림으로 갓을 눌러쓴 이성계, 이지란과 나란히 걷는다.

이성계	아, 이제야 좀 사는 것 같구만기래.
이지란	고삐 풀린 망아지처럼 뛰어댕기던 양바이니 오죽하겠슴메. 말이 좋아 임금이지 새장 속에 갇힌 새나 다름없지비.
이성계	기래서 말인데... 니 무학대사님 좀 모시고 와야갔다.
이지란	대사님을 말이오?

이성계	도성으로 모셔서리 왕사王師˚로 모셔야겠다.
이지란	거... 대신들이 싫어할 거우다. 다들 중이라문 몸서리를 치는 양반 들이잖습메.
이성계	기래서 내 삼봉 선생 없을 때 할라는 거이다... 뫼셔 와라.
이지란	야...

이성계의 시야에 객점이 보인다.

이성계	(입맛이 동하는) 출출한데 요기나 하고 가자우.
이지란	야?
이성계	밍밍한 수라간 음식만 먹었더이 신물이 날 지경이다. (들어가는)
이지란	(마뜩잖은 듯 따라가는)

25 _____ 객점 안 (밤)

이성계와 이지란, 앉는다. 이성계, 감회어린 듯 둘러보는데 주인이 온다.

주인	뭘로 드릴깝쇼?
이지란	제일 푸짐할 걸루 한 상 차려와 봅세.
주인	그럼 성계탕으로 차려 올리겠습니다요.
이지란	(헉! 하는)
이성계	무시기? 성계탕이라 했습메?
주인	(머쓱) 북쪽 분들이라 모르시는 모양인데 개경에선 근자에 돼지고

˚ 임금의 스승으로 모시는 고승(高僧).

이지란	기탕을 그리 부릅니다요. (하는데)
이지란	쌍, 조동아리 닥치지 못하갔니!!
주인	!
이성계	(이지란을 보면)
이지란	(큼... 시선 피하고)
이성계	(뭔가 있다 싶은) 이유가 재미있을 거 같은데 어디 한번 들어봅세.
주인	아, 아닙니다요...
이성계	(소매에서 은병 하나 꺼내주며) 말씀해봅세.
이지란	성니메...
이성계	(엄하게) 넌 입 다물고 있으라우...
주인	(반색하면서도) 아... 이걸 얘기를 해야 되나 말아야 되나...
이성계	(주인의 손에 직접 쥐여주며) 말해보소.
주인	(큼, 집어넣고) 어디 가서 절대 말씀하시면 아니 됩니다요...
이성계	알았소.
주인	그러니까... 고려가 망한 뒤로 개경 사람들이 나라님 몰래 최영 장군님의 제사를 모시고 있는데 말입죠... 그 제사에 올리는 돼지고기를 성계라 부른답니다요.
이성계	...계속해봅세.
주인	제사가 끝나면 그 성계란 놈을 아주 난도질을 해서는 탕을 끓여 먹으면서 나라 망한 울분을 푼답니다요... 그래서 성계탕입니다.
이성계	(치미는 노기를 꾹 참는)
이지란	다 그런 거는 아이구 귀족들 몇이 그란다는데...
주인	아, 아닙니다요... 개경 사람 열에 아홉은 다 그러는뎁쇼? 개경 사는 사람치고 지금 나라님 손에 죽은 일가붙이 한 명 없는 사람이 있는 줄 아십니까?
이지란	(울컥 일어나 먹살 잡으며) 이런 쌍간나새끼!! 닥치지 못하갔니!!
이성계	지라이!!

주인	(벌벌 떠는)
이지란	(훅! 멱살 풀면)
이성계	...성계탕 한 상 차려다 줍세.
주인	아, 예... (냉큼 도망가는)
이지란	(보면)
이성계	...

시간 경과》
성계탕을 마주하고 앉은 이성계, 표정이 복잡하다.

이지란	이카지 말구... 그냥 대궐로 갑세다.
이성계	(한술 뜨는... 천천히 먹는)
이지란	성니메...

이성계, 꾸역꾸역 먹기 시작한다. 안타까운 이지란.
우적우적 씹어대는 이성계의 눈에 눈물이 고인다. F.O

26 _____ 이방원의 집 앞 (낮)

말을 탄 이방원, 종복들과 다가온다. 착잡하고 침통한 얼굴이다.

27 _____ 동 마당 안 (낮)

이방원, 종복들과 들어온다. 민 씨, 나와서 맞는다.

민 씨	(반가움과 안쓰러움이 섞인) 대감...
이방원	(미소) 오랜만이오, 부인.
민 씨	많이 수척해지신 듯합니다. 동북면의 일은 잘 마치신 것입니까?
이방원	예. 먼 길 왔더니 피곤합니다. 어서 들어가십시다. (하는데)
민 씨	사랑으로 먼저 가보시어요.
이방원	?
민 씨	대감께서 오신다는 소식을 듣고 아버님께서 손님을 모시고 왔습니다.
이방원	손님?

28 _____ 동 사랑채 안 (낮)

이방원, 들어선다. 멈칫, 보면 민제와 함께 일어서는 사내, 하륜이다.

민제	오~ 정안군... 어서 오십시오.
이방원	(조금 병한 듯 보면)
하륜	(미소) 정식으로 인사는 처음인 듯싶사옵니다. 뵙게 되어 영광이옵니다, 소생... 하륜이라 하옵니다.
이방원	(보는)
민제	자, 서서 이럴 게 아니라 어서 앉으세요. 이 사람은 자리를 비켜드릴 터이니 편히들 말씀 나누세요. (나가는)
이방원	(자리로 가 앉는)
하륜	(앉고)
이방원	(보다가) 이 사람을 찾아오신 연유가 무엇입니까?
하륜	(미소) 대감께 미력이나마 도움이 되어드리고자 염치 불고 왔습니다.

이방원	(옅은 미소) 이 사람은 아바마마의 눈 밖에 나서 조상들 묘소나 손 질하고 사는 신셉니다. 아무래도 사람을 잘못 찾아오신 듯합니다 만...
하륜	훗날을 기약하며 와신상담... 절치부심하고 계시지 않사옵니까?
이방원	(보다가 떠보듯) 훗날이라니요?
하륜	(지그시 보다가) 보위...
이방원	!
하륜	...군왕 말이옵니다.
이방원	(보는)

하륜과 이방원의 얼굴에서 엔딩.

43회

1 _____ 이방원의 집 사랑채 안 (낮)

이방원 (옅은 미소) 이 사람은 아바마마의 눈 밖에 나서 조상들 묘소나 손질하고 사는 신셉니다. 아무래도 사람을 잘못 찾아오신 듯합니다만...

하륜 훗날을 기약하며 와신상담... 절치부심하고 계시지 않사옵니까?

이방원 (보다가 떠보듯) 훗날이라니요?

하륜 (지그시 보다가) 보위...

이방원 !

하륜 ...군왕 말이옵니다.

이방원 (조금 불쾌한 듯) 이거... 농이 조금 지나치십니다?

하륜 소생, 유자의 신분으로 외람되게도 잡학에 심취한 적이 있사옵니다. 그중 하나에 관상도 있사온데... 대감께선 군왕이 되실 상이옵니다.

이방원 (보다가 핏 웃으며) 사람의 얼굴만 파다 보니 세상 돌아가는 판세는 못 보신 듯합니다. 이 사람은 아바마마와 어마마마에게 버림받고, 삼봉 대감에게조차 토사구팽당한 신세임을 모르십니까?

하륜 양지가 음지 되고 음지가 양지 되는 것이 또한 세상 돌아가는 이치이옵니다. 뛰어난 인재들과 더불어 후일을 준비하신다면 분명 시운이 대감을 향할 것이옵니다.

이방원 ...이 사람에게 이러시는 연유가 무엇입니까? 도당에 복귀하여 요직을 맡고 싶으시다면 개국공신들을 찾아가 무릎을 꿇으세요. 그편이 훨씬 쉽고 안전하지 않겠습니까?

하륜 그래 봤자 말석이나 차지하고 앉아 천덕꾸러기 취급을 받을 것이옵니다. 스승님과 동문들로부터는 변절자란 비난을 받을 것이구요. 기왕에 변절을 할 바에야 천덕꾸러기 신세는 면해야 할 터... 소생, 좀 더 큰 뜻을 펼쳐보려는 것이옵니다.

이방원	좀 더 큰 뜻?
하륜	건국의 혼란을 수습하고 새로운 나라를 반석 위에 올릴 왕재를 찾아내어 세자, 나아가 임금으로 만드는 것이옵니다. 삼봉 대감이 금상을 보위에 올렸던 것처럼...
이방원	대감께서 삼봉 숙부만 한 혜안과 능력을 갖고 있다고 보십니까?
하륜	넘치진 아니 해두 부족하다 생각해본 적은 없사옵니다.
이방원	허면... 증명해 보이시오.
하륜	(보는)
이방원	이 사람을 보위에 올릴 정도의 능력이라면 도당에 들어가는 것 정도는 식은 죽 먹기일 터... 대감의 힘만으로 도당 입성에 성공한다면 내 기꺼이 대감과 함께할 것이오.
하륜	... (미소) 알겠사옵니다.
이방원	(보는)

2 _____ 대궐 외경 (밤)

이방석	(E) 득중즉득국得衆則得國이요, 실중즉실국失衆則失國이라...

3 _____ 동 현비전 안 (밤)

이방석, 윤소종 앞에 대학을 펼쳐 놓고 있다. 강 씨와 이성계, 일각에 떨어져 앉아 지켜본다.

윤소종	무슨 뜻이옵니까?
이방석	백성을 얻으면 나라를 얻고, 백성을 잃으면 나라를 잃는다는 뜻입

니다.

윤소종	백성을 얻는다는 것은 무엇이옵니까?
이방석	백성의 마음을 얻는다는 것입니다.
윤소종	(맞다는 듯 미소) 반대로 백성의 마음, 즉 민심을 잃으면 나라를 잃게 되옵니다. 잊지 마시옵소서, 이것이 정치의 핵심이옵니다.
이방석	(책을 보며 암기하듯 웅얼대는)
강 씨	(흐뭇한) 세자가 벌써 대학을 배우다니... 이 얼마나 대견한 일이옵니까, 전하. (하면서 이성계 보면)
이성계	(수심 가득한 표정으로 생각에 잠겨 있는)
강 씨	...전하.
이성계	(옅은 한숨, 일어나 나가는)
강 씨	(의아한)

4 _____ 동 침전 안 (밤)

이성계, 홀로 앉아 있다.

| 주인 | (E) 제사가 끝나면 그 성계란 놈을 아주 난도질을 해서는 탕을 끓여 먹으면서 나라 망한 울분을 푼답니다요... 개경 사는 사람치고 지금 나라님 손에 죽은 일가붙이 한 명 없는 사람이 있는 줄 아십니까? |

이성계, 품에서 그림을 하나 꺼낸다. 계룡산의 산세와 주변 하천, 궁궐, 관청 터의 윤곽 정도 그려져 있다. 고심하는데... 김 내관, 들어온다.

김 내관	전하...
이성계	무슨 일인가?
김 내관	무학대사가 도성에 들어왔다 하옵니다.
이성계	...

5 _____ 대궐 뜰 안 (밤)

이지란, 무학대사와 들어오다 보면 이성계, 강 씨, 이방석이 서 있다. 그 뒤로 김 내관, 박 상궁 등 나인들이 등롱을 들고 서 있다.

이지란	(밝게) 전하~ 자초 스님 뫼시고 왔사옵메다!
강 씨	(이방석과 함께 합장 인사하고) 어서 오시어요.
무학	(미소로 이방석을 보는)
이성계	(반가운 듯 다가서는) 대사님... 먼 길에 얼마나 고생이 많으셨습니까?
무학	...결국은 서까래 세 개를 등에 지셨습니다그려.
이성계	다 이 못난 사람의 욕심 때문 아니겠습니까... 허구한 날 이리 부처님 말씀을 어기고 사니 죽어서 극락 가긴 그른 것 같습니다.
무학	파사현정破邪顯正이라 하였사옵니다. 그릇된 것을 부수고 바른 것을 드러내는 것은 부처님의 뜻을 어기는 일이 아니옵니다.
이성계	(고마운) 대사님...
무학	나무 관세음보살...
이성계	...

6 _____ 동 침전 안 (밤)

이성계 앞에 조준, 앉아 있다.

조준   승려를 왕사로 들이는 것은 고려의 습속이옵니다. 성리학을 숭상하는 조선의 국체와는 어울리지 않는 처사라 사료되옵니다.

이성계   (부드럽게) 과인이 하도 심란해서 곁에 모셔두고 말벗이나 하려는 것이오. 따로 도움을 받을 것도 있고 말입니다.

조준   도움이라뇨?

이성계   대사께선 법력도 출중하시지만... 이... 땅을 아주 잘 보십니다.

조준   ?... 풍수지리를 말씀하시는 것이라면 서운관°의 술사들이 있지 않사옵니까?

이성계   그 사람들보다 대사님이 몇 배는 더 낫지비.

조준   헌데 갑자기 풍수는 어찌...

이성계   (품에서 도읍도를 꺼내는) 좌시중, 이것 좀 봐 보시오. 서운관에서 그린 것입니다.

조준   (다가가 받아서 보는) 여기가... 어디이옵니까?

이성계   계룡산이오. 어떻소, 그 땅덩어리 생겨 먹은 거이 개경하고 얼추 비슷하지 않소?

조준   예... 그런 것 같기는 하옵니다만... (뭔가 불길한 느낌으로 이성계를 보고) 전하...

이성계   과인은 그리로 도읍을 옮길 생각이오.

조준   (굳는) 천도... 말이옵니까?

이성계   개경은 고려의 도읍이지 새 나라의 도읍이 아니오. 과인은 새 나라의 중심이 될 새로운 도읍을 만들어야겠소.

°   자연의 변동과 이변을 관측, 기록하는 등의 일을 맡아보던 관서.

| 조준 | (당혹스러운) |
| 이성계 | (결심이 확고한) |

7 _____ 대궐 정전 외경 (낮)

| 윤소종 | (E) 신 동지춘추관사 윤소종 아뢰겠나이다! |

8 _____ 동 정전 안 (낮)

용상에 이성계, 좌우로 조준, 남은, 이지란, 윤소종, 민제 등 백관들이 도열해 있다. 무학은 김 내관과 일각에 서 있다. 말석에는 조영규, 조영무도 보인다.

윤소종	전하께서 조선을 개창하신 지 채 일 년도 지나지 아니하였사옵니다! 새 나라가 이제 막 자리를 잡고, 민생이 겨우 안정을 찾아가고 있사온데 천도를 하심은 불가하다 사료되옵니다!
이성계	새 나라를 세웠으니 도읍도 새로 정하는 것이 당연한 것 아니겠소? 개경은 망한 나라의 도읍입니다.
남은	하오나 도읍을 옮기려면 엄청난 재물과 역부들이 필요하옵니다! 백성들이 겪게 될 부담과 고통을 헤아려 주시옵소서!
이성계	개경에 계속 머무르다간 백성들의 고통이 더 커질 것이오. 고려가 망한 이유가 개경 땅의 기운이 다해서 그런 것이라는 얘기도 못 들으셨소?
윤소종	그것은 풍수쟁이들의 혹세무민하는 참언일 뿐이옵니다. 조선은 잡학을 배격하고 성리학을 숭상하는 나라이옵니다. 전하께옵서 어찌

미신이나 다름없는 도참˚ 따위에 귀를 기울이신단 말이옵니까?

이성계 다 일리가 있으니 백성들이 믿는 것이오. 어디 백성들뿐입니까? 고려의 임금들두 개경의 지기를 벌충한다면서 한양과 서경 같은 데다 궁궐을 짓지 않았소! 아예 한양으로 도읍을 옮기려고 했던 임금들두 한두 명이 아니고 말입니다!

민제 하오나 전하... 그때마다 번번이 실패하여 개경으로 되돌아오지 않았사옵니까? 천도는 예삿일이 아니오니 도참만 믿고 결정할 일이 아니옵니다.

이성계 (서서히 노기가 어리는) 도참 때문에 이러는 것만은 아니오. 다들 저자에 나가보시오. 나라만 바뀌었지 사람들 정신머리는 고려 때 그대롭니다. 우리만 여기서 조선, 조선 떠들지 백성들은 정작 지 사는 나라가 조선인지, 고려인지, 똥인지, 된장인지 분간을 못한단 말이오!

조준 (당혹) 전하, 백관들이 모인 정전에서 그 어인 망극한 언사이시옵니까?

이성계 망극은 무시기 망극! 과인이 틀린 말이라도 했수까!!

일동, 긴장... 이성계, 노기 어린 표정으로 둘러보다 무학을 본다.
무학, 옅은 미소로 본다. 이성계, 훅! 참고.

이성계 다들 똑똑히 들으시오. 과인은 계룡산으로 도읍을 옮길 것이니 즉시 신도조성도감˚˚을 만들어 천도에 착수하시오.

일동 (당혹스러운)

이방원 (E) 계룡산으로 천도를 한다구요?

˚   운수 또는 미래에 대한 예언.
˚˚   수도를 천도하기 위해 설치하는 임시 관청.

9 _____ 이방원의 집 사랑채 안 (낮)

이방원, 민 씨, 민제, 조영규, 조영무가 앉아 있다.

민제   그렇습니다. 아닌 밤중에 홍두깨라더니 이를 두고 한 말인 듯싶습니다.

이방원   ... (조영규에게) 신하들의 반응은?

조영규   반대가 아주 심했사옵니다. 전하께서 대노하시어 중신들과 고성이 오갈 정도였으니까요.

조영무   지금 중신들뿐 아니라 하급 관리들의 불만도 보통이 아니옵니다.

이방원   오백 년 된 도읍을 놔두고 허허벌판이나 다름없는 곳에 도읍을 만들다니... 아바마마께서 어찌 이러시는 것인가?

민 씨   연유야 어찌 됐건 대감께는 나쁠 것이 없사옵니다.

이방원   (보는)

민 씨   전하께서 천도를 강행하시려면 실권을 장악한 개국공신들의 반대를 극복해야 할 것입니다. 공신들이 천도에 찬동할 리 없으니 어쩌면... 전하와 공신들 사이에 심각한 반목이 생길지도 모르옵니다.

이방원   ...아바마마와 공신들의 결속이 깨질 수도 있다?

민 씨   그렇사옵니다. 지켜보시어요.

이방원   ...

10 _____ 빈청 조준의 집무실 안 (낮)

조준, 남은, 윤소종이 심각한 표정으로 앉아 있다.

윤소종   우재, 즉시 도당회의를 소집하여 천도 반대의 중론을 모으세.

조준	강경하게 대처하는 것만이 능사는 아닐세. 자칫하다간 전하와 공신들 간에 힘겨루기가 될 수도 있네.
윤소종	우재!
조준	답답하긴 나도 마찬가질세... 허나 우선은 사태의 추이를 지켜보세.
윤소종	(답답한 듯 훅! 하는)
남은	(중얼대는) 빌어먹을... 하필이면 삼봉 대감이 명나라에 가 있을 때 이런 일이 벌어지다니...

11 _____ 명나라 황궁 외경 (낮)

〈자막〉 서기 1393년 명나라 남경

주원장°	(중국어, E) 짐을 보자 하였다구?

12 _____ 동 일실 안 (낮)

주원장, 통사와 내관을 대동한 채 앉아 있다. 그 앞에 정도전, 무릎을 꿇고 앉아 있다.

정도전	신 조선국 문하시랑찬성사 정도전... 귀국에 앞서 폐하께 긴히 청해 올릴 말씀이 있사옵니다.
주원장	(중국어) 말해보라.
정도전	삼한에 새로운 나라가 들어서고 해가 바뀌었사온데 군왕이 아직

°   명나라 제1대 황제.

	폐하의 책봉을 받지 못하였사옵니다. 바라옵건대 조속히, (하는데)
주원장	(중국어) 짐은 책봉을 서두를 생각이 전혀 없다.
정도전	폐하...
주원장	(중국어) 너희가 짐에게 믿음을 주는 것이 우선이다.
정도전	조선은 친원파가 득세했던 고려와는 다르옵니다. 대명국을 지지하는 사대부들이 세운 나라이옵구 사대교린을 외치의 기본으로 천명한 나라이오니 믿으셔도 되옵니다.
주원장	(중국어) 근자에 변방에 흩어져 사는 여진족들을 끌어들이고 요동의 부족장들과도 접촉을 한다 들었다.
정도전	(굳는)
주원장	(중국어) 연유가 무엇이냐? 틈만 나면 요동을 도모하려는 너희의 못된 습성이 되살아난 것이냐?
정도전	(이내 미소) 오해이시옵니다, 폐하. 미개한 오랑캐들을 교화하여 조선의 변방을 평안케 하기 위함이옵니다. 대국에도 해가 되는 일이 아닐 것이옵니다.
주원장	(중국어) 성을 보수하고 군사훈련이 잦아졌다고도 들었다. 모두 중단해라.
정도전	외적의 침입에 대비코자 하는 것이옵니다. 나라라면 당연히 해야 하는 일이 국방이 아니옵니까? 조선이 든든해야 대명국의 동쪽이 평안해질 것이니 폐하께도 해가 되는 일이 아니옵니다.
주원장	(중국어, 보다가) 정도전.
정도전	(보면)
주원장	(중국어) 새로운 나라를 만들면 그다음은... 강한 나라를 만들고 싶어지는 법이다.
정도전	...
주원장	(중국어) 허나 충고하건대... 강해지려 하지 마라. 소국은 대국에 의지해 살아야 하는 것이다.

정도전	...
주원장	(중국어) 알겠느냐?
정도전	(엷은 미소) ...유념... 하겠사옵니다.
주원장	(조소)
정도전	(노기를 애써 감추는)

13 _____ 대궐 외경 (낮)

14 _____ 대궐 앞 (낮)

말과 병사들이 도열해 있다. 궁문 앞에 조준, 남은, 이지란, 서 있다. 표정이 밝지 않다. 이성계, 무학과 김 내관을 대동하고 나온다. 조준 등이 인사하면 이성계, 둘러본다.

이성계	이게 다요?
조준	(난처한) ...그렇사옵니다.
이성계	과인이 각 부의 판서 이상은 모두 계룡산 답사에 참여하라 하지 않았소?
남은	공교롭게도 오늘따라 조정에 이런저런 행사들이 많은 데다 고뿔이 도는지 병가를 낸 사람들이 많사옵니다.
이성계	?
이지란	쌍간나새끼들... 행사니 병이니 실은 다 핑계구... 도읍을 옮기기 싫다구 유세를 하는 것이옵메다!
이성계	(노기가 어리는)
조준	이 모든 것이 도당을 관장하는 소신의 책임이옵니다. 하오나 전

하… 신료들의 반대에 부디 귀를 기울이셔야 하옵니다.

이성계   듣기 싫소. 좌시중은 과인이 돌아올 때까지 신도조성도감 계획을 만들어 놓으시오.

조준   전하!

이성계, 대꾸 않고 말이 있는 곳으로 향한다. 일동, 따른다. 홀로 남은 조준, 옅은 한숨을 내쉰다. 일각에서 지켜보는 사내, 하륜이다. 말을 타고 떠나는 이성계 일행을 의미심장한 표정으로 바라본다.

15 _____ 산 일각 (낮)

이성계, 무학, 이지란, 산 아래 펼쳐진 평야와 하천을 굽어본다. 일각에 남은, 서운관 관리들과 서 있다.
〈자막〉 양광도 계룡산

남은   (꿍얼대듯) 빌어먹을… 경치는 그럴싸하구만.

이성계   (풍광을 보며 무학에게) 어떻습니까? 도읍이 들어설 만한 명당 같습니까?

무학   소승이 그것을 어찌 알겠사옵니까?

이성계   풍수에 일가견이 있으신 분이 어찌 이러십니까? 편히 말씀해 보시우다.

무학   (유심히 보는)

일동   (보는)

무학   (옅은 미소) 소승은 역시 잘 모르겠사옵니다.

이지란   아이, 기문 기구 아이문 아인기지 잘 모르겠다는 건 무슨 말씀입메까?

| 무학 | (미소) 나라의 중대사이옵니다. 모쪼록 신하들과 의논하여 잘 결정하시옵소서... |
| 이성계 | ... |

16 _____ 대궐 앞 (밤)

백성들이 엎드려 있다. 말을 탄 이성계 일행이 다가온다. 어두운 표정의 이성계, 말에서 내려 걸음 떼는데... 저만치 궁문 앞에 누군가 걸어와서는 이성계 쪽을 향해 무릎을 꿇는다.

| 낭장 | (칼을 뽑으며) 웬 놈이냐!! |

이성계, 보면 하륜이다. 일동, !

하륜	신 경기좌우도관찰사 하륜, 죽기를 각오하고 간할 말씀이 있사옵니다.
남은	호정 대감! 이 무슨 무례한 짓이란 말이오! 썩 물러나시오!
이지란	(병졸들에게) 야! 야! 날래 치아라! (하는데)
이성계	잠깐...
일동	(보면)
이성계	말씀해 보시오.
하륜	전하... 계룡산으로 도읍을 옮기시면 아니 되옵니다.
일동	!
이성계	(어이없는 듯 피식) 그 소리라면 이미 귀에 못이 박히도록 들었수다. 과인을 화나게 하지 말고 그만 물러가시오.
하륜	소신의 말을 끝까지 들어보시옵소서.

이성계	(엄하게) 그만하시오! 과인은... 누가 뭐라 해도 천도... 합니다.
하륜	소신은 지금 천도에 반대하는 것이 아니옵니다.
이성계	(보는)
하륜	단지 계룡산은 아니 된다는 말씀을 드리고 있는 것이옵니다.
일동	(보는)
이성계	(다가서는) 계룡산이 어째서 아니 된다는 것이오?
하륜	첫째, 도읍은 모름지기 한 나라의 중앙에 위치하여야 하옵니다. 하오나 계룡산은 국토의 남쪽에 치우쳐 있사옵니다. 도읍이 이처럼 사방의 어느 한쪽으로 치우치게 되면 외적의 기습에 대처하기 어렵사옵구, 도성에서 가까운 곳과 먼 곳 사이에 괴리가 생기게 되어 나라의 결속이 깨지게 되옵니다.
이성계	...두 번째는 뭐요?
하륜	명당이 아니기 때문이옵니다.
이성계	명당? ...경이 풍수를 아시오?
하륜	신이 일찍이 부친의 묏자리를 찾기 위해 풍수학을 익히고 전국의 명당을 찾아다닌 적이 있사옵니다. 신이 기억하기로는 계룡산 일대는 산이 서북방에서 일어나고 물은 동남방으로 흘러가는 형국이었사옵니다.
이성계	정확히 맞소. 헌데 그것이 문제가 되는 것이오?
하륜	송나라의 풍수가 호순신이 지은 지리신법에 따르면 이 같은 지세의 땅은 길지가 아니라 '수파장생水破長生 쇠패입지衰敗立至'하는 흉지이옵니다!
일동	!!
이성계	수파장생... 쇠패입지?
무학	물이 장생을 파하여 쇠락과 패망이 임박한 땅이라는 말이옵니다.
이성계	(무학을 보는)
무학	(하륜을 지그시 보고 있는)

일동, 조금 놀라는 분위기. 이성계, 무릎 꿇은 하륜을 바라본다.

17 _____ 동 침전 안 (밤)

이성계, 무학과 앉아 있다.

이성계   하륜의 말이 맞는 것입니까?

무학   길흉을 판단하려면 여러 가지를 살펴보아야 하기에 딱 잘라 단언
하기는 어렵사옵니다. 하오나...

이성계   (보는)

무학   소승, 종사에 간여하는 인상을 줄까 하여 말을 아꼈사옵니다만, 계
룡산은 도읍이 들어설 만한 길지는 아닌 듯싶사옵니다.

이성계   (심각해지는)

무학   나무 관세음보살...

이성계   (곰곰이 생각하다가) 김 내관 게 있느냐?

김 내관, '예, 전하~' 하며 들어온다.

이성계   ...밀직을 불러라. 어명을 내릴 것이 있다.

김 내관   분부 받잡겠나이다... (나가는)

무학   (보면)

이성계   (무언가 결심이 선)

18 ____ 이방원의 집 마당 안 (낮)

허공에 울려 퍼지는 낭랑한 기합 소리! 민 씨가 일각에서 지켜보는 가운데 이방원, 곳곳에 짚단을 세워놓고 검술을 연마하고 있다. 잡념을 잊으려 악착같이 짚단을 베어나가는 이방원의 모습 위로...

F.B》42회 1씬의

이성계 임금은 칼이 아이라 마음이다... 긴데 니는 그 마음이 없어... 니는... 임금감이 아이다.

F.B》42회 3씬의

강 씨 세자는 응당 왕자 중에 간택하는 것... 의안군이 세자가 되는 것이 문제라도 되는 양 말을 하니 묻는 것이다.

현재》

노기가 가득한 이방원, 숨을 몰아쉬며 마지막 남은 짚단을 응시한다.

F.B》42회 17씬의

정도전 소신은 소신의 뜻에 맞는 분을 선택하였을 뿐이옵니다... 이건 어디까지나... 정치니까요.

현재》

이방원, 타핫! 기합과 더불어 짚단을 베어 넘긴다. 후~ 호흡을 가다듬으며 칼을 검집에 넣는데 민제, 일각에서 나타난다.

민제 (이방원에게 급히 다가서며) 정안군!
이방원 장인어른... (하는데)

민제	전하께서... 계룡산 천도를 중단하였소이다!
이방원	!
민 씨	갑자기 무슨 연유로 그 같은 결정을 하셨답니까?
민제	계룡산의 풍수가 좋지 않다는 것입니다. 대신 음양산정도감이라는 것을 설치히여 도읍지로 삼을 만힌 명당을 찾으라 명하셨습니다.
이방원	허면 천도는 여전히 강행하시겠다는 것이로군요.
민제	헌데 그 음양도감의 책임자로... 호정을 제수하셨습니다.
이방원	!
민 씨	...하륜 대감 말입니까?
민제	오냐.
이방원	...

F.B》1씬의

이방원	대감의 힘만으로 도당 입성에 성공한다면 내 기꺼이 대감과 함께 할 것이오.
하륜	... (미소) 알겠사옵니다.

현재》

이방원	(생각하는데)
하륜	(E) 정안군 대감.

일동, 보면 하륜, 인사한다.

하륜	내주신 숙제를 다 마쳤사온데... 마음에 드실지 모르겠사옵니다.
민제·민 씨	?
이방원	(보다가 중얼대듯) 이제 이 사람에게도... 제갈공명이 생기려나 봅니다.

민 씨	...예?

의미심장한 표정의 이방원, 미소 띤 하륜을 바라본다.

19 _____ 대궐 침전 안 (낮)

이성계, 조준이 앉아 있다.

조준	전하! 어명을 거두어 주시옵소서!
이성계	좌시중과 더는 입씨름하고 싶지 않소. 돌아가시오.
조준	천도는 대소신료들의 공론 위에 추진해야 되는 일이거니와 천도를 한다 해두 나라의 도읍을 풍수쟁이들이 정할 수는 없는 것이옵니다! 더욱이 하륜은 목은 이색의 족당, 그런 자에게 어찌 도감의 중책을 맡길 수 있단 말이옵니까!
이성계	천도는 아이 된다... 도감을 맹글어두 아이 된다... 책임자도 이런 놈은 아이 된다... (치미는) 아이 된다... 아이 된다, (서안 치며) 아이 된다!!
조준	!... 전하!
이성계	(노기 어린) 대체... 과인이 할 수 있는 거는 뭐요?
조준	(보는데)
윤소종	(E) 전하~! 어명을 거두어 주시오소서~!!
이성계	!

20 _____ 동 앞뜰 (낮)

윤소종을 필두로 신료들, 연좌하여 읍소하고 있다.

윤소종   천도는 걸딘코 불가하옵니다! 음양산정도감의 설치를 중단하여 주
         시옵소서~!!
일동   중단하여 주시옵소서!!
윤소종   (우렁차게) 전하~!!

21 _____ 다시 침전 안 (낮)

이성계, 노기를 참으며 앉아 있다. 조준, 심각한...

윤소종   (E) 지금은 천도가 아니오라 사직의 안정을 기할 때이옵니다! 통촉
         하여 주시옵소서!!
일동   (E) 통촉하여 주시옵소서!
이성계   이 사람들이... 임금을 영 호구로 아는구만기래.
조준   (급히) 저들의 뜻을 곡해하여서는 아니 되시옵니다. 바라옵건대 어
         명을 잠시 물리시구 도당에서 이를 의논할 시간을 주시옵소서!
이성계   과인이 왜 기캐야 되는 거우까!
조준   나라의 중대사는 응당 도당의 의논을 거쳐야 하는 것이옵니다!
이성계   내가 임금이우다!! 도당이 임금보다 높단 말이우까!!
조준   전하!!
이성계   (보는)
조준   (버티듯 보는)
이성계   지금 당장... 신하들 모두 정전에 모이라 하시오.

조준	!
이성계	과인이 오늘... 결판을 낼 것이오.
조준	(당혹스러운)
강 씨	(E) 갑자기 조회라니요?

22 _____ 동 현비전 안 (낮)

강 씨와 이방석, 놀란 표정으로 남은을 본다.

남은	전하께옵서 대소신료들 앞에서 음양산정도감의 설치를 반포하고 천도를 확정 짓겠노라 하셨사옵니다.
강 씨	!
남은	두 분 마마께옵서 전하를 설득해 주셨으면 하옵니다.
이방석	대체 아바마마께선 어찌 이리 천도에 집착하신단 말입니까?
남은	시간이 없사옵니다. 지금 궐 안에서 연좌하고 있는 윤소종 등 신하들이 조회를 거부할 기세이옵니다.
이방석	!
강 씨	전하와 공신들 사이가 벌어져선 아니 될 것입니다. 세자, 침전으로 가십시다. (일어나는데)

박 상궁, '중전마마!' 하며 급히 들어온다.

강 씨	무슨 일인가?
박 상궁	전하께옵서 조회가 끝날 때까지 중전마마와 세자마마께 침소를 떠나지 말라 영을 내리셨다 하옵니다!
강 씨	! ...뭐라?

남은   (심각한)

23 _____ 동 정전 안 (낮)

고뇌가 가득한 얼굴로 용상에 앉아 있는 이성계. 한편에 김 내관, 이지란이 서 있고, 반대편에 하륜, 민제, 조영규, 조영무 등 관리 몇 명이 회심의 미소를 짓고 서 있다.

24 _____ 동 뜰 안 (낮)

윤소종, 신료들과 연좌해 있다. 조준과 남은, 당혹감을 감추지 못한 채 서 있는...

25 _____ 다시 정전 안 (낮)

이성계   ...지라이...

이지란   ? ...야.

이성계   궐 마당에 숙위병 풀어라.

일동   !

이성계   한 식경의 시간을 주가서. 그 안에 이리 오지 않으문 다 처넣어 버리라우.

이지란   (난감해하다 일단 나가는)

하륜   (이성계를 보면)

이성계   ...

26 _____ 다시 뜰 안 (낮)

숙위병들이 몰려와 관리들을 에워싼다. 연좌한 신하들의 표정에 긴장감이 감돈다. 조준과 남은, 이지란에게 다가선다.

조준 어찌 이러는 것입니까! 저들은 신하로서 나라의 시책에 대한 간언을 하고 있는 것입니다!

이지란 전하께서 시키시는 거를 낸들 어카겠소?

남은 해서... 저들을 지금 다 잡아넣기라도 하겠다는 것입니까!

이지란 일단은 급한 불부터 끄고 봅세. (조준에게) 좌시중께서 잘 타일러서리 정전으로 들어가게 해주시우다.

윤소종 저희가 제 발로 들어가는 일은 없을 것입니다.

이지란 (답답한) 아, 이라다 진짜 큰 낭패를 당한단 말이우다!

윤소종 낭패라 해본들... 멀쩡한 도읍을 옮기는 것보다 더 큰 낭패가 있겠습니까?

이지란 (화나는) 정말 계속 이케 고집 피우겠단 것이우까?

윤소종 ...

이지란 ...알갔소. (숙위병들에게) 야! 이 사람들 순군옥으로 압송하라우!

조준 (숙위병들 향해) 멈추지 못하겠느냐!

숙위병 (멈칫)

이지란 좌시중 대감!

조준 모든 책임은 좌시중인 내가 질 것이다! 숙위병들은 모두 물러서라!

숙위병 (주춤 물러나는)

이지란 대감까지 어캐 이카십메까! 이라다 공신들 모조리 다 작살이 날 수도 있단 말이우다!

조준 가서 전하께 아뢰세요. 천도를 강행하는 조회에는 참석할 수 없으니 정 밀어붙이시려거든... 나 좌시중부터 처벌하시라구.

이지란	(화 나는) 이런 쌍... 지금 떼거지루다가 우리 전하를 겁박하겠다는 것임메!
조준	그리 전하시오!
이지란	좌시중 대감!!

조준과 이지란의 시신이 충돌하는데 궁문이 소리를 내며 열린다. 일동, 보면 부사 두 명을 대동한 정도전이 들어선다. 일동, !

남은	삼봉 대감!!
정도전	(묵묵히 뜰을 둘러보는...)
일동	(선뜻 말을 붙이지 못하는)
정도전	좌시중 대감, 이게 어찌 된 일입니까?
조준	(옅은 한숨)
정도전	...

27 _____ 동 정전 안 (낮)

용상에 이성계, 노기 어린 표정으로 앉아 있다. 김 내관과 이지란, 한편에 행하니 서 있다. 하륜, 민제, 조영규, 조영무 등 관리 몇이 반대편에 도열해 있다. 문이 열리고, 정도전이 홀로 들어선다. 일동, 보는...

정도전	(용상 앞에 다가서서 인사하고) 신 문하시랑찬성사 정도전, 사은사의 소임을 마치고 돌아왔사옵니다.
이성계	...다들 나가계시오.

정도전을 제외한 신하들, 물러간다. 이성계, 정도전을 주시한다.

이성계   대궐 안에 난장이 제대로 섰는데... 봤수까?

정도전   (부드럽게) 예. 아주 흐뭇한 광경이었사옵니다.

이성계   (보는)

정도전   전하... 가장 이상적인 정치는 천하가 모두 간쟁°에 나서는 것이옵니다. 공론은 나라의 원기와 같은 것이오니... 나랏일로 대궐 안팎이 떠들썩한 것은 그만큼 이 나라가 건강하다는 증좌... 노여워하실 일이 아니옵니다.

이성계   (조금 어이없는 듯, 핏 웃으며) 가재는 게 편이라더이 삼봉도 결국은 신하들 편이구만기래... (노여운) 저들은 과인이 하는 일이라문 사사건건 토를 달고 반대만 하는 자들이란 말이우다!

정도전   그것이 바로 신하의 소임이옵니다. 군왕이 시키는 대로만 하는 자는 밥버러지일 뿐 제대로 된 신하라 할 수 없사옵니다.

이성계   이봅소, 삼봉... 과인이 천도를 하겠다는 거이 기케 잘못된 거우까?

정도전   ...새 나라에 새로운 도읍을 정하는 것은 결코 잘못된 일이 아니옵니다.

이성계   !

정도전   음양산정도감을 설치하시옵소서. 하륜의 지식이 필요하시다면 그 역시 들이시옵소서. 하오나...

이성계   (보는)

정도전   천도의 시기만은... 중신들의 동의를 얻어주시옵소서. 전하께서 가납해 주시오면 소신이 밖에 있는 신하들을 설득하겠나이다.

이성계   (탐탁잖은) 삼봉이 생각하기에 그 시기란 거이 대체 언제요?

정도전   언제라 단정할 수는 없사오나 확실한 것은 지금은 천도를 할 여력

°   군왕의 옳지 못한 처사나 잘못에 대해 고치도록 비판하던 일.

	이 없다는 것이옵니다.
이성계	아니오. 맘만 먹으문 지금도 할 수 있지비. 과인은 최대한 백성들한 테만큼은 민폐 끼치지 않을 거우다.
정도전	민생을 염려해서만은 아니옵니다. 천도보다 더 시급한 문제가 있기 때문이옵니다.
이성계	그거이 뭐요?
정도전	명나라 황제가... 전하를 책봉할 뜻이 없사옵니다.
이성계	!
정도전	명 황제가 소신에게 은밀히 변방의 여진족들과의 교류를 끊고, 성 곽의 보수는 물론 모든 군사훈련을 중단하라 하였사옵니다.
이성계	주원장 이... 종간나새끼...
정도전	백전백승의 무장에다 여진족들의 존경을 받는 전하를 두려워하는 것이옵니다. 하오니 지금은 군사를 조련하여 국방을 더욱 튼튼히 하는 것이 급선무이옵니다.
이성계	지금 그 말은 주원장이한테... 되레 겁을 주자는 거우까?
정도전	떡을 얻기 위해 굳이 착한 아이가 될 필요는 없사옵니다. 미운 아이가 떡 하나를 더 받아내는 법... 조선이 강한 나라가 되기 위해서는 대국에 구걸해 왔던 습성부터 고쳐야 할 것이옵니다.
이성계	...
정도전	전하, 천도는... 명나라와의 관계가 안정된 연후에 하여도 늦지 않을 것이옵니다... 가납하여 주시옵소서...
이성계	...삼봉에게 모든 군권을 맡길 것이니 경의 뜻대로 하시우다.
정도전	하오시면... 천도를 유예해 주시는 것이옵니까?
이성계	...그리합시다.
정도전	!... 전하... 성은이 망극하옵니다...
이성계	삼봉...
정도전	(보는)

이성계	아까 신하의 소임이 간언을 하는 거라 했댔는데... 기라문 삼봉이 생각하는 임금의 소임은 뭐요?
정도전	듣는 것이옵니다... 참는 것이옵구... 품는 것이옵니다.
이성계	...듣고... 참고... 품는다... (쓸쓸한 듯 허! 하고) 이제 보이 임금이란 거이 힘은 하나도 없이 허세만 부리는 자리였수다... (허탈한 웃음)
정도전	...전하...
이성계	(웃음 멈추면 심각해지는) 과인은 임금이 되문 신하들하고 사이좋게 나라를 잘 다스릴 자신이 있었수다... 기란데... 지금은 솔직히 모르겠수다... 하나 분명히 아는 거는... 내가 생각했던 임금은 이런 거이 아니었지비.
정도전	...
이성계	명나라 다녀온다고 고생 많았수다. 나가서 쉬시우다.
정도전	여장을 푼 연후에 다시 인사 올리겠나이다. (물러나는)
이성계	(헛헛한)

28 _____ 다시 뜰 안 (낮)

이방원, 들어온다. 하륜, 민제, 조영규, 조영무가 인사한다. 쓸쓸한 표정이다.

이방원	일이 어찌 됐소이까?
하륜	밥은 지었사온데 뜸이 들다가 말았사옵니다. (뜰 안으로 시선을 주는)

이방원, 보면 저만치 신하들이 둘러서 있다. 윤소종, 정도전, 마주 보고 곁에서 조준, 남은, 안도감 가득한 표정으로 지켜본다.

정도전	(윤소종에게) 보통은 나이가 들고, 가진 게 많아지면 겁이 늘기 마련인데 자넨 어찌 생겨 먹은 사람이기에 이리 매사에 사생결단이신가?
윤소종	(옅은 미소) 사내대장부로서 가슴에 품은 대의가 있고, 대감들 같은 든든한 동지가 있는데... 두려울 것이 무엇이겠습니까?
정도전	사람... (어깨 가볍게 툭 치고) 가세.

정도전, 일행을 대동하고 사라진다.

| 민제 | 이번 일로 삼봉 대감의 위세가 더 확고해진 듯합니다. |
| 하륜 | 그 옛날 광평군이 누렸던 권세와 비교해도 결코 부족하지 않습니다. |

이방원, 일행들의 호위를 받으며 걸어가는 정도전을 노려본다.

29 _____ 정도전의 집 앞 (밤)

정진, 걸어온다.

30 _____ 동 마당 안 (밤)

득보, 문을 열면 정진, 들어온다.

득보	(반갑게) 서방님!
정진	(사람 좋은 미소로) 할아범은 여전히 기운이 넘치는구만.
득보	그러문입쇼! 아직 쌩쌩합니다요!

| 정진 | (미소 짓는데) |
| 최 씨 | (E) 진이 왔느냐? |

정진, 보면 최 씨, 나타난다.

| 정진 | (반갑게) 어머님... 아버님이 소자를 어찌 찾으시는 것입니까? |
| 최 씨 | (시큰둥) 그 속을 낸들 알겠느냐? (하는데) |

피리 소리 삐, 삐 몇 번 들려온다.

정진	이게 무슨 소리이옵니까?
최 씨	(옅은 한숨) 들어가자... (들어가는)
정진	?

31 _____ 동 안방 안 (밤)

정진, 의아하고 최 씨, 심드렁하다. 정도전, 그리다 만 악보를 놓고 피리를 불고 있다. 입 떼고 고개를 갸웃하더니 붓을 들어 악보를 고친다.

최 씨	바쁜 아들 불러놓고 밤새실 것입니까?
정도전	아, 참... 내 정신 좀 보게... (피리 놓고) 어서 오너라...
최 씨	(시큰둥해서 나가는)
정진	악장을 만드시는 것이옵니까?
정도전	그렇다... 새 나라가 만들어졌으니 종묘와 조정에서 연주할 예악도 바뀌어야 하지 않겠느냐? 짬짬이 만들고 있는 중인데... (악보 넘기

	며) 문덕곡, 몽금척, 정동방곡... (내려놓고) 금상의 덕망과 조선 건국의 대의를 찬양하기에는 아직도 턱없이 부족하구나.
정진	예악을 정비하는 것도 중요한 일이겠사오나 법을 손질하여 고려의 습속에 젖어 있는 백성들을 교화하는 것이 더 시급한 일이 아니겠사옵니까?
정도전	(대견한 듯 미소) 니 말이 옳다... 해서 내 너를 부른 것이다.
정진	(의아한)
정도전	(한편에 쌓인 한지 뭉치를 내미는) 이것을 다듬어 책으로 엮어 오거라.
정진	이것이 무엇이옵니까?
정도전	법 위의 법.
정진	!
정도전	조선이란 나라를 운용하는 기본 원리와 통치에 필요한 규범을 논한 것이다. 조선의 모든 통치행위는 이 틀 안에서 이뤄지게 될 것이다... 해서 이 책의 이름을... 조선경국전이라 할 것이다.
정진	조선... 경국전... (보는데)

최 씨, 굳은 얼굴로 들어온다.

최 씨	대감... 윤소종 대감 댁에서 기별이 왔사온데...
정도전	안 그래도 갑자기 며칠 휴가를 내서 의아하던 참이었는데... 그래, 무슨 일이라 합니까?
최 씨	...윤소종 대감이... 돌아가셨답니다.
정도전	!... (멍해지는)

32 ____ 윤소종의 집 일실 안 (밤)

윤소종의 시신 뉘어 있고, 조준, 정도전, 남은이 앉아 있다.

조준   (뜨거운 눈물을 쏟으며) 동정... 어찌 이리 허망하게 가실 수가 있단 말인가... 동정...

정도전   (먹먹해지는)

윤소종   (E) 소생 윤소종의 목숨도 내놓겠습니다.

F.B》31회 11씬의

윤소종   백성들의 현실도피를 부추기면서 부정부패의 온상이 되어버린 불교를 몰아내고 성리학을 숭상하는 나라를 만들어야 합니다!

F.B》35회 9씬의

윤소종   이성계 대감께선 군주가 되실 분이니 진심이든, 위선이든 탄핵에 반대하시는 것이 옳습니다. 허나 대감은 다릅니다. 칼을 뽑아야 할 때 망설이지 마십시오...

현재》

정도전   ...편히 가시게... 자네가 염원했던 민본의 나라를 반드시 만들어 낼 것일세.

남은   (크흑! 눈물을 흘리는)

슬픔을 삭이는 정도전, 남은, 조준. 눈을 감은 윤소종. 그리고 윤소종의 자료화면 위로 내레이션...

해설(Na) 윤소종... 찬성사를 지낸 윤택의 손자로 공민왕 대에 장원으로 급제한 후 성균사예, 성균관 대사성 등을 역임했다. 대쪽 같은 성품으로 부패한 관료들과 불교의 폐단에 대한 직언을 서슴지 않았고, 이로 인해 남을 비방한다는 이유로 탄핵을 당하기도 하였다. 경사를 두루 섭렵하고 시문에 능했으며 가산이 궁핍해도 손에서 책을 놓지 않았다고 전해진다. 태종과 세종조에 천재로 이름을 날린 윤회의 아버지다. 본관은 무송, 호는 동정이다.

33 _____ 동 마당 안 (밤)

문상객들이 삼삼오오 모여 앉아 있다. 일각에 정도전, 조준, 남은이 착잡하게 술잔을 기울이는데 누군가 다가선다. 남은, 보면 이방원이다.

남은   (일어나며) 정안군 대감...

정도전   ...

조준   (일어나는) 어서 오십시오.

이방원   대업의 동지들이 여기 다 모여 계셨군요... 이 사람도 오랜만에 자리를 함께해도 되겠습니까?

정도전   (천천히 일어나는) 앉으시옵소서.

이방원   (앉는)

정도전 등 (앉는)

이방원   (회고하듯) 이렇게 모여 있으니 함께 대업을 도모하며 동분서주하던 시절이 떠오르는군요. (넌지시) 그땐 우리 모두... 한마음 한뜻이었는데 말입니다.

정도전   ...

조준   지금 역시... 조선의 번영이라는 대의 앞에서 한마음 한뜻일 것이옵니다.

이방원   (미소) 삼봉 대감.

정도전   예.

이방원   세자마마의 사부가 되었다 들었습니다.

정도전   그렇사옵니다. (술잔 드는)

이방원   삼사를 아우르는 판삼사사에, 군권을 총괄하는 판의흥삼군부사께서 세자마마의 훈육까지 담당하시다니... 욕심이 너무 과하신 것 아닙니까?

정도전   (멈칫)

남은   ...정안군 대감.

정도전   (옅은 미소) 그 정도로 욕심이라 할 수 있겠사옵니까? 이제 곧 왕자마마들과 지방의 군벌들이 보유하고 있는 사병들을 나라의 공병으로 전환할 것이오니... 욕심이 많다는 타박은 그때 가서 듣겠사옵니다.

이방원   (굳어지는)

정도전   대업의 목표 중 하나는 사병을 혁파하고 강력한 상비군을 갖추는 것이었사옵니다. 이제 그것을 실현하려는 것이온데 어찌 이리 놀라십니까?

이방원   (피식) 아바마마의 눈과 귀를 가리고 어린 세자를 품에 끌어안더니... 이제 왕자들의 마지막 남은 힘까지 빼앗아 버리겠다?

조준·남은   (긴장)

정도전   백성에게 필요한 것은 힘센 나라이지, 힘센 왕자들이 아니옵니다.

이방원   그대의 뜻대로 되지만은 않을 것이오.

정도전   그리될 것이옵니다.

이방원   실권이란 실권은 모두 가져가더니... 마치 그대가 군왕인 것처럼 말씀하시는구려.

정도전   (미소)

이방원	이 나라가 그대의 나라요?
정도전	천만에요... 이씨의 나랍니다.
이방원	헌데 어찌 그대가 이 나라를 다스리려 드는 것이오?
정도전	...대감.
이방원	(보는)
정도전	조선은 임금이 디스리는 나라가 아니옵니다.
일동	!
이방원	뭐라?
정도전	조선에서 임금은 만백성의 어버이... 백성 위에 군림할 뿐... 백성을 다스리는 것은... 집정대신입니다.
이방원	!

이방원과 정도전의 얼굴에서 엔딩.

44회

정도전   조선은 임금이 다스리는 나라가 아니옵니다.

일동   !

이방원   뭐라?

정도전   조선에서 임금은 만백성의 어버이... 백성 위에 군림할 뿐... 백성을
        다스리는 것은... 집정대신입니다.

이방원   !

남은   (불안한) ...대감...

정도전   ...

이방원   지금... 이 나라를... 일개 신하가 다스린다 하였소?

정도전   일개 신하가 아니옵니다. 신분, 학연, 지연에 기대지 않고 오로지 과
        거로만 선발된 유능한 관료들로 가득 찬 조정... 지방의 호족과 군벌
        들에게 흩어져 있던 권력을 남김없이 회수한 강력한 조정... 그곳의
        정점에 서 있는 재상 중의 재상... 총재가 다스리는 것이옵니다.

이방원   (노기를 억누르며) 허면... 임금은 무엇을 하면 되는 것이오?

정도전   현명하고 경륜 있는 총재를 뽑아 그에게 나랏일을 맡기는 것이옵
        니다.

이방원   (기막힌 듯 허! 하는)

조준   (해명하듯) 삼봉 대감의 말을 너무 곡해하실 필요는 없사옵니다.
        그 옛날 요순시대의 군주와 재상의 관계가 그러하였으니 조선의
        현실에 맞게 계승할 것은 계승하자는 취지의 발언일 것이옵니다.

정도전   (속내를 알 수 없는 엷은 미소)

이방원   옛날은 그저 옛날... 우리가 살고 있는 세상은 요순의 시대가 아니
        라 난세요.

정도전   정치가의 발은 진창을 딛고 있어도 손은 하늘을 가리켜야 하는 것
        이옵니다. 비루한 현실 속에서도 부단히 이상을 찾아 움직이는

	것... 그것이 정치하는 사람의 소임이옵니다.
이방원	(노려보며) 조선은 임금의 나라요... 다스리는 자도 당연히 임금이어야 하오. 고려와 고려 이전의 숱한 왕조들처럼 말이오.
정도전	임금은 맡기고, 재상은 다스립니다. 그것이 고려와 고려 이전의 숱한 왕조들과 우리 조선이 다른 점이옵니다.
조준	대감... 오늘은 이만하시지요... (하는데)
이방원	삼봉 대감.
정도전	말씀하시옵소서.
이방원	그대의 뜻대로 되지는 않을 것이오.
정도전	(미소)
이방원	설사 아바마마께서 이를 용인한다 해두 나 이방원은 결코... 좌시하지 않을 것이오.
정도전	(술 마시고 잔 내려놓은 뒤) 정안군 대감...
이방원	(보는)
정도전	사가에 물러나 있는 왕자들은 정사에 뜻을 두어서는 아니 되는 것이옵니다. 해서 대궐과 조정에서 무슨 일이 벌어지건 대감께선 몸을 낮추고... 좌시하십시오.
이방원	(피식) 그리 못 하겠다면... 어찌하시겠소이까?
정도전	(묵묵히 보는)
이방원	왕자인 나를 도모라도 하실 작정이시오?
조준	정안군 대감!
남은	이거 말씀이 좀 과한 듯싶습니다!
이방원	(피식) 어디 말씀을 한번 해보세요... 삼봉 대감.
정도전	정 궁금하시면 하고 싶은 대로 해보시옵소서... 소신의 대답을 귀가 아닌 눈으로 보시게 될 것이옵니다.
이방원	!
정도전	허면... (일어나 가는)

남은	(따르는)
조준	(옅은 한숨)
이방원	(피식 쓴웃음을 무는, 술잔 비우고 훅! 분을 참는)

2 ＿＿＿＿ 정도전의 집 사랑채 안 (밤)

정도전, 남은이 앉아 있다.

남은	정안군을 너무 만만히 보면 아니 되십니다.
정도전	(피식 웃는)
남은	대감의 총재 정치는 듣기에 따라선 군왕에 대한 하극상으로 비춰질 소지가 있습니다. 아시지요?
정도전	이 사람이 역적이 될까 두려운 것인가?
남은	역적까진 아니더라두 구설수에 휘말릴까 싶어 이러는 것 아닙니까? 전하께서도... 썩 달가워하지 않으실 것입니다.
정도전	...

F.B》 43회 27씬의

이성계	하나 분명히 아는 거는... 내가 생각했던 임금은 이런 거이 아니었지비.

현재》

정도전	...
정진	(E) 아버님, 소자 정진입니다.
정도전	들어오너라.

정진, 서책 두 권을 들고 들어온다.

정진　　숙부님도 와 계셨군요.

남은　　오냐... 그간 별고 없었느냐?

정진　　아버님께서 시키신 일 때문에 정신이 없었습니다.

남은　　?

정도전　　그것이냐?

정진　　예. (건네는)

정도전　　(받아서 유심히 보는)

남은　　(한 권 집어 보면 朝鮮經國典 下조선경국전 하라는 표지)... 이게 뭐요?

정도전　　정안군이 좌시하지 않겠다고 한 물건이지... 자칫하면 전하에 대한
　　　　하극상으로 비춰질 수도 있는...

남은　　!... (책을 다시 보는)

해설(Na)　　(E) 조선경국전...

3 ＿＿＿＿ **해설 몽타주 (낮)**

1) 대궐 침전 안 – 이성계와 마주 앉은 정도전, 김 내관이 조선경국
전 한 질을 바친다.

2) 빈청 도당 안 – 상석의 조준, 이지란, 남은, 민제, 하륜 등이 앉아
있고 정도전, 일어나 설파하는 모습. '식화의 근본은 농업에 있고,
공상은 말업입니다. 토지개간을 장려하여 농민의 수를 늘리고, 소
작을 금지하여 자영농을 육성해야 합니다. 부세를 공정히 하고, 세
율을 낮춤으로써 민생을 안정시키고 늘어난 수입으로 국방을 튼튼
히 해야 합니다!' 정도로.

3) 동 정도전의 집무실 안 – 무장들 가득 들어차 있다. 정도전, '조

선은 동방에서 가장 강한 군대를 가진 나라가 될 것이다! 나라는 군대에 의존해서 존재하고, 군대는 식량에 의존해서 생존하는 것이다!' 정도 힘주어 외친다.

해설(Na) 서기 1394년 징도전이 태조 이성계에게 지어 바친 법전으로 주나라 때 주공이 편찬한 주례의 육전체제를 모델로 하고 중국의 역대 제도를 참조하여 조선의 현실에 맞는 통치 규범을 제시한 책이다. 강력한 중앙집권, 능력 위주의 관리 선발, 병농일치의 국방과 경제, 조세 형평을 통한 민생 안정과 국부의 증대 등 그의 선진적인 정치 사상이 망라되어 있는 이 책은 후일 조선의 공식 법전인 경국대전의 모체가 되는데... 재상이 통치의 실권을 갖는다는 파격적인 주장도 함께 담겨 있었다.

(해설 끝나면) 4) 다시 침전 안 – 서안 위에 놓이는 책. 덮으면 조선경국전 표지가 나온다. 물끄러미 책을 바라보는 이성계. 고민스러운 표정에서...

4 _____ 대궐 뜰 안 (밤)

이방원, 이방과 등 한 씨 소생의 왕자들이 굳은 표정으로 걸어온다.

이방과 (E) 조선경국전의 인쇄와 배포를 금지해야 하옵니다!

5 _____ 동 침전 안 (밤)

이성계, 왕자들과 앉아 있다.

이방과 신하가 나라를 다스리다니요! 이는 왕권에 대한 노골적인 도전이 옵니다!

이성계 (짜증을 누르며) 어캐 몰려들 와서 이라니? 니들은 나랏일에 왈가 왈부하지 말라우...

이방과 (답답한) 아바마마!

이성계 기왕 궐에 온 김에 어마마마하구 세자한테 안부나 묻고 가라우.

이방과 (기막힌 듯 허! 하고)

이방원 아바마마께서는 분하지도 않으십니까?

이성계 무시기라?

이방원 정도전은 대업이란 미명하에 아바마마의 힘을 이용하여 자신의 이상을 달성하려고 했던 것이옵니다. 아바마마께선... 속으신 것이란 말이옵니다!

이성계 방워이 니... 말조심 못 하갔니?

이방원 조선경국전은 법전을 빙자하여 반역의 논리를 설파하는 괴작이옵니다! 이를 묵과하면 아니 되시옵니다!

이성계 (울컥, 서안 위의 상소 정도 쥐는)

이방원 (미동도 않고 보는)

이성계 (차마 던지지 못하고... 훅! 숨 내쉬는)

김 내관 (E) 전하, 판삼사사 겸 판의흥삼군부사 정도전 입시이옵니다.

일동 !

이성계 ... (후~ 숨 내쉬고) 그만 나가들 보라우.

이방원 ...

6 _____ 동 앞 (밤)

상소를 든 정도전, 김 내관이 옆에 서 있다. 이방과 등 왕자들이 나오면 정도전, 가볍게 목례를 한다. 왕자들, 노려보며 지나쳐간다. 이방원, 멈추는...

이방원   이번엔 아바마마의 진노를 어찌 풀지... 내 지켜보겠소이다.
정도전   전하께서 진노하실 일을 한 적이 없사오니 풀어드릴 일도 없을 것이옵니다.
이방원   (노려보다 피식 웃고 가는)
정도전   ...

7 _____ 다시 침전 안 (밤)

이성계 앞에 정도전, 앉아 있다.

정도전   (덤덤히) 전하에 대한 명나라 황제의 책봉이 늦어지면서 조선에 협조적이던 여진족들의 분위기가 변하고 있사옵니다. 이지란 대감을 동북면도안무사로 파견하여 변방을 안정시키고 여진족들의 충성을 다짐받도록 하겠사옵니다.
이성계   ...그리하시우다.
정도전   (일어나 상소를 서안에 올려놓는)
이성계   (흘끔 보고) 이게 뭐우까?
정도전   소신이 판의홍삼군부사로서 올리는 상소이옵니다. 왕자와 종친, 각 도의 절제사들이 거느린 사병을 나라의 공병으로 전환하자는 내용이옵니다.

이성계	...
정도전	조선은 중앙집권을 추구하는 나라이옵니다. 이를 위해서는 나라의 모든 군권이 조정에 귀속되어야 하온데 사병을 보유한 군벌들의 비협조로 난항을 겪고 있사옵니다.
이성계	그 사람들이라고 앉아서 자기 병사를 나라에 뺏기고 싶겠수까. 이 건 다음에 하시우다.
정도전	사병 혁파와 군제개혁은 건국사업의 핵심이옵니다. 미룰 일이 아니옵니다.
이성계	...다음에 하시우다.
정도전	(기분이 좋지 않다 싶은) ...허면 소신 이만 물러가겠사오니 상소를 찬찬히 읽어주시기 바라옵니다. (물러나려는데)
이성계	삼봉...
정도전	(보는)
이성계	재상이 나라를 다스려야 한다고 했지비?
정도전	그렇사옵니다.
이성계	어째서 그렇수까?
정도전	임금은 세습되기 때문이옵니다.
이성계	(보는)
정도전	자자손손 성군과 현군만 나온다면 얼마나 좋겠사옵니까? 하오나 어리석고 무능한 암군이 나올 수도, 무도한 폭군이 나타날 수도 있사옵니다. 해서 임금이 다스리는 나라는 언제 폭풍이 불어올지 모르는 망망대해 같은 것이옵니다.
이성계	재상이 다스리문 달라지는 거우까?
정도전	재상은 세습되지 않사옵니다. 언제든 바뀔 수 있기에, 바뀌지 않기 위해 늘 최선을 다합니다.
이성계	이인임이두 재상이었수다.
정도전	혈통을 중시했던 고려와 능력을 우선하는 조선의 재상은 다르옵니

다. 유학과 정치에 뜻을 둔 사대부, 그중에서도 과거에 급제한 관료, 또 그중에서 고르고 골라낸 현자가 바로 조선의 재상이옵니다. 이 같은 현자가 위로는 임금을 받들고, 아래로는 모든 관리를 통솔하며 만민을 다스릴 때, 그리고 그것이 조선의 통치원리로서 확고히 자리 잡을 때... 비로소 조신은 백성에게 항구적인 태평성대를 보장하는 나라가 될 것이옵니다.

이성계 ...함주막으로 과인을 처음 찾아왔을 때부터 그런 생각이었수까?

정도전 ....그렇사옵니다.

이성계 (피식) 그랬구만... 그때부터 내를 허수아비로 쓸라 그랬는데 내만 그걸 모르고 지금까지 용을 쓴 것이구만...

정도전 전하... 오해시옵니다.

이성계 (단호히) 그만... 나가시오.

정도전 (보다가 하는 수 없다는 듯 인사하고 나가는)

이성계 ...

8 _____ 동 현비전 안 (밤)

강 씨, 이방석, 이방원 등 왕자들이 앉아 있다. 긴장이 흐르는...

강 씨 (노기 어린) 야심한 시각에 이리 몰려온 연유가 무엇이냐?

이방과 삼봉 정도전은 왕권을 부정하는 자이옵니다. 그런 불순한 자에게 세자의 훈육을 맡길 수는 없는 것이옵니다.

강 씨 해서... 지금 세자의 사부를 바꾸기라도 하라는 것이냐?

이방과 모쪼록... 그리하여 주셨으면 하옵니다.

강 씨 주제넘구나, 영안군! 왕자들이 어찌 세자의 사부를 문제 삼는 것이냐? 이는 엄연히 대전과 도당에서 결정할 일임을 모르는 것이더냐?

이방원	어마마마께오서는... 삼봉 대감의 조선경국전을 읽어보셨사옵니까?
강 씨	....오냐.
이방원	그런 불손한 생각을 가진 자에게 세자의 훈육을 맡기는 것이 불안하지도 않으시옵니까?
강 씨	(말문 막히는)
이방원	(비꼬듯) 더욱이 몸소 낳으신 애지중지하는 아드님이 아니옵니까?
강 씨	(발끈) 뭐라?
이방원	(보는데)
이방석	(이방원에게) 어찌하여... 어마마마께서 불안해하셔야 하는 것입니까?
일동	(보는)
이방석	삼봉 대감이 왕권을 부정하였습니까? 삼봉 대감은 군주를 가리켜 천명의 대행자이고 종묘와 사직이 의지하여 돌아가는 곳이며 자손과 신하와 백성이 우러르는 존재라 하였습니다.
이방원	그런 것을 빛 좋은 개살구라 부르는 것이옵니다. 만인의 우러름을 받을 뿐 만인을 다스릴 권력이 없지 않사옵니까?
이방석	집이 크고 식구가 많은데 어찌 주인이 이를 다 감당하겠습니까? 솜씨 좋은 집사에게 맡겨두는 편이 낫습니다.
이방원	(피식) 주인이기는 한 것입니까? 삼봉은 심지어 임금이 사사로운 재산도 가져서는 아니 된다고 적고 있습니다.
이방석	이미 천하의 토지와 백성이 임금의 것인데 구태여 사사로이 부를 쌓을 이유가 있습니까?
이방원	삼봉은 왕실 행사의 경비까지 조목조목 재상의 결재를 득해야 한다고 떠듭니다. 이래서야 다달이 녹봉을 타 먹는 관리들과 다를 것이 무엇이겠습니까?
이방석	군왕의 사치와 부패를 막기 위한 방도입니다. 군왕이 깨끗해지면 관리들, 나아가 백성들까지 다 깨끗해지는 것입니다.

이방원	(노기 어리는) 정녕... 고려가 어찌 망했는지 모르십니까?
이방석	(태연히) 어찌 망했습니까?
이방원	왕권이 미약했기 때문입니다. 군주는 허수아비나 다름없었고 도당을 장악한 집정대신이 국정을 농단하였기 때문입니다.
이방석	그 이전에 왕들이 덕밍이 없었기 때문입니다.
이방원	!
이방석	덕망이 없으니 민심이 멀어지고, 그 틈을 간악한 권신들이 파고든 것입니다. 허나 조선에서는 그런 일이 벌어지지 않습니다.
이방원	(제법이라는 듯 보다가) 어찌 그리 확신하시옵니까?
이방석	삼봉 대감을 믿으니까요.
이방원	(기막힌 듯 허! 웃고는) 삼봉이 아무리 마마를 국본에 세운 일등공신이라지만... 이거 세뇌를 당해도 너무 당한 것 아닙니까?
강 씨	(발끈) 정안군! 그 입 다물지 못하겠느냐!
이방원	(노려보는)
이방과	(나직이 이방원에게) 정안군... 자중하시게.
강 씨	(파르르 떨며) 니 지금 예서 세자가 되지 못한 분풀이를 하는 것이냐! 감히 중전과 세자의 면전에서 어찌 이토록 참담한 언사를 내뱉을 수 있단 말이냐!
이방원	(보다가 씁쓸한 미소) 세자마마와의 토론에 열중한 나머지 잠시 흥분을 한 듯싶사옵니다. 바라옵건대 넓은 아량으로 용서해 주시옵소서.
강 씨	(노려보다 훅! 숨 내쉬고) 꼴도 보기 싫으니 썩 물러가거라.
이방석	어마마마...
이방원	(노려보는)
강 씨	썩 물러가지 못하겠느냐!!
이방원	(피식 일어나 인사도 않고 문을 쾅 닫고 나가는)
일동	!!

강 씨	(발끈) 저런 발칙한!!
이방석	어마마마! ...고정하시옵소서.
강 씨	(노기를 가까스로 참는)
하륜	(E) 대감께서 실수를 하신 것이옵니다.

9 _____ 이방원의 집 사랑채 안 (밤)

이방원, 하륜, 민 씨가 앉아 있다.

하륜	중전마마 역시 삼봉의 주장이 달가울 리는 없었을 터... 기분을 맞춰드린 연후에 삼봉과의 결속을 깰 기회를 노렸어야 하옵니다.
이방원	대감의 말씀이 맞습니다... 이 사람이 의안군에게 허를 찔리는 바람에 흥분을 했었습니다.
하륜	의안군을 얕보시면 아니 되십니다. 나이는 어리지만 총명함이 범상치 않사옵니다.
민 씨	그나저나 조선경국전의 일이 어찌 될 것 같습니까?
하륜	조선경국전은 삼봉 개인의 저작일 뿐 조선의 공식 법전이 아니옵니다. 문제는 전하께서 삼봉의 주장에 동조를 하느냐, 마느냐 하는 것이온데... 결국은 삼봉을 얼마나 믿느냐가 관건이겠지요.
이방원	...

10 _____ 대궐 침전 안 (밤)

이성계, 생각에 잠긴...

이방원   정도전은 대업이란 미명하에 아바마마의 힘을 이용하여 자신의 이상을 달성하려고 했던 것이옵니다. 아바마마께선... 속으신 것이란 말이옵니다!

F.B》7씬의

정도전   임금이 다스리는 나라는 언제 폭풍이 불어올지 모르는 망망대해 같은 것이옵니다.

현재》

이성계   (고심하는)

11 _____ 빈청 정도전의 집무실 안 (밤)

정도전, 병서들을 수북이 쌓아놓고 진도를 그리고 있다. 피곤한 듯 미간을 짚는데 남은, 들어온다.

남은   퇴청 안 하시우?
정도전   (붓 집으며) 자네 먼저 들어가 보시게.
남은   이건 또 뭐유?
정도전   진도. 병사들의 진법일세... 의흥삼군부°의 장졸들부터 훈련시킬 생각이네.
남은   (보다가) 밤이 늦었수. 오늘은 이만하고 같이 나갑시다.
정도전   이것 말고도 할 일이 산더밀세. 먼저 가시게... (미소)

°   군령과 군정을 총괄하는 최고 군사기구.

남은	(팔 걷어붙이며) 아, 그럼 난 먹이라도 갈아드리겠수.
정도전	(고마운 듯 보는데)

김 내관, 굳은 얼굴로 '대감' 하며 들어온다. 정도전, 보면.

김 내관	저기... 전하께서 찾아계십니다.
정도전	(일어나는데)
김 내관	헌데 저기...
정도전	(보면)
김 내관	(난감한) 이리 가셔도 되는 것인지 잘 모르겠습니다...
정도전	?

12 _____ 대궐 후원 일각 (밤)

일각에 짚단이 하나 서 있고, 이성계가 홀로 칼을 쥐고 서 있다.

13 _____ 다시 정도전의 집무실 안 (밤)

남은	(정도전의 소매를 잡으며) 내가 가서 퇴청했다 둘러대겠수. 어쩐지 감이 좋지 않습니다.
정도전	...
남은	조선경국전 때문에 심기가 상해계신 전하가 아니십니까? ...가지 마시우.
정도전	...

14 _____ 다시 후원 일각 (밤)

이성계, 호흡을 가다듬고 초식을 운용한다. 어느 순간, 이성계의 시야에 홀로 선 정도전이 들어온다. 정도전, 인사한다.

이성계   (훅! 숨 내쉬고, 떠보듯이) 아! 조선에서 임금보다 높은 분이 오셨구마.

정도전   ...

이성계   (칼을 들고 다가서는) 순진한 촌뜨기를 임금 맹글어 주갔다고 꼬셔서리 피칠갑된 용상에 앉게 하더이만... 이제 와서 나라는 신하가 다스린다?

정도전   소신, 그에 관해선 아까 침전에서 다 말씀드렸사옵니다.

이성계   내는 동의할 수 없소. 그건... 개소리우다.

정도전   임금을 위한 나라를 꿈꾼다면 개소리일 것이고, 백성을 위한 나라를 꿈꾼다면 진리일 것이옵니다.

이성계   조선경국전... 태워버리시우다.

정도전   ...못 합니다.

이성계   내가 임금이우다. 임금 말 거역하면 어찌 되는지 모르시우까!

정도전   진정한 재상은 잘못된 임금의 말은 따르지 않사옵니다.

이성계   태워버리시우다.

정도전   못 합니다.

이성계   (보는)

정도전   (보는)

이성계, 갑자기 타앗! 소리치며 짚단을 벤다. 바닥에 나뒹구는 짚단. 정도전, 보면.

이성계	(피식 웃는) 내 이럴 줄 알았지비... 도통 내를 임금 취급을 아이 하는 사람이니 말이우다... 내 어쩌다 이런 고약한 양반을 만나서리... (베어진 짚단 가리키며) 이거이 뭔지 아우까?
정도전	무엇입니까?
이성계	삼봉 당신입메.
정도전	...
이성계	(흔쾌히) 좋수다! 삼봉이 원한다면 내 용포까지 홀딱 벗어주갔소. 어디 하고 싶은 대로 해봅소. 내 밀어주지비.
정도전	전하...
이성계	단, 과인한테 옥새를 줄 때 했던 약속은 잊지 마시우다. 백성들이 사램답게 살고 포은한테 아이 부끄러운 나라를 맹글겠단 것 말이우다.
정도전	그 약속에 소신의 목숨을 걸지 않았사옵니까?
이성계	맞수다... 그거 못 지키문 그땐 진짜 벨 거요.
정도전	(먹먹한) 전하...
이성계	(미소)

15 _____ 이방원의 집 외경 (낮)

이방원	(E) 결국 일이 그리되었구만...

16 _____ 동 사랑채 안 (낮)

이방원, 민 씨, 하륜이 앉아 있다.

이방원	(쓸쓸한) 역시 아바마마께선 삼봉을 버리지 못하시는구만... (피식)
민 씨	허나 이건 너무한 처사입니다. 신하가 다스리는 나라라니요?
하륜	이제 삼봉은 달리는 말에 날개를 단 격이 됐사옵니다. 필경 여세를 몰아 개혁을 서두를 것이옵니다.
이방원	(생각하는데)
조영규	(E) 대감, 조영규입니다.
이방원	어서 드시게.

조영규, 급히 들어와 아뢴다.

조영규	의흥삼군부에서 연통이 왔사온데 오후에 교동에서 삼봉 대감이 참관하는 열병식이 열린다 하옵니다.
민 씨	열병식을요?
조영규	해서 각도의 절제사와 왕자, 종친들이 거느린 사병들 중 도성에 있는 장졸들은 한 사람도 빠짐없이 모이라 하였사옵니다.
이방원	(심각한)
하륜	올 것이 왔사옵니다. 사병들에 대한 조정의 통제를 강화하려는 심산입니다.
이방원	종래에는 군제개혁이라는 미명하에 사병을 혁파하려는 것일 테구.
민 씨	허면 이를 어찌 대처해야 하겠습니까?
하륜	초반 국면이니 강수를 두어 응수타진을 해보는 것도 나쁘진 않을 것이옵니다.
이방원	(생각하는)

17 _____ 빈청 정도전의 집무실 안 (낮)

정도전, 이지란, 조준, 남은이 앉아 있다.

정도전 이 장군께서 동북면으로 가서 수고를 좀 해주셔야겠습니다.

이지란 아, 수고는 무슨... 내사 고향 가서 동족들 만나는 것 아이오? 도성에 있는 것보다 백배는 낫수다.

정도전 명나라 간자들의 눈과 귀가 도처에 숨어 있을 것입니다. 여진족을 우리 편으로 끌어들이되 명나라를 자극할 만한 군사 행동은 삼가셔야 합니다.

이지란 (긴하게) 알갔소. 걱정하지 마시우다.

정도전 (미소 머금고 조준에게) 이 사람은 당분간 군제개혁에 집중을 해야 합니다. 허니 우재께서는 행정구역과 백성들의 호적을 정비하는 일을 처리해 주시오.

조준 예, 대감.

정도전 열병식 장소가 교동이었던가?

남은 그렇습니다. 지금 출발해야 합니다.

정도전 ... (일어나는)

18 _____ 교동 공터 (낮)

횅한 교정... 일각에 병사들 몇 명만 서 있다. 연단에 부장들을 대동하고 갑옷을 입은 정도전, 묵묵히 바라본다. 남은, 허겁지겁 다가선다.

남은 대감!

정도전 ...불참을 한 연유가 무엇이라던가?

남은	모두 약속이나 한 듯 똑같은 얘깁니다. 맡은 임무들이 많아 병사를 열병식에 보낼 여력이 없다는 것입니다. 헌데...
정도전	...헌데?
남은	정안군 이방원의 집에서 왕자들과 절제사들의 회합이 있었다 합니다. 분명 이방원이 주동한 것입니다.

정도전, 휑한 교정을 둘러본다. 생각이 깊은데 저만치 심효생이 달려와 멈춘다. 정도전, 보면...

심효생	(긴장한) 대감... 속히 입궐을 하셔야겠습니다.
정도전	?
남은	무슨 일인데 그러시오, 심 장군.
심효생	명나라 황제가 칙서를 보내왔습니다.
남은	!
정도전	...

19 _____ 대궐 침전 안 (낮)

이성계, 앉아 있다. 김 내관, 칙서를 읽어주고 있다.

김 내관	근자에 감포 등지에서 수어하던 군사들이 아국을 정탐하던 여진족 다섯을 붙잡아 취조하니 공히 조선의 관리들이 겁박하여 보낸 것이라 한다. 짐은 너희의 무엄함을 용서할 수가 없다. 조선의 권지국사°이성계는 아들 중 한 명을 보내 전말을 해명하고 엎드려 빌게 하라.

° 중국으로부터 정식 책봉을 받지 못한 왕의 칭호.

이성계	... (울컥 일어나는)
김 내관	만일 이를 속히 이행치 아니하면 짐은 너희의, (하는데)
이성계	(칙서를 빼앗아 내동댕이치고 발로 짓이기는)
김 내관	전하... 이건 황제의 칙서이옵니다...
이성계	주원장이 이 간나새끼... 이 간나새끼...!! (분이 치미는)

20 _____ 빈청 도당 안 (낮)

조준, 정도전, 남은, 심효생, 하륜, 민제 등 재상들이 앉아 있다.

남은	명나라와 북방에 간자를 보내 정탐을 하는 것은 사실이지만 조선인이 아닌 간자를 파견한 적은 없습니다.
조준	생떼를 쓰는 것이지요. 우리가 여진족을 접촉하는 것에 대한 보복에 나선 것 같습니다.
민제	(난감한) 그렇다고 대뜸 왕자를 보내라니... 볼모로 삼겠다는 의도가 아니겠소이까?
하륜	여진족에 대한 회유를 중단하고 조공을 보내 원만한 수습을 도모하는 것이 어떻겠습니까?
남은	이 정도 압력에 굴복한다면 명나라는 물론 여진족들이 조선을 어찌 보겠소이까? 고려와 다름없는 변변찮은 나라라 여길 터... 조선의 국방이 위태로워질 것입니다!
하륜	허나 명나라의 입장에선 우리가 여진과 접촉하는 것은 명백한 도발입니다. 저들이 가장 불편해하는 것이 요동에 거주하는 여진족과 우리가 힘을 합치는 것임을 모르십니까?
심효생	어허! 저들이 불편해한다 하여 하지 않는다면 그것을 어찌 나라라 하겠소이까?

하륜	다들 뭔가 착각을 하시는 모양이온데 우린 사대를 하는 나랍니다.
조준	소국이 대국을 섬기는 것을 사대라 하고, 대국이 소국을 보살피는 것은 자소라 합니다. 사대와 자소는 한몸과 같은 것이니 자소가 없는 사대는 굴종이고 구걸입니다.
하륜	(허! 하는)
심효생	맞습니다! 명나라가 전하를 책봉할 때까지 지금의 북방정책을 철회해선 아니 됩니다!
민제	허나 당장 황제가 조선의 왕자를 보내라지 않습니까? 이 문제는 그럼 어찌하잔 말씀이시오?
일동	(난감한)
정도전	...당분간... 북방정책을 중단합시다.
일동	!
남은	대감!
정도전	이지란 장군을 불러들이고 요동에 나가 있는 간자들을 불러들입시다.
조준	갑자기 어찌 이러는 것입니까? 북방정책을 추진했던 분은 다름 아닌 대감이십니다.
정도전	(부드러운 표정으로 보는) 소나기가 내리니 잠시 처마 밑을 찾는 것뿐입니다. 비가 그치면 다시 나가면 그만입니다. (일어나 나가는)
일동	(의아하고 당혹스러운)
하륜	...

21 _____ 대궐 침전 안 (낮)

이성계 앞에 정도전, 앉아 있다.

정도전	명나라에는... 정안군을 보내시옵소서.

이성계	이봅소, 삼봉!
정도전	왕자들 중 유일하게 황제를 알현한 경험이 있사옵니다. 정안군이 적임이옵니다.
이성계	...아무리 눈 밖에 난 자식이래도 자식은 자식임메... 과인은 가를 사지로 내몰 순 없수다.
정도전	정안군이 어느새 영안군을 제치고 왕자들의 대표가 되어가는 분위 깁니다. 근자에는 하륜을 책사로 영입한 정황도 포착되었사옵니다. 정안군의 세몰이를 방치하였다간 장차 어떤 일이 벌어질지 모르옵니다.
이성계	그만하시우다!
정도전	정안군이 사라져야 세자의 자리가 안정될 것임을 어찌 모르시옵니까!
이성계	!
정도전	정안군의 야심은 사직의 적이옵니다. 언젠가 전하의 손으로 정안군을 베야 하는 비극이 벌어질 수도 있사옵니다. 차라리 명나라로 보내시옵소서.
이성계	(고심하는)
정도전	선택하셔야 하옵니다... 세자와 정안군 중에서...
이성계	(기막힌 듯 허! 하는)

22 _____ 이방원의 집 외경 (밤)

민 씨	(E) (놀라) 명나라에 정안군을 보내다니요?

23 _____ 동 사랑채 안 (밤)

이방원, 민 씨, 민제, 하륜이 앉아 있다.

민제　확실치는 않사온데 궐 내에서 그런 얘기가 돌고 있사옵니다.

이방원　...

하륜　삼봉이 갑자기 명나라에 유화적인 태도를 취한 이유가 이것이었습니다. 대감을 명나라로 보낸 연후에 사병을 혁파하겠다는 의중이옵니다.

이방원　(쓸쓸한 듯 피식) 이번에도 역시... 삼봉입니까?

민 씨　(다급히) 이러고 있을 때가 아닙니다. 속히 동북면으로 몸을 피하시어요. 소첩이 무슨 구실이든 둘러대겠습니다.

이방원　그런다고 될 일이 아닌 듯싶습니다만...

민 씨　그렇다고 이리 앉아 당하실 참입니까?

이방원　(갈등하는)

민 씨　대감!

이방원　(판단이 서지 않는)

하륜　송구하오나 소생... 한 말씀 올리겠사옵니다.

이방원　(보는)

하륜　(의미심장한)

24 _____ 대궐 침전 안 (밤)

이성계 앞에 이방원, 앉아 있다.

이성계　(착잡한) 어캐 왔니?

이방원	...
이성계	어캐 왔냐고 묻지 않니?
이방원	삼봉 대감이 소자를 명나라로 보내라 주청했다 들었사옵니다.
이성계	...그래서?
이방원	소자... 가겠사옵니다.
이성계	!
이방원	가서... 죽거나 볼모가 되는 한이 있더라도 기꺼이 가겠사옵니다.
이성계	그거이 진심으로 하는 말이니?
이방원	어차피 소자는 갈 수밖에 없는 운명이지 않사옵니까? 세자마마의 전도에 방해가 되는 못난 아들이니까요.
이성계	(마음 한구석이 아려오는)
이방원	다만 아바마마께 한 가지 청이 있사옵니다. 소자가 돌아오든, 돌아오지 못하든 삼봉 대감의 사병 혁파만은 막아주시옵소서.
이성계	...
이방원	우리 가문은 대대로 사병에 기반하여 군벌로 성장한 집안이옵니다. 사병이 없다는 것은 우리 가문의 뿌리를 잃는 것과 같사옵니다. 이마저 삼봉의 수중에 들어간다면 그때는 정말 이 나라가 이씨의 나라인지, 정씨의 나라인지 분간을 할 수 없게 될 것이옵니다.
이성계	(먹먹해지는) 방원아. 정말 니... 갈래?
이방원	(애써 미소) 예. 가겠사옵니다.
이성계	(찡한)
이방원	(E) 소자, 아버님 대신 이색을 따라 명나라로 가겠습니다.

F.B》32회 7씬의

이성계	(중략) ...거가 어떤 덴 줄 알고 니가 간다고 그러니!
이방원	압니다. 가면 죽을 수도 있는 곳입니다.
이성계	알문서 기딴 소리를 지껄이는 거이니! 세상에 지 살라고 지 아들내

밀 사지로 처넣는 부모도 있다든!

이방원　부모가 죽는 것을 수수방관하는 자식은 세상에 있는 것입니까!

현재》

이성계　(눈물이 맺히는)

이방원　아바마마... 소자, 진심을 다해 말씀드리옵니다... 삼봉을 믿지 마시옵소서... 그자는 임금을 부정하는 간적이옵니다.

이성계　(일어나 이방원 앞에 다가가 앉는)

이방원　(보는)

이성계　(안타까운) 야 이놈아. 이 바보 같은 자식아...

이방원　...아바마마...

이성계　(어깨 툭툭 때리며 원망과 안타까움이 섞인) 니가 자꾸 이라이... 이런 참담한 일이 생기는 거잖네... 그냥 다른 형제들처럼... 꾹 참고 지냈으문 얼마나 좋냐 말이다... 어이?

이방원　(조금 북받치는) 소자, 비록 아바마마의 선택을 받지는 못 하였사오나... 그래도 아바마마의 아들이 아니옵니까? 헌데 어찌 간적의 횡포 앞에 침묵할 수가 있겠사옵니까?

이성계　방워이...

이방원　소자... 명나라에 가서도 아바마마와 조선을 한시도 잊지 않을 것이옵니다.

이성계　(고개 떨구고 눈물을 참는)

이방원　(보는)

25 _____ F.B - (씬23에서 이어지는) 이방원의 사랑채 안 (밤)

하륜　기왕에 가실 것, 자진해서 가시옵소서. 성심이 어지신 전하께선 분

명 대감에 대한 앙금을 훌훌 털어버릴 것이옵니다. 허면... 후일을
도모할 수 있사옵니다.

26 _____ 다시 침전 안 (밤)

이성계, 흐느낀다. 이방원, 의미심장한 표정으로 보는...

27 _____ 빈청 앞 (낮)

이방원을 제외한 사신단이 서 있다.

28 _____ 동 정도전의 집무실 안 (낮)

정도전, 이방원, 앉아 있다.

정도전　(표문함을 내어주며 덤덤히) 황제께 바칠 표문이옵니다.

이방원　(받는)

정도전　(일어나며) 허면 몸 건강히 잘 다녀오십시오.

이방원　(따라 일어나며) 삼봉 대감.

정도전　(보는)

이방원　(정색하고) 내 반드시... 살아서 돌아올 것이오.

정도전　고대하겠사옵니다.

이방원　고대가 아니라... 각오를 해야 할 것이오.

정도전　(보는... 애송이를 바라보듯 미소)

이방원	그나저나 사병을 혁파하려던 계획이 중단되어서 아쉽겠습니다.
정도전	(옅은 미소) 전하의 슬픔이 가시고 나면 다시 시작할 것이옵니다.
이방원	이 사람이 사신을 결심한 조건을 어기겠단 말씀이십니까?
정도전	어차피 가실 수밖에 없는 사신이었습니다. 소신이 대감과 약속을 한 것도 아니구요.
이방원	(피식) 분명히 말해두는데 대감의 뜻대로는 되지 않을 것입니다.
정도전	(미소) 무언가 믿는 구석이 있어 보이십니다.
이방원	두고 보면 아시게 될 겝니다. (나가는)
정도전	(미소 가시고 조금 찜찜해지는)

29 _____ 대궐 침전 안 (낮)

이성계, 술을 마시고 있다. 이지란, 앉아 있다.

이지란	전하... 낮부터 어캐 어주를 이캐 드십메까?
이성계	술이나 처묵지 할 일이 뭐가 있다고... 니도 한잔해라.
이지란	(큼... 못 이기는 척 다가가 받는) 기카문 뭐... 한잔만...
이성계	(핏 웃고) 간나새끼... (따르며) 지란아. 방워이는 잘 댕기오갔지?
이지란	그럴 것이옵메다. 정안군이 보통 총명한 사람이 아니잖슴메.
이성계	(후~) 명색이 임금씩이나 돼서리... 지 아새끼 하나 못 지키구... 에이... 무시기 이런 개떡 같은 임금이 다 있단 말이니, (하는데)
김 내관	(E) 전하... 첨서중추원사 하륜, 입시이옵니다.
이성계	?
이지란	하륜?
이성계	들라 해라.

하륜, 들어와 예를 표하고 앉는다.

이성계　어찌 오셨소?

하륜　전하... 신 음양산정도감의 일을 고하러 왔사옵니다.

이성계　!... 말해보시오.

하륜　조선의 도읍지로 삼을 만한 최고의 명당을 찾아냈사옵니다.

이성계　그게 어디요?

하륜　무악°이옵니다.

이성계　!

30 ＿＿＿ 정도전의 집무실 안 (낮)

정도전, 조준, 남은, 심효생이 앉아 있다.

남은　우리의 군제개혁을 막기 위해 천도 문제를 다시 들고나온 게 틀림
없습니다. (분한) 새카맣게 잊고 있다가 하륜에게 한 방 맞았수.

정도전　하륜이 천거한 곳이 어디라구요?

조준　무악이라구 그간 수차에 걸쳐 도읍지로 거론됐던 한양과 인접한
곳인데 전하께오서 계룡산 때보다 더 지대한 관심을 보이고 계십
니다.

심효생　천도를 하게 되면 최소 일이 년은 다른 일을 벌이지 못할 것입니
다. 막아야 합니다.

남은　(후~) 또 난리가 한바탕 나게 생겼구만... 대체 언제까지 이래야 하
는 것인지 원...

° 　현재의 서울 신촌, 연희동 일대.

조준　　　　반대할 때 반대하더라도 일단은 무악의 지세부터 살펴보는 게 순
　　　　　　　서일 듯싶습니다.

정도전　　　그리하세요.

31 ＿＿＿＿ 무악 일대 (낮)

관리들을 대동한 조준, 무학대사와 경치를 굽어보고 있다.

조준　　　　여기가 정녕 도읍지로 삼을 만한 명당인 것입니까?

무학　　　　산의 기맥이 모이고 물이 많아 조운이 통하는 길지입니다.

조준　　　　(흠...) 허나 도읍이 들어서기엔 땅이 너무 좁지 않습니까?

무학　　　　(미소) 생각하기 나름이 아니겠습니까?

조준　　　　(심각한) 아니에요... 아무래도 땅이 너무 좁아요.

32 ＿＿＿＿ 대궐 침전 앞 복도 (낮)

조준, 남은, 심효생 등 재상들, 나인들 앞에 몰려서서 외치고 있다.

남은　　　　전하! 알현을 허락하여 주시옵소서!

조준　　　　전하! 무악은 땅이 좁아 도읍지로 불가하옵니다!

33 ＿＿＿＿ 동 침전 안 (낮)

이성계, 하륜과 무악의 지형도 정도를 놓고 둘러앉아 있다.

심효생	(E) 전하! 알현을 허락하실 때까지 신들은 물러가지 않을 것이옵니다!
이성계	(대수롭지 않다는 듯) 자, 자! 바깥은 신경 쓸 것 없소. 맨날 핑곗거리 만들어서 반대만 하는 사람들이오. (하륜에게) 자, 그래... 여기가 어째서 명당이라는 거요?
하륜	전하... 그러니까 그것이 말이옵니다. (설명하는)
이성계	(유심히 보는)

34 _____ 빈청 정도전의 집무실 안 (낮)

정도전, 앉아 있다. 생각에 잠겨 있는...

35 _____ 다시 침전 앞 복도 (낮)

정도전, 나타난다. 재상들, 여전히 침전을 향해 외치고 있다.

조준	전하! 무악은 조선의 도읍으로 삼기에는 적절치가 않사옵니다!
남은	전하! 천도를 유보하여 주시옵소서!
심효생	아직은 천도를 할 때가 아니라고 사료되옵니다! 전하!
정도전	...

36 _____ 다시 침전 안 (낮)

이성계, 하륜과 앉아 있다.

이성계	(설명 다 들은 듯) 오~ 경의 설명을 들으니 과인의 결심이 더 굳어
	지는 것 같소. 이제 보니 경이 보통 박식한 게 아닙니다?
하륜	황공하옵니다, 전하.
이성계	암튼 애 많이 썼소. 이리로 천도를 하게 되면 과인이 경에게 도읍
	을 만드는 모든 책임을 맡길 것이오.
하륜	전하! ...성은이 망극하옵니다!
이성계	(보는데)

문이 벌컥 열린다. 이성계, 하륜, 보는... 정도전, 들어온다. 김 내관,
당황하여 따라 들어오지만 어쩔 줄 모르고.

이성계	(불쾌한) 아니, 삼봉... 어찌 이리 무례하시우까?
정도전	소신, 전하께 급히 주청드릴 것이 있사와 무례를 범했사옵니다.
이성계	천도에 반대하는 거라문 돌아가서 상소로 올려주시우다. 내 읽어
	는 보갔소.
정도전	중신들을 불러들여 회의를 열어주시옵소서.
이성계	...갑자기 무시기 회의를 하잔 말임둥?
정도전	지리한 천도 논쟁의 종지부를 찍어야 하지 않겠사옵니까?
이성계	!
정도전	조선의 천년 도읍지를 정하자는 말씀이옵니다. 개경이든, 무악이
	든, 다른 어디든... 바로 지금... 여기에서 말이옵니다.

이성계, 하륜, 정도전의 얼굴에서 엔딩.

45회

1 ＿＿＿＿＿ 대궐 침전 안 (낮)

정도전   중신들을 불러들여 회의를 열어주시옵소서.

이성계   ...갑자기 무시기 회의를 하잔 말임둥?

정도전   지리한 천도 논쟁의 종지부를 찍어야 하지 않겠사옵니까?

이성계   !

정도전   조선의 천년 도읍지를 정하자는 말씀이옵니다. 개경이든, 무악이
든, 다른 어디든... 바로 지금... 여기에서 말이옵니다.

이성계와 하륜, 결심한 표정의 정도전을 바라본다.

시간 경과》

용상에 이성계가 앉아 있고, 정도전, 조준, 남은, 심효생, 하륜 등 재
상들이 앉아 있다. 긴장감이 흐른다. 정도전, 이성계를 지그시 보고
있다.

이성계   자, 어디 시작해 봅시다.

조준   신 문하좌시중 조준 아뢰겠나이다! 소신이 무악의 남쪽 땅을 둘러
보고 돌아왔사온데 한 나라의 도읍이 들어서기에는 땅이 너무 협
소하였사옵니다! 무악으로 천도하심은 불가하다 사료되옵니다!

하륜   (여유) 자고로 삼한의 옛 도읍들 중에 나라가 오래 간 것은 계림°과
평양이옵니다. 무악이 다소 좁은 것은 사실이오나 계림과 평양에
비하면 궁궐을 지을 터는 오히려 더 넓사옵니다.

남은   도읍에 궁궐만 지을 수는 없는 것이옵니다! 종묘와 사직은 물론 관
청들도 들어가야 하옵니다. 무엇보다도 수많은 개경의 백성들이

°   서라벌의 다른 이름.

함께 이주하게 될 터인데 무악의 땅만으로는 불가하다고 사료되옵니다!

하륜　충분히 수용할 수 있는 넓이이옵니다!

심효생　집어넣자고만 하면 십만, 백만을 못 집어넣겠사옵니까? 하오나 도성이 과밀하게 되면 장차 나라가 융성하는 데 큰 장애가 될 것이옵니다!

하륜　제아무리 땅이 넓은들 명당이 아니라면 무슨 소용이 있겠사옵니까! 무악은 나라의 중앙에 위치하여 조운이 통하고, 안팎으로 둘러싸인 산과 물이 풍부하니 예로부터 전해 내려오는 풍수비기에 모두 부합되는 땅이옵니다!

조준　소신 풍수에는 밝지 못하오나 개경이 삼한 최고의 명당임은 서운관의 관원들이 이구동성으로 하는 말이옵니다! 지금의 도성을 유지하시옵소서!

하륜　서운관의 관리들이 또한 이구동성으로 하는 소리가 있사옵니다! 개경의 지기는 쇠약할 대로 쇠약해져 나라의 국운이 융성할 수 없다는 것이옵니다! 조선의 도읍은 지기가 충만한 무악이어야 할 것이옵니다!

남은　전하!, (하는데)

이성계　그만... 그만들 하시오...

일동　(조용해지면)

이성계　(흠... 중얼대듯) 무악이 터는 좋은데 땅덩이가 작구... 개경은 지기가 쇠했다...

정도전　전하.

일동　(보는)

이성계　...말씀하시오.

정도전　무악은 아니 되옵니다.

하륜　!

정도전	소신, 풍수니 도참이니 하는 술법은 가까이하지 아니하여 아는 바가 없사옵니다. 다만 소신이 아는 한 가지는 나라가 흥하고 망하는 것은 지기 따위에 달린 것이 아니오라 오로지 사람에게 달려 있다는 것이옵니다.
이성계	사람?
정도전	바라옵건대 나라의 도읍을 정함에 있어 잡스런 술법에 의지해서는 아니 되옵구, 유자의 몸으로 술법이나 떠들어대는 간사한 헛바닥에 속아서도 아니 될 것이옵니다.
하륜	(굳는)
이성계	기래서... 삼봉은 결국 끝까지 개경에 눌러 있자 이 말이오?
정도전	...아니옵니다.
일동	!
정도전	소신 역시 대다수의 중신들과 마찬가지로 천도를 원하지 않사옵니다. 백성들이 겪게 될 고통 때문이옵니다. 하오나 군왕의 마음이 떠난 곳을 어찌 도읍이라 하겠사옵니까? 전하의 결단에 따를 것이옵니다.
남은	(낮고, 다급하게) 대감!
조준	(역시 같은 어조로) 대체 어찌 이러시는 것입니까? 백성의 고통을 외면하겠단 것입니까?
정도전	(이성계에게) 해마다 반복되는 천도 논쟁으로 인해 군신의 사이가 벌어지고 국력이 낭비된다면 그 피해는 고스란히 백성들에게 돌아갈 것이옵니다.
이성계	(보는)
정도전	또한 천도로 인하여 나라의 분위기가 일신되고 개경으로 상징되는 고려의 잔재를 일소할 수 있다는 분명한 장점이 있사옵니다. 이는 백성에게도 이로운 일이옵니다.
이성계	삼봉...

정도전	전하, 민폐가 두렵다면 개경에 남으시고, 그래도 천도를 해야 하시
	겠다면 민폐를 최소화할 수 있는 곳으로 옮기시옵소서.
일동	!

이성계, 생각에 잠긴다. 정도전, 이성계를 응시한다. 중신들의 복잡한 표정이 스친다. 이윽고...

이성계	내 평생을 전쟁하러 돌아댕기문서 삼한 땅 방방곡곡 안 가본 데가
	없소. 삼봉이 말한 그런 곳이 한 군데 있소.
정도전	...
이성계	사면이 높고 강이 커서 경관이 수려한 곳이오. 땅은 평평하고 넓어
	백성들이 살기도 좋구... 개경서 가까우니 민폐도 덜 끼칠 것이우
	다...
정도전	어딥니까?
이성계	한양... 한양이우다.
일동	!
정도전	...
이성계	어떻수까?
정도전	(동의의 미소 떠오르는) 전하의 뜻에... 따르겠사옵니다.

일동, 전격적인 결정에 조금 벙하다. 하륜, 이를 악물고... 이성계와 정도전, 신뢰가 가득한 미소를 주고받는다.

2 _____ 동 침전 앞 (낮)

정도전, 조준, 남은, 심효생이 걸어온다. 조준, 표정이 밝지 않다.

정도전	(멈추고) 이제 할 일은 최대한 빠른 시간 내에 한양 천도를 마무리 짓는 것일세. 이 사람은 신도궁궐조성도감°을 만들어 천도와 도읍지 건설에 진력할 것이니 우재께선 조정을 잘 이끌어 주시게.
조준	...
정도전	(의아한 듯 보는)
조준	(불만스러운) 천도에 찬동할 결심을 하였으면서 어찌하여 이 사람과는 사전에 아무 협의도 하지 않은 것입니까?
남은·심효생	(긴장)
정도전	(미소) 사람... 섭섭했던 게로구만, (하는데)
조준	이 사람은 문하좌시중!
정도전	(보는)
조준	...조정의 수반입니다.
심효생	(조준에게 걱정스레) 대감...
조준	(정도전에게) 이 사람을 그 옛날의 당여 대하듯 하지만은 말아주십시오. (획 가는)
남은	(조준 보며) 에이... 화가 단단히 났구만그래... (정도전에게) 내가 잘 타일러 보겠수. (심효생에게) 가세. (가는)
심효생	(따르는)
정도전	(물끄러미 보는데)
하륜	(E) 참으로 대단하십니다그려.

정도전, 보면 하륜, 다가선다.

하륜	끝까지 천도를 반대하여 전하의 진노를 사게 될 것이라 여겼는데... 소생, 사형께 한 수 배웠습니다.

○ 한양 천도를 추진하기 위한 공사업무를 관장한 임시 관서.

정도전	비꼬는 것입니까?
하륜	(미소) 소생... 하륜입니다... 깨끗이 인정할 것을 인정한 것뿐입니다.
정도전	사병 혁파를 막고 정국의 주도권을 잡기 위해 무악 천도를 주장한 것, 알고 있소이다. 추후 다시 이런 짓을 하였다간... 무사하지 못할 것입니다.
하륜	(보는)
정도전	한 가지 더... 정안군이 명나라에서 살아 돌아온다 해두 그 집 사랑 채의 문지방을 넘지 마시오. 이 역시 어겼다가는... 무사하지 못할 것입니다.
하륜	... (미소) 각별히 유념하겠습니다.
정도전	(획 가는)
하륜	(미소 걷히고, 보는)

3 _____ 명나라 황궁 외경 (낮)

4 _____ 동 일실 안 (낮)

주원장, 통사를 대동한 채 대신들 몇 명과 앉아 있다. 이방원, 포박
된 채 묶여 들어와 무릎 꿇려진다. 이방원, 독기 품은...

주원장	(중국어) 너의 아비는 짐의 경고를 무시하고 대명국의 뒷마당에서 분탕질을 하였다.
이방원	...
주원장	(중국어) 허나 짐은 너를 어여삐 여겨 성은을 베풀고자 한다.
이방원	!... (보는)

주원장	(중국어) 선택하거라. 운남으로 귀양을 가겠느냐? 옥살이를 하겠느냐?
이방원	폐하!
주원장	(중국어) 선택하거라.
이방원	요동의 여진족을 회유하고 접촉한 것은 권지국사의 뜻이 아니오라 실권을 장악한 정도전이 저지른 짓이옵니다!
주원장	(중국어) 신하를 잘못 다스린 것 또한 용서받지 못할 죄다.
이방원	폐하! 소신을 억류하심은 장차 조선은 물론 대명국의 장래를 위해서도 현명하지 않은 처사이시옵니다!
주원장	(중국어) 뭐라?
이방원	권지국사의 나이 예순을 넘었사옵구, 소갈°에 등창을 앓고 있어 정사를 감당키 힘든 상황이옵니다! 더욱이 권신 정도전은 나이 어린 세자를 품에 안고 정사를 농단하고 있사온데 소신마저 대명국에 억류된다면 장차 조선의 운명이 어찌 되겠사옵니까!
주원장	(보는)
이방원	폐하의 책봉을 받은 강력한 국왕이 통치하는 조선이 명나라에 이롭겠사옵니까? 아니면 속내를 알 수 없는 권신 한 명이 주무르는 조선이 이롭겠사옵니까! 선택은 소신이 아니라 폐하의 몫이옵니다!
주원장	(중국어, 떠보듯 일부러 노한 표정으로) 감히 소국의 왕자 따위가 짐에게 선택을 하라? 니가 죽고 싶은 모양이구나?
이방원	(긴장, 이내 작심한 듯) 선택... 하시옵소서.
주원장	(노려보는)
이방원	(지지 않고 보는)
주원장	(갑자기 파안대소 터뜨리는)
이방원	...

○ 당뇨병.

주원장	(중국어, 웃음 멈추고) 포박을 풀어주거라.
이방원	!
관리들	(이방원의 포박을 푸는)
주원장	(중국어, 흡족한 표정으로) 돌아가거라.
이방원	!... 폐하.
주원장	(중국어) 세자가 되지 못한 한이 가슴에 사무쳤을 터... 짐이 머잖아 위로의 선물을 보낼 것이다. 기쁘게 받아서 유용하게 쓰길 바라노라.
이방원	지금... 선물이라 하셨사옵니까?
주원장	(중국어, 의미심장한 미소) 잘 가거라.
이방원	(보는)

해설(Na)	이 무렵, 조선에선 역사적인 한양 천도가 시작되었다.

5 _____ 해설 몽타주 (낮)

1) 신도궁궐조성도감 외경 – 신도궁궐조성도감新都宮闕造成都監 현판이 붙어 있다.
2) 한양, 공터 여기저기 – 측량 등 기초작업 중인 관리와 장인들 사이로 정도전과 남은, 작업을 지시하고 의견을 나누는 모습이 보인다.

해설(Na)	태조 3년인 1394년 9월 1일 신도궁궐조성도감이 설치되었고, 정도전은 남은과 함께 도감의 판사들을 대동하고 한양에 내려가 궁궐, 종묘, 사직, 관아, 시전, 도로 터를 둘러보고 새 도읍의 설계에 착수했다.

6 _____ 도감 일실 안 (낮)

정도전, 탁자를 짚고 선 채 도면을 보고 있다. 남은 이하 관리들, 긴장해서 본다. 백악, 인왕산, 남산, 낙산 사이에 그려진 대궐이 동쪽의 낙산을 향해 있다. 정도전, 도면을 꽉 친다. 일동, !

남은　　...어찌 그러십니까? 무슨 문제라두, (하는데)

정도전　이런 정신 나간 도면을 그린 자가 누군가?

관리1　(긴장) 소, 소인이... (하는데)

정도전　어찌하여 대궐이 동쪽을 바라보고 있는 것인가?

관리1　(다 기어들어 가는) 아, 그게 무학대사께서 인왕산을 등지고 궁궐을 짓는 게 좋겠다 하여... 마음에 들지 않으십니까?

정도전　(보다가) 밖에 게 아무도 없느냐!

관졸들, 우르르 들어온다. 관리1, 긴장하면...

정도전　이자를 끌고 가 형장을 치고 옥에 가두어라.

관리1　(헉!)

남은　　대감...

정도전　뭣들 하는 것이야!

관졸들, 관리1을 끌고 나간다. 관리1, '대감! 용서해 주십시오!' 외치며 끌려 나가면 일동, 긴장한다.

남은　　대감... 어찌 이리 노여워하십니까?

정도전　무학대사를 뫼셔 오게.

시간 경과》

정도전, 무학, 설계도를 놓고 앉아 있다.

무학	소승을 찾으셨다구요?
정도전	왕사께 여쭐 것이 있어서 뫼셨습니다. 대궐을 동향으로 짓자고 하셨다는데 이 사람은 그런 대궐을 본 적이 없습니다. 연유가 무엇입니까?
무학	조선의 미래를 위해 동향이 좋기 때문입니다.
정도전	어째서요?
무학	(설계도 위의 산을 일일이 가리키며) 아시다시피 한양의 북쪽에는 백악산이 있구, 서쪽에는 인왕산, 동쪽의 낙타산°, 남쪽엔 목멱산°° 이 있습니다. 개경의 도성처럼 남향으로 지으면 대궐의 주산은 백악산이 되구, 좌청룡은 낙타산, 우백호는 인왕산이 됩니다.
정도전	헌데요?
무학	낙타산을 좌청룡으로 삼으면 아니 됩니다.
정도전	(보는)
무학	풍수에서 좌청룡은 남자와 장남을 뜻합니다. 헌데 낙타산은 산세가 작고 허약하니 이를 좌청룡으로 삼았다간 장자가 번성하지 못합니다.
정도전	(피식) 보위를 장자가 물려받기 어려워진다는 것입니까?
무학	해서 서쪽의 인왕산을 주산으로 하여 대궐을 동향으로 짓고 북쪽의 백악을 좌청룡으로 삼는다면 장자 세습이 쉬워질 것입니다. (하는데)
정도전	그만하시오.
무학	(보는)

°   서울 동대문에 인접한 낙산.
°° 서울 남산.

정도전	예로부터 제왕은 모두 북쪽을 등지고 앉아 남쪽을 향해 다스려왔
	소이다. 조선의 대궐 역시 남향으로 지을 것입니다.
무학	대감, 소승의 말을 듣지 않으면 먼 훗날 나라에 큰 화가 미칠 것입
	니다.
정도전	...조선이 어떤 나란시 모르십니까?
무학	(보는)
정도전	이단과 술수를 배격하는 성리학을 건국이념으로 하는 나랍니다.
	그 나라의 대궐을 짓는데 풍수 따위에 의존한다면 지나가는 개가
	웃을 노릇이 아닙니까?
무학	대감...
정도전	새 도읍은 민본의 대업을 실현할 조선의 심장입니다. 한양은 처음
	부터 끝까지 유교적 원리에 입각하여 세상에 하나밖에 없는 성리학
	의 이상향으로 만들어질 것입니다. 나, 정도전이 그리할 것입니다.
무학	...

7 _____ 해설 몽타주

1) C.G - 산에 둘러싸인 한양의 옛 그림 위로 내레이션에 언급된 건물들이 차례로 배치되는 모습과 아래 2)의 장면이 교차된다.
2) 도감 일실 안 (낮) - 도면들 수북이 쌓여 있고, 그중 하나를 집어 관리들에게 설명하는 정도전. 한양의 모형판 앞에서 지시봉 정도 들고 관리들에게 건물의 위치와 의의 등을 설명하는 정도전. 곁에서 보좌하는 남은.

해설(Na)	정도전에 의해 새 도읍지, 한양의 설계도가 완성되었다. 먼저 대궐,
	지금의 경복궁이 백악산을 등지고 남향으로 자리를 잡았다. 대궐

의 위치를 정한 정도전은 유교 국가 운영의 지침서라 할 수 있는 주례에 근거하여 도성의 주요 건축물을 배치해 나갔다. 먼저 좌묘 우사의 원칙에 따라 대궐 좌측, 지금의 종로4가 지점에 종묘를 세우고 대궐 서쪽, 인왕산 아랫자락에 사직단을 세웠다. 대궐에서 남쪽으로 뻗은 대로변에는 의정부와 육조 등 국가 핵심 시설이 들어섰고 그 아래 지금의 종로 거리엔 시전이, 청계천 주변엔 거주지가 조성되었다.

3) 개경 도성 문 앞 (낮) - 고취악이 울려 퍼지고... 조준을 필두로 기마대와 각종 깃발을 든 군사들을 선두로 천도 행렬이 도성문을 빠져나온다. 이성계가 탄 어가와 말을 탄 이방석 뒤로 왕실의 가마가 뒤따르고, 그 뒤로 관리와 백성들의 행렬이 이어진다. 우마가 끄는 짐수레와 사람들이 뒤섞인 장대한 행렬이 끝도 없이 이어진다.

4) 궁궐터 기공식장 (낮) - 백관이 도열한 가운데 제단에 나아가 술을 올리고 축문을 읽는 정도전의 모습, 지켜보는 조준, 남은, 심효생, 정진, 민제, 하륜 등의 모습에서...

5) 건물 건설 현장 (낮) - 수많은 역부가 공사 중이다. 정도전, 남은을 대동하고 공사를 지휘하고, 나무 따위 함께 나르며 백성들을 독려한다.

6) 한양 - 정도전의 집 안방 안 (밤) - 정도전, 수북이 쌓여 있는 서적들 속에 파묻힌 채 서안 앞에 앉아 글을 써나간다. 약사발을 곁에 놓고 앉은 최 씨, 글을 받아 한편에 놓는다. 정진, 정영, 정유는 각자의 서안에서 필사를 하고 있다. 정도전, 피곤한 듯 이마를 짚으면 최 씨, 약사발을 집어 건네 본다. 그러나 정도전, 다시 붓을 들어 글을 써나간다. 이따금 쿨럭 잔기침을 하지만 집념이 번득이는 표정에서...

해설(Na) 한편, 태조 이성계는 본격적인 공사가 시작되기도 전인 10월 25일 개경을 출발하여 사흘 뒤 한양에 도착한다. 이성계는 한양부의 객사를 임시 궁궐로 사용하면서 정도전의 도성 건설을 독려하였다. 정도전은 종묘와 대궐의 기공식에서 임금을 대신하여 제사를 올리고 공사를 진두지휘하였다. 이때 신도가라는 노동요를 지어 노역에 지친 역부들의 피로를 덜어주었다고 전해진다. 정도전은 도성 건설 사업과는 별개로 신생국 조선의 정치, 이념체계를 확립하는 작업에 박차를 가하는데, '심기리'라는 철학 서적을 저술하여 유교의 입장에서 불교와 도교를 비판하는가 하면, 3년에 걸친 고려사의 편찬을 완료하고, 조선경국전에서 밝힌 재상 중심의 권력 구조를 더욱 체계화한 명저, '경제문감'을 저술하는 등 조선왕조의 창업자이자 설계자로서의 면모를 유감없이 보여주게 된다. 천도 이듬해인 1395년 마침내 도성 건설 사업의 백미랄 수 있는 대궐이 완공되는데...

8 _____ 경복궁 정문(正門) 앞 + 뜰 안 (낮)

숙위병들, 서 있다.
김 내관과 박 상궁 등 나인들을 대동한 이성계, 강 씨, 이방석, 정진이 다가와 선다. 모두 들뜬 표정이다. 정문을 감개무량한 듯 보는 이성계.

강 씨 (북받치는) 세자, 여기가 조선의 새로운 법궁°입니다.
이방석 궁문이 참으로 아름답고 웅장하옵니다.

° 임금이 정사를 돌보며 생활하는 궁궐.

이성계	…도승지, 갑시다.
정진	(김 내관에게 낮게) 전하시오.
김 내관	(외치는) 주상전하 납시오~~!!

문이 열리고 뜰 안에 대신들과 왕자들이 좌우에 도열하여 허리를 숙이고 있다. 조준, 남은, 이지란, 심효생, 민제, 하륜 등 재상들과 이방과, 이방원, 이방번 등 왕자들, 홀로 정면에 서 있는 정도전이 인사한다. 허리를 편 정도전이 미소 띤 얼굴로 보면 이성계, 들어간다.

9 _____ 궐 근정전 앞 (낮)

정도전, 이성계 일행을 인솔하여 다가온다.

정도전	이곳이 백관들의 조회와 대례가 거행될 정전이옵니다. (현판 가리키며) 근정전이라 이름 지었사옵니다.
이성계	근정전?
정도전	그 옛날 순임금과 우임금은 밥 먹을 시간을 갖지 못할 정도로 부지런하여 만백성이 즐거워했다 하옵니다. 임금은 정사를 돌봄에 있어 이처럼 부지런해야 하옵니다. 편안함을 취할수록 교만하고 안일해지기 쉽기 때문이옵니다. 해서 근정전이라 하였사옵니다.
이성계	(끄덕이고) 편전으로 가봅시다.

10 _____ 동 사정전 앞 (낮)

정도전	(편전을 가리키며) 전하께서 정사를 돌보실 편전이옵니다. 난마처

럼 얽혀 있는 번다한 세상을 다스림에 있어 임금은 무릇 깊이 생각
하고, 또 깊이 생각하여야 하옵니다. 서경에서 이르기를 '생각하면
슬기롭고 슬기로우면 성인이 된다' 하였는 바, 편전의 이름을 사정
전이라 하였사옵니다.

이성계, 고개 끄덕이며 감개무량한 듯 편전의 현판을 바라보는 모
습 위로 중신들의 웃음소리 들린다.

11 _____ 동 편전 안 (낮)

연회가 벌어지고 있다. 이성계와 이방석이 상석에 이방원, 이방과,
이방번 등 왕자들과 정도전, 조준, 남은, 심효생, 하륜, 민제 등 재상
들이 앉아 있다. 정진과 김 내관, 뒤에 서 있다. 웃음소리 잦아들면.

이지란 아이, 삼봉 대감은 어캐 그래 전각 이름을 멋들어지게 붙이시우까?
근정전! 사정전! (캬~ 하고) 이거이 저자에 나가서리 작명가를 해
도 되겠슴메!

정도전 왕실과 백성의 태평을 기원하는 의미에서 시경과 서경에 나오는
아름다운 말들을 골라 붙인 것입니다. 전하께서 거처하실 침전인
강녕전을 비롯하여 누각과 궐문의 이름들 모두 옛 성현의 지혜와
가르침을 가져다 쓴 것입니다.

남은 말이 나왔으니 말이지만 삼봉 대감이 경전을 뒤지느라 몇 날 밤을
샜는지 모릅니다.

정도전 그만하시게.

이방석 일도 좋지만 건강을 도외시하면 아니 되십니다. 이 나라 조선의 대
들보나 다름없는 대감이 아니십니까?

이방원	(탐탁잖은 듯 술 마시는)
이방과	세자마마. 말씀이 좀 과한 듯싶사옵니다. 나라의 들보는 응당 주상 전하가 아니겠사옵니까?
일동	(묘한 긴장)
이방원	(대수롭지 않다는 듯) 마마께서 덕담을 하셨을 뿐인데 형님은 어찌 그리 정색을 하십니까? (비꼬듯) 천도가 이리 일사천리로 진행된 것은 누가 뭐라 해도 삼봉 대감의 공입니다. 아니 그렇습니까, 삼봉 대감.
정도전	...과찬이시옵니다.
이성계	(둘 사이에 흐르는 묘한 신경전을 느끼는)
민제	(말 돌리듯) 아무튼 천도를 결정한 지 일 년 만에 이처럼 엄청난 위 업을 이루셨사오니 이 모든 것이 전하의 홍복이 아니겠사옵니까!
하륜	그렇사옵니다! 감축드리옵니다, 전하.
이성계	(웃고) 아니오... 과인이 뭘 했다구, 다 경들이 애를 써주었구.... 정 안군 말마따나 우리 삼봉 덕분이 아니겠소?
정도전	신은 그저 바람이나 잡고 이름만 붙였을 뿐 도읍과 대궐을 만든 이 는 이 나라의 백성들이옵니다. 전하께서 보고 누리시는 모든 것에 는 그들의 피땀이 배이지 않은 것이 없사오니 백성의 노고를 한시 라도 잊으셔선 아니 될 것이옵니다.
이방원	(피식)
이성계	맞는 말이오. 내 그리할 거임메... 긴데, 삼봉.
정도전	예, 전하.
이성계	기왕에 작명가로 나선 김에 이 대궐 이름도 붙여보는 거이 어떻갔 소?
정도전	?
조준	별궁도 아닌 대궐에다 이름을 붙이잔 말씀이시옵니까?
이성계	그렇소. (정도전에게) 삼봉, 무시기 좋은 이름이 없갔소?

정도전	...시경 주아편에 이런 시가 있사옵니다.
일동	(보는)
정도전	이미 술에 취하고 이미 덕에 배부르니 군자는 영원토록 그대의 크나큰 복을 모시리라...

〈자막〉 旣醉以酒 기취이수 旣飽以德 기포이덕 君子萬年 군자만년 介爾景福 개이경복

이성계	(보는)
정도전	경복... 대궐의 이름을 경복궁이라 하시옵소서.
이성계	경복궁... 경복궁... (작심한 듯) 경들은 모두 들으시오! 이제 조선의 법궁의 이름은 경복궁이오! 자! 한잔들 하십시다!
일동	(마시는)
이성계	(잔 탁 놓고) 김 내관은 그걸 가져오라.
일동	?
김 내관	(편액을 이성계에게 바치는)
이성계	(일별하더니 좌중에게 보여주는) 보시오.

좌중, 보면 儒宗功宗 유종공종 이라 적힌...

심효생	유종공종?
이성계	유학도 으뜸이요, 나라에 세운 공도 으뜸이라는 뜻이오...

이성계, 편액을 들고 용상에서 내려온다. 일동, 얼른 일어난다. 이성계, 정도전 앞에 선다. 정도전, !

이성계	삼봉... 이 변변찮은 사람 데리고 대업한다고 고생 마이 했지비... 받

으시우다.

정도전   (눈가 촉촉해지는) 전하...

이성계   어서 받으시우다...

정도전, 천천히 편액을 받는다. 이방원 등의 질시 어린 시선과 이방석, 남은 등의 감격스러운 표정이 엇갈리고...

정도전   (감격) 전하께서 말에서 떨어졌을 때를 기억하시옵구, 소신 또한 참형의 선고를 받은 때를 잊지 않는다면 이 나라 조선, 민본의 정신과 더불어 자손만대에 이를 것이옵니다.

이성계   (정도전의 손을 잡고) 삼봉 선생... 고맙수다... 고맙수다.

정도전   (북받치는) 전하...

이성계와 정도전의 뜨거운 시선에서...

12 _____ 동 편전 앞 일각 (밤)

이방원, 울분을 삭이며 서 있다.

F.B 》4씬의

주원장   세자가 되지 못한 한이 가슴에 사무쳤을 터... 짐이 머잖아 위로의 선물을 보낼 것이다.

현재》

이방원, 무슨 말인가 싶은데... 하륜, 주위를 살피며 다가선다.

하륜	연회가 한창인데 어찌 나와 계시옵니까?
이방원	(쓸쓸한 듯 피식) 도저히 역겨워 앉아 있을 수가 없소이다.
하륜	그럴수록 웃는 낯으로 앉아 계십시오. 속내를 드러내는 자만큼 상대하기 쉬운 적은 없사옵니다.
이방원	(후~) 갈수록 정도전의 위세가 강고해지니 걱정입니다. 도무지 빈틈이 보이지 않아요.
하륜	하오나 대감을 따르는 가신들과 수백에 이르는 사병들이 있지 않사옵니까? 꾹 참고 기다리다 보면 반드시 때가 올 것이옵니다. (하는데)

발소리에 흠칫 보면 저만치 지나가는 숙위병들이다.

하륜	여긴 보는 눈이 많으니 소생은 이만 물러가겠사옵니다.
이방원	호정.
하륜	예, 주군.
이방원	조영규가 죽은 뒤로 그대에게 연통을 넣을 사람이 만만치 않소이다. 믿고 맡길 만한 사람을 천거해 주시오.
하륜	물색을 해보겠사옵니다. 허면... (가는)
이방원	(수심이 깊은, 한숨 내쉬고 걸음 떼는)
이성계	(E) (노래) 비둘기는~

13 _____ 다시 편전 안 (밤)

얼큰히 취한 이성계, 유구곡을 부르고 있다. 좌중, 당혹스러운...

이성계	비둘기는~ (하는데)

조준	전하! 신성한 편전에서 노랫가락이라니요! 아니 되시옵니다!
이성계	(헙, 멈추고) 아이, 과인이 신이 나서리 한 곡조 뽑는 거인데... 어캐 이리 야박하시우까?
민제	전하, 체통을 지키셔야 하옵니다. 고정하시옵소서.
이성계	(끙... 불만스러운)
정도전	부르시옵소서...
일동	(보는)
정도전	삼한 땅의 백성에게 새로운 도읍과 대궐이 생긴 기쁜 날이옵니다. 오늘 같은 날 노래 한 곡조가 뭐 그리 큰 허물이 되겠사옵니까? 도성 안의 백성들이 다 들을 수 있게 목청껏 부르시옵소서.
이성계	역시 과인의 맴 알아주는 사램은 우리 삼봉뿌이오... (큼, 목청 가다듬다가) 에이... 김 팍 새버려서리... (짓궂게) 기카문 어디 삼봉이 한 곡조 해보시우다.
정도전	! ...예?
이성계	날래 해보시우다.
정도전	소신... 노래와는 담을 쌓고 산 사람이오라... 사양하겠사옵니다.
이성계	돼지 멱 따는 소리라도 좋으이 한번 불러보시우다.
정도전	(난감한) 전하...
이성계	노래가 싫으문 춤이라도 추든지?
일동	!
정도전	춤이라니요... 어찌 이러시옵니까?
이성계	노래를 불러제끼든가 춤을 추든가 아무거나 하나는 하시우다. 그 전엔 다들 집에 갈 생각은 하지 맙세.
정도전	(난감한)
이지란	아, 날래 한번 취보시우다! 거 볼 만하겠구만기래.
정도전	대감까지 어찌 이러십니까? ...이보게, 남은... (말려달라는 듯 고갯짓하는데)

남은	(싱긋) 아, 춤 안 추고 지금 뭐 하십니까? 어명을 거역하실 작정이슈?
정도전	(쓰읍)
이방석	어서 한번 해보십시오... 이 사람도 보고 싶습니다.
정도전	(허! 당혹스러운 듯 이성계를 보면)
이성계	(허허, 웃으며 보는)
정도전	(작심한 듯 일어나 중앙으로 나가는) 허면... 그 옛날 귀양살이를 할 때 어깨너머 배운 춤을 한번 보여드리겠사옵니다. 이름하여... 소재동 곱사춤이옵니다.
이성계	(손뼉 짝!) 옳거니! 좋수다! 노래는 과인이 불러드리갔소!!

이성계, '비둘기는~' 노래 시작하고 정도전, 곱사춤을 추어나간다. 흥겨운 표정의 이방석, 남은, 심효생, 핏 웃고 마는 조준. 마뜩잖은 표정의 왕자들. 정도전, 우스꽝스러운 표정과 몸짓 위로...

해설(Na)	정도전은 경복궁에 이어 한양의 행정구역을 5부 52방으로 나누고 각각의 명칭을 짓는다. 광화, 가회, 안국, 서린 등 지금도 그가 지은 이름들이 서울 곳곳에 전해져 내려온다.

흥에 취한 정도전, 조준 앞으로 나아가 '우재!' 하며 손을 내민다. 조준, 뜨악해서 보면.

정도전	(따뜻하게) 나오시게.

조준, 잠시 망설이다 작심한 듯 나가고 남은, 이지란도 합세한다.

정도전	(신명 나서 이성계 앞으로 다가가) 전하! 이리 나오시옵소서!
이성계	(노래만 불러제끼고)

정도전   (이성계의 손을 잡아 끌어내는) 주상전하 납시오~!!

이성계, 껄껄 웃으며 끌려 나와 노래 부르며 함께 춤추는 모습 위로.

해설(Na)   정도전의 한양 건설은 도읍을 방비하는 도성의 성곽을 쌓으면서 절정에 달한다.

성곽길과 사대문의 자료화면들이 춤추는 장면과 교차하면서...

해설(Na)   정도전은 백악산, 인왕산, 남산, 낙산을 잇는 도성을 직접 설계하고 공사를 지휘했다. 총 길이 십칠 킬로미터에 달하는 이 성이 오늘날 서울 성곽길 또는 도성길이라 불리는 그것이다. 도성 사대문의 명칭 또한 정도전이 지었는데 유교에서 강조하는 인간의 심성인 사단, 즉 '인의예지'의 정신을 불어넣었다. 동대문은 '인' 자를 붙여 흥인문, 서대문은 '의' 자를 붙여 돈의문, 남대문은 '예' 자를 붙여 숭례문, 북쪽은 소'지'문이라 하였다. 이처럼 한양은 단순한 도시가 아니라 민본과 군자의 나라를 염원했던 정도전의 신념이 응축된 유교적 이상향... 바로 그것이었다.

왁자지껄한 막춤의 향연이 펼쳐진다. 왕자파들은 내심 못마땅하다. 땀까지 흘리고 괴성을 내며 춤추는 정도전의 신명 나는 모습에서 F.O

14 _____ 초가집 앞 (낮)

권근, 걸어와 사립문 앞에 선다. 잠시 망설이는데...

이색   (E) 뉘시오?

권근, 돌아보면 초췌하고 핼쑥한 모습의 이색이 서 있다.

이색   ! ...너는...
권근   (울컥) 스승님... 권근입니다.
이색   (반가움에 다가서는) 근아... 니가 예까지 어찌...
권근   스승님...

15 ＿＿＿ 동 초가 방 안 (낮)

이색, 권근, 앉아 있다.

이색   (조금 냉랭하게) 출사를... 하겠다구?
권근   정도전이 고려의 유신들에게 출사의 기회를 주었습니다. 소생... 스승님께서 허락만 해주신다면 이제는 조정에 나아가 뜻을 펴고 싶습니다.
이색   ...내 허락 따위가 중요한 것이냐?
권근   (보는)
이색   내 고려의 유종 대접을 받으며 문하시중까지 지낸 몸으로 망국을 막지 못한 죄인 중의 죄인이다. 이 변변찮은 인간의 말에 연연하지 말고 니 뜻대로 하거라.
권근   (미안한) 스승님...
이색   (헛헛한) 스승 소리... 참으로 오랜만에 들어보는구나... 그래, 한때 내게도 제자들이 있었지... 우리 몽주... 우리 숭인이... (눈물 맺힌 채 허탈한 웃음 뱉으며) 어서 다시 만나야 할 터인데... 구차한 목숨이

어찌 이리 질기단 말인고... (웃는)

권근   (눈물 맺히는) 스승님...

이색   (후~ 숨 내쉬고) ...가거라. (외면하듯 고개 돌리는)

권근   (안타까운)

정도전   (E) 이제 고려는 없소.

16 _____ 정도전의 집무실 안 (낮)

정도전, 권근 등 관리들을 앉혀 놓고 얘기 중이다. 엄숙한...

정도전   그대들이 이제 조선의 국록을 먹기로 다짐하였으니 이 사람 또한 과거의 일은 깨끗이 잊을 것이오. 모쪼록 조선의 신하로서 전하와 백성을 위해 각고의 노력을 기울여 주시오. 아시겠소?

관리들   예!

정도전   ...양촌.

권근   ...예, 대감.

정도전   결단을 내려줘서 고맙소. 앞으로 이 사람을 많이 도와주시오.

권근   ...예.

정도전, 일어나면 모두 기립하여 허리를 숙인다. 정도전, 굽어본다.

17 _____ 이방원의 집 외경 (밤)

18 _____ 동 사랑채 안 (밤)

이방원, 민제, 민 씨가 앉아 있다.

민제   정도전이 고려의 유신들을 회유하여 세를 불리고 있습니다.

민 씨   한양 천도에 성공하고 나니 자신감이 붙은 것입니다.

이방원   삼봉은 하늘을 날고 있는데 우리는 기지도 못하는 신세이니... (쓸쓸한 듯 피식 웃는데)

조영무   (E) 정안군 대감! 조영뭅니다.

일동 보면, 조영무가 들어온다.

이방원   어서 오시오.

조영무   정도전이 의흥삼군부에다가 한양 천도로 중단됐던 진법훈련을 재개할 준비를 하라 영을 내렸사옵니다.

민제   진법훈련을?

민 씨   정도전이 다시 사병 혁파에 나서려는 것이 분명합니다.

이방원   정말이지... 숨 쉴 틈을 주지 않는구만... (분한)

19 _____ 대궐 궁문 앞 (밤)

불쾌한 표정의 권근, 걸어 나온다. 하륜, 따라 나온다.

하륜   글쎄 내 말을 더 들어보라는 대두 이러시는가?

권근   더 듣고 말고 할 것도 없습니다. 소생더러 정안군의 당여가 되라니요?

하륜	(흠칫 주변 둘러보고) 언성을 낮추시게! 이게 다 양촌 자네를 위해 하는 말임을 모르겠는가? 자네가 저 개국공신들 틈바구니에서 무엇을 할 수 있겠는가? 정안군이 지금은 비루먹은 강아지 신세지만 언젠간 그분의 세상이 올 것이란 말일세.
권근	(흥!) 그분이라구요? ...포은 사형을 죽인 원수의 당여가 되느니 삼봉의 가랑이 밑을 지나가겠습니다. (휙 가는)
하륜	거 사람... (마뜩잖은 표정으로 시선 돌리다 멈칫하면)

교자를 탄 정도전, 남은과 관졸들의 호위를 받으며 궁문을 나온다. 숙위병들과 관리, 백성들 모두 읍한다. 위세 당당하게 하륜의 앞을 지나는 정도전, 하륜을 차갑게 바라본다. 하륜, 비켜서서 예를 표한다. 순간, 교자가 멈춘다. 일동, 보면 이숙번이 막아서 있다.

남은	어허! 무엄하구나! 썩 물러서지 못할까!
이숙번	(버티고 선)
정도전	...자넨 누군데 길을 막아선 것인가?
이숙번	(다부지게) 소인은 좌습유 이숙번이라 합니다.
정도전	이숙번...
이숙번	진법훈련을 실시하겠다는 영을 거두어 주십시오.
일동	!
남은	아니 이런 미친놈을 봤나? 여봐라! 저자를 당장, (하는데)
정도전	가만 계시게, 남은... (가마꾼에게) 교자를 내려놓거라.

가마꾼들, 교자를 내려놓으면 정도전, 내려서 이숙번에게 다가선다. 하륜을 비롯한 주변 사람들, 주목한다.

정도전	말해보게. 진법훈련을 하지 말라는 연유가 무엇인가?

이숙번	명나라 황제가 우리 조선을 믿지 못하여 전하에 대한 책봉을 미루고 있습니다. 이런 판국에 불요불급한 군사 훈련을 실시하는 것은 불난 데 기름을 붓는 격이 되지 않겠습니까?
정도전	자네의 기개는 가상하나 생각은 아직 덜 여문 듯하이. 국방은 나라의 기본 소임이거늘 어찌 하루라도 게을리할 수 있겠는가? 그만 비켜서시게. (교자로 가는데)
이숙번	국방은 구실일 뿐이지요.
정도전	(멈칫하는)
이숙번	속내는 거추장스러운 왕자들의 사병을 혁파하려는 것이지 않습니까?
정도전	(발끈 노려보는) 뭐라?
이숙번	소인, 사병을 혁파하려는 대감의 대의에는 찬동하오나 이는 어디까지나 나라 안의 문제... 지금은 명나라와의 관계를 안정시키는 것이 더 시급한 일이오니 진법훈련을 미루어 주십시오.
정도전	한때나마 나도 자네처럼 패기만 믿고 객기를 부리던 시절이 있었느니라. 내 그때를 생각해서 넘어가줄 것이니 비켜서게.
이숙번	제 발로 비킬 생각이었다면 애초에 막아서지도 않았을 것입니다. 객기를 부려보셨다니 대감께서도 잘 아실 것 아닙니까?
남은	네 이놈~! 그 입 닥치지 못하겠느냐!
정도전	(손 들어 남은 제지하고)

정도전, 주변을 일별한다. 하나같이 병한 표정으로 바라보는 사람들.
정도전, 관졸이 들고 있던 칼을 뺏어 든다. 일동, 헉!
정도전, 다가서면 이숙번, 버티듯 노려본다.

정도전	모두 똑똑히 지켜보시오.

말이 끝나기 무섭게 칼 등으로 이숙번의 정수리를 친다. 이숙번, 윽! 쓰러지면 칼집으로 사정없이 두들겨 팬다. 이숙번의 피가 정도전의 얼굴에 튀고 이숙번, 의식을 잃고 축 늘어지면.

정도전 (훅! 숨 내쉬고) 앞으로... 진법훈련에 반대하는 자는 지위고하를 막론하고 누구든 이 꼴이 될 것이오.

정도전, 칼집을 관졸에게 던지고 교자로 돌아가 앉는다. 행렬, 쓰러진 이숙번 옆으로 지나쳐간다. 정도전, 냉랭한 표정이다. 잠시 후 이숙번, 끙~! 신음을 토하고 꿈틀댄다. 유심히 바라보는 하륜.

20 _____ 정도전의 사랑채 안 (밤)

정도전, 남은과 앉아 있다.

남은 아깐 대감답지 않았습니다. 차라리 나한테 시키지 그랬수?
정도전 (쓸쓸한) 뭐 좋은 일이라구...
남은 요새 대감 보면 마치 뭔가에 쫓기는 분 같습니다. 대체 왜 그러시우?
정도전 전하의 기력은 하루가 다르게 약해지는데 세자마마께선 너무 더디게 자라지 않는가? 이 사람 역시 어제가 다르고 오늘이 다른 나이... 마음이 급할 수밖에...
남은 대감...
정도전 허나 거의 다 왔네... 사병 혁파만 이루어지면... (애써 미소) 거의 다 왔어.
남은 (짠한)

21 _____ 교동 - 교장 안 (낮)

〈자막〉 서기 1396년 (태조 5년)

이방과, 이방원 등 한 씨 소생의 왕자들, 갑옷을 입고 병사들을 거느리고 서 있다. 짜증이 가득하다. 연단에는 아무도 보이지 않는다.

이방과　(칼을 내던지며) 이런 빌어먹을!

이방원　...

이방과　아무리 군권을 가진 자라 해도 엄연히 신하이거늘... 감히 조선의 왕자들을 기다리게 한단 말인가!

이방원　참으십시오. 나라를 신하가 다스린다 떠드는 자가 아닙니까?

이방과　내... 언제고 이 치욕을 씻을 날이 있을 것이다.

이방원　(옅은 한숨 내쉬는데)

이방번　(E) 형님들!

이방원 등 보면 갑옷을 입은 이방번, 부장 정도 데리고 헐레벌떡 뛰어와 선다.

이방원　(냉하게) 어찌 이리 호들갑을 떠는 것이냐?

이방번　오늘 진법훈련이 취소되었습니다.

이방원　!

이방과　연유가 무엇이라더냐?

이방번　그게... 조정에 큰일이 터졌습니다.

이방원　...큰일이라니?

이방번　(당혹스러운)

22 _____ 대궐 편전 앞 복도 (낮)

정도전, 심각한 표정으로 걸어온다.

정진   (E) 너희가 사신을 통해 새해를 하례하는 표전문을 보내온바 짐이
친히 읽어보았노라.

23 _____ 동 편전 안 (낮)

심각한 표정의 이성계, 용상에 앉아 있고 정진, 칙서를 읽고 있다.
조준, 정도전, 남은, 심효생, 하륜, 권근, 민제, 이지란 등 재상들이
앉아 있다.

정진   헌데 그 내용이 실로 경박할 뿐 아니라 짐을 희롱하고 모멸하는 문
구가 들어 있으니 실로 비통함과 분노를 금할 수 없다. 짐이 알아
본바 이처럼 불경한 표전문을 쓴 자는 너희 나라의 대신, 정도전이
라 한다.

정도전   ...

이성계   무시기?

조준   전하, 이는 사실과 다르옵니다!

남은   소신들이 확인해 본바, 황제가 문제 삼은 표전문은 대사성 정탁이
초안을 잡고, 예문춘추관 학사 권근이 교정한 것이었사옵니다!

권근   황제께서 무언가 오해를 하시는 것이옵니다! 신들이 어찌 황제께
올리는 표전문에 실수를 할 수 있겠나이까!

이성계   계속... 읽어보시오.

정진   (떨리는) 조선의 국왕은 정도전을... 명나라로 압송토록 하라.

| 이성계 | ! |
| 정도전 | ... |

24 _____ 다시 교장 안 (낮)

이방과	정녕 황제께서 그리 명하였단 말이냐!
이방번	(두려운) 그, 그렇습니다.
이방원	(뭔가 짚이는, 혼잣말처럼) ...이것이었어.
이방과	(의아한 듯 보는)
이방원	...

F.B》4씬의

| 주원장 | (중국어) 짐이 머잖아 위로의 선물을 보낼 것이다. 기쁘게 받아서 유용하게 쓰길 바라노라. |

현재》

| 이방원 | (상기된) 드디어... 선물이 당도하였어. |

25 _____ 명나라 황궁 일실 안 (낮)

주원장, 마시던 술잔을 탁 내려놓는다. 회심의 미소로 정면을 응시하는...

26 _____ 다시 편전 안 (낮)

이성계를 비롯한 사람들의 시선이 굳은 표정의 정도전을 향하고 있다.

정도전과 주원장, 이방원의 얼굴에서 엔딩.

46회

1 _____ 대궐 편전 안 (낮)

정진   (떨리는) 조선의 국왕은 정도전을... 명나라로 압송토록 하라.

이성계   !

정도전   ...

이성계를 비롯한 사람들의 시선이 굳은 표정의 정도전을 향한다.
정도전, 동요가 보이지 않는다. 이성계, 노기가 치미는...

이지란   아이, 밑도 끝도 없이 삼봉 대감을 보내라니... 어캐 이런 일이...

이성계   (기막힌 듯 허! 하고 발끈해서) 황제가 이제 과인을 바보 멍처이 취급을 하는구만!! 멀쩡한 표전문에 시비를 거는 것도 모자라서 엉뚱한 사람을 압송하라니!!

남은   전하! 일고의 가치도 없는 억지이옵니다!! 정도전 대감을 명나라로 보내서는 아니 되옵니다!!

심효생   그렇사옵니다! 문제가 된 표전문을 최종 교정한 권근을 보내시어 자초지종을 설명케 하시옵소서!

권근   !

조준   소신의 생각에도 우선은 그리 대응하시는 것이 좋을 듯싶사옵니다.

이성계   ...권 학사.

권근   예, 전하.

이성계   경이 명나라로 가주시오.

권근   (결심한 듯) 분부 받잡겠사옵니다.

정도전   (내심 안도의 빛이 감도는데)

민제   하오나 전하... 그것만으로 사태가 진정이 되겠사옵니까?

정도전   !

이성계   무시기 말입메? 허면 주원장이 하라는 대루 삼봉을 명나라에 압송이라도 하란 말이오?

민제   아뢰옵기 황공하오나, (하는데)

하륜   (나직이) 민 대감.

민제   (하륜을 보면)

하륜   (심각하게, 고개 젓는)

민제   아, 아니옵니다... 소신이 잠시 실언을 하였사옵니다.

이성계   과인이 분명히 말해두지비. 과인이 용상에 앉아 있는 한... 삼봉이 명나라에 가는 일은 없을 것이오.

정도전   ...

남은   전하~!! 성은이 망극하옵니다~!!

이지란, 심효생, 조준 등 재상들, '성은이 망극하옵니다~!'를 외치고 민제, 씁쓸하다. 하륜, 의미심장한 표정으로 정도전을 바라본다. 정도전, 묵묵히 앉아 있는.

2 _____ 빈청 외경 (밤)

조준   (E) 이건 황제가 보내는 경곱니다.

3 _____ 정도전의 집무실 안 (낮)

정도전, 조준, 남은, 심효생이 앉아 있다.

조준   황제가 표전문의 작성자를 모를 리가 없습니다. 분명 대감이 주도하는 군제개혁과 여진족 동화정책에 대한 불만을 노골적으로 드러낸 것입니다.

남은 잠시 중단하는 것이 어떻겠수? 이 년 전에 정안군을 명나라에 보낼 때도 그랬었잖수.

정도전 둘 다 조선의 자주국방을 위해 한시도 미룰 수 없는 사안일세. 중단은 없네.

조준 대감...

심효생 삼봉 대감의 말씀이 옳습니다. 권근이 다녀온 결과를 보고 중단 여부를 결정해도 늦지 않을 것입니다.

조준 (답답한 듯 옅은 한숨)

남은 그나저나 불행 중 다행입니다. 아까 민제 그자가 대감을 명나라로 보내자고 우길까 봐 여간 조마조마한 게 아니었다우.

심효생 우겨본들 죽는 건 민제 그잡니다. 목숨이 두 개가 아닌 다음에야 작금의 조선에서 그런 주장을 할 수 있는 사람은 없을 것입니다.

정도전 ...

4 _____ 이방원의 집 마당 안 (밤)

하륜, 갓을 깊이 눌러쓰고 들어온다. 서 있던 민 씨, 인사한다.

하륜 삼봉의 눈과 귀가 도처에 깔려 있사온데 어찌 사가로 부르신 것입니까?

민 씨 그만큼 사안이 다급하여 뵈신 것입니다. 사랑으로 드시지요. (가는)

하륜 ?

5 _____ 동 사랑채 안 (밤)

이방원, 민 씨, 하륜이 앉아 있다.

하륜 (굳는) 황제가 대감을 돕기 위해 표전문을 시비 삼은 것이라구요?

이방원 그렇소. 이 사람이 명나라에 갔을 때 황제가 넌지시 선물을 보내겠 노라 했었는데... 이것이었습니다.

하륜 (흠...) 무소불위의 삼봉을 수만 리 밖에 있는 황제가 흔들었다면... 그다음은 우리에게 맡긴다는 뜻일 터...

민 씨 허나 정작 우리 조정 안에 원군이 없으니 답답한 노릇이 아닙니까?

이방원 내가 직접 나서는 한이 있더라도 이 기회를 살려야 합니다.

민 씨 삼봉을 섣불리 건드렸다간 역공을 당하게 될 것입니다. 또다시 아 바마마의 눈 밖에 나실 것이구요.

이방원 그래도 해야 합니다. 황제는 분명 이 사람이 어찌 대응하는지를 지 켜볼 것입니다.

하륜 주군의 말씀이 옳습니다. 주군께선 지금 황제의 시험에 들어계신 것이옵니다.

민 씨 허면 어찌 대처를 하면 좋겠습니까?

하륜 소생에게 맡겨주시옵소서.

이방원 (보는)

하륜 ...

6 _____ 관청 앞 (밤)

이숙번, 상소를 말아 쥐고 전각을 걸어 나온다. 누군가 보고 흠칫, 하륜이 알 수 없는 미소를 띠고 서 있다.

이숙번, 인사하고 지나치는데...

하륜   잠깐 서시게.

이숙번   (멈추면)

하륜   (대뜸 이숙번의 손에 쥔 상소를 낚아채 펼치는)

이숙번   !... 뭐 하시는 겁니까!

하륜   (슥 보며 중얼대는) 내 이럴 줄 알았으이... (접고, 피식) 계란으로 바위를 쳐도 유분수지, 이따위 걸로 정도전이 탄핵될 것이라 여기시는가? 앞길이 구만리 같은 자네 신세만 망칠 뿐일세.

이숙번   허면 권신 하나 때문에 나라가 위기에 처하는 것을 잠자코 쳐다만 보란 말입니까?

하륜   (보는) 자네 참... 보면 볼수록 옛날의 그 사람을 많이 닮았네그려...

이숙번   누구 말입니까?

하륜   계란으로 바위를 깨려 했던 사람... (핏 웃고) 헌데 신기한 것은 나중에 정말 바위를 부수어 버리더군...

이숙번   (보다가 손 뻗으며) 이리 주십쇼.

하륜   (피하며) 어허...

이숙번   대감!

하륜   성격이 호탕하고 의리가 깊어 또래의 관리들과 성균관 유생들에게 신망이 아주 높다지?

이숙번   소생의 뒤를 캐고 다니셨습니까?

하륜   (상소 들어 보이며) 자! 이건 내게 맡기고... 자넨 얼른 가서 자네만큼 똑똑하고 대책 없는 계란... 계란들을 모아보시게.

이숙번   무슨 소립니까?

하륜   우리도 바위 한번 깨보자는 얘기지. 옛날의 삼봉 정도전처럼. (미소)

이숙번   ...

7 _____ 대궐 중궁전 외경 (낮)

정도전 (E) 안색이 좋지 않사옵니다, 마마.

8 _____ 동 처소 안 (낮)

수심 깊은 표정의 강 씨와 정도전이 앉아 있다.

강 씨 표전문의 일루 밤새 잠을 설쳐 그런 모양입니다.

정도전 너무 심려치 않으셔도 되옵니다. (말 돌리듯) 혹시 모르는 일이오니 어의를 불러 진맥을 해보심이, (하는데)

강 씨 삼봉 대감.

정도전 예, 중전마마.

강 씨 황제가 뭐라 하건 대감께선 흔들리면 아니 되십니다. 우리 어린 세자를 위해서라도 태산처럼 의연하셔야 합니다.

정도전 ...그리할 것이옵니다.

강 씨 (옅은 한숨) 우리 세자만 생각하면 잠을 이룰 수가 없습니다. 전하께선 나날이 쇠약해져 가시는데 국본의 자리를 노리는 이복형들만 다섯입니다. 전쟁터에서 잔뼈가 굵은 영안군에... 정몽주를 격살한 정안군까지...

정도전 마마...

강 씨 삼봉 대감... 왕자들이 거느리고 있는 사병을 조속히 혁파해 주세요. 그리하지 않고서는 우리 세자의 미래를 장담할 수 없을 것입니다.

정도전 전하께서 미온적이긴 하시오나 사병의 혁파는 이 나라 사직의 안정을 위해서도 포기할 수 없는 사안이옵니다. 소신, 반드시 관철시킬 것이옵니다.

| 강 씨 | 그래요... 그래요... 이 사람과 세자는 대감만 믿을 것입니다. |
| 정도전 | (부담감을 억누르고 짐짓 미소 띠는데) |

박 상궁, 들어온다.

박 상궁	중전마마...
강 씨	무슨 일인가?
박 상궁	웬 관리 하나가 대궐 안에 멍석을 깔고 앉았사옵니다.
강 씨	갑자기 멍석이라니, 대체 무슨 일로?
박 상궁	그것이... 삼봉 대감을 명나라에 입조시키라는 것이옵니다.
정도전	!
강 씨	뭐라?

9 _____ 대궐 뜰 안 (낮)

남은, 급히 다가와 보면 저만치 앞에 멍석을 깔고 앉은 이숙번. 그 앞에 숙위병을 대동한 이지란이 서 있다.

이지란	날래 못 나가갔니?
이숙번	비켜서십쇼. 소인은 전하께 간언을 하러 온 사람입니다.
이지란	이런 쌩... 새파란 놈이 간이 배 밖으로 나왔구만그래. (버럭) 말로 할 때 순순히 못 나가갔니!!
이숙번	소생 비록 말단의 몸이나 엄연히 국록을 먹는 신하요! 예를 갖춰 대하시오!
이지란	(기막힌 듯 허! 하고) 니... 관명이 뭐이가?
이숙번	좌습유... 이숙번이오.

이지란	이숙번?... (큼) 어째 마이 들어본 이름인데, (하는데)
남은	(어느새 다가서며) 숙위병들은 무엇하고 있는 것이야! 이 미친놈을 당장 끌어내지 않구!
숙위병	예!

숙위병들 몰려들어 이숙번을 제압한다. 이숙번, '놔라!' 외치는데 궐문이 열리면서 파란 관복의 하급 관리들과 유생들이 몰려들어 온다. 남은, !!

| 이지란 | 아이, 이자들이... |

유생, 관리들, 일제히 자리를 잡고 꿇어앉는다. 이숙번, 숙위병들이 주춤하는 사이 팔을 뿌리치고 멍석 위에 앉아 외친다.

| 이숙번 | 전하!! 정도전을 명나라에 입조시키시옵소서! 정도전은 사대를 부정하고 명나라와의 관계를 파탄으로 몰아가고 있사옵니다! 전하! 가납하여 주시옵소서!! |
| 일동 | 가납하여 주시옵소서!! |

이지란, 남은, 당혹스럽다. 이숙번과 유생들의 외침이 울려 퍼지는 가운데 남은의 시야에 급히 걸어가는 민제와 조영무의 모습이 보인다. 남은, 불길한...

10 _____ 조준의 집무실 안 (낮)

조준, 앉아 있고 민제와 조영무, 따지고 있다.

민제	대감도 한번 생각을 해보시오! 이게 권근 한 사람을 보내서 해결될 일이오이까!
조준	(난감한)
민제	사람이 비겁해도 어느 정도여야지요! 황제가 누구 때문에 저리 진노를 하였는데 아무 힘없는 권근을 사지로 떠민단 말입니까!
조준	어전에서 그리 결정된 것을 이제 와서 이러면 어쩌자는 것입니까?
민제	아, 젊은 관리들과 유생들까지 들고일어나는 판이잖습니까!
조영무	좌정승께서도 당여라고 편만 들지 마시고 할 말은 좀 하십시오!
조준	(발끈) 말을 삼가시오! 당여라니!!
조영무	그게 아니라면 응당 도당회의를 열어 재론을 해야 옳을 것입니다!
남은	(E) 그 입 닥치지 못하겠느냐!

일동, 보면 남은, 붉으락푸르락 들어온다.

남은	(조영무에게) 재론이라니! 이자가 죽고 싶어 환장을 한 것이 아닌가!
조영무	뭐요? 이거 말씀이 좀 지나치십니다? (하는데)
남은	(먹살 홱 낚아채는) 닥쳐, 이놈!
조영무·민제	(서슬에 놀라는)
조준	남 대감!
남은	분명히 말해두마. 이 일로 삼봉 대감을 해코지하려 드는 놈은 이 남은이 살려두지 않을 것이다.
조영무	(노려보는)
남은	(먹살 홱 푸는) 꺼져라.
민제	나, 이거야 원... 시정잡배들도 아니고... 아무튼 도당회의를 열어주시오! (조영무에게) 가세. (나가는)

조영무, 흥! 나가면 남은, 훅! 숨 내쉰다.

11 _____ 정도전의 집무실 안 (낮)

정도전, 남은이 앉아 있다.

정도전 유생들도 섞여 있다구?

남은 그렇습니다.

정도전 ...

남은 너무 신경 쓰지 마시우... 어디나 철딱서니 없는 녀석들은 있기 마련 아뉴. (하는데)

심효생, '삼봉 대감!' 하며 들어온다.

심효생 대감! 왕자들과 각도의 절제사들이 의흥삼군부로 진법훈련을 거부하겠다는 통첩을 보내왔습니다.

남은 뭐라!

정도전 (노기가 어리는)

12 _____ 이방원의 집 사랑채 안 (낮)

이방원, 민 씨, 이방과를 비롯한 왕자들이 앉아 있다.

이방원 삼봉이 아마도 한 대 제대로 얻어맞은 기분일 것입니다.

이방과 허나 이 정도로 삼봉이 눈이나 깜짝하겠느냐?

이방원 두고 보세요... 이번엔 그자도 제법 내상을 입게 될 것입니다.

민 씨 (회심의 미소)

13 _____ 정도전의 집무실 안 (낮)

정도전, 남은, 심효생, 조준이 앉아 있다.

조준   표전문 사건을 계기로 수면 아래 잠복해 있던 개혁에 대한 불만이 터져 나오는 것 같습니다. 이러다 정안군 일파에게 공격의 빌미를 제공할 수도 있으니 개혁의 속도를 조금 늦추시는 것이 좋을 듯싶습니다.

정도전   아니 될 말입니다. 좌정승께서는 순군부에 국청을 설치하라 지시해 주세요.

조준   지금... 국청이라 하셨습니까?

정도전   연좌에 참여한 전원에 대해 국문을 실시해 주시오. 필경 이숙번을 사주한 배후가 있을 것이니 토설을 받아내세요.

조준   며칠 구류에 처하면 그만인 사안입니다. 국문은 너무 지나친 조칩니다.

정도전   압니다. 허나 이숙번을 사주한 것은 분명 정안군 아니면 정안군의 당여들일 것이오. 이번이 정안군을 무력화시킬 수 있는 절호의 기회요.

조준   대감!

남은   초장에 확실히 밟아버리지 않으면 언제 못된 싹들이 다시 돋아날지 모른단 말입니다. 삼봉 대감의 말씀대로 하세요.

정도전   토설을 받아낸 연후에 이숙번은 원지 유배, 관리들은 모두 삭탈관직, 유생들은 퇴학 조치하고 향후 십 년간 과거에 응시할 수 없게 조치하시오.

조준   (작심한 듯) 그리는 못 하겠습니다.

정도전   (보는)

심효생   좌정승 대감!

조준	한 가지 말씀드리고 싶은 게 있습니다. 이 사람이 대업을 도모하던 시절엔 대감의 당여였는지 모르나 조선이 건국된 이상 지금은 아닙니다.
정도전	우재...
조준	도당의 수장으로서 한 말씀드리지요. 대감을 명나라에 보내자는 의견에는 동의하지 않겠습니다. 허나 저들을 무력으로 진압하려는 대감의 요구 역시 받아들이지 않을 것입니다.
남은	(발끈) 이보시오! 조 대감!
조준	(홱 나가는)
남은	이런 빌어먹을!!
정도전	(씁쓸한 듯 피식)

14 _____ 대궐 뜰 안 (낮)

이숙번 등 숙위병과 대치하듯 연좌하고 있다. 조준, 나타난다.
이숙번, 조금 긴장한 표정으로 보면.

조준	(탐탁잖은 표정으로 둘러보다가) 숙위병들은 모두 물러가라!
이숙번	!...대감...

숙위병들, 물러가고 조준, 착잡한 표정으로 사라진다. 이숙번, 조금 벙하다. 일각에서 지켜보던 민무질과 민무구, 서로 눈짓을 주고받더니 나간다.

15 _____ 이방원의 집 사랑채 안 (낮)

이방원, 민 씨, 이방과, 왕자들 앞에 민무질과 민무구가 앉는다.

민무질	다녀왔사옵니다.
민 씨	그래, 삼봉 쪽의 동태는 알아보았느냐?
민무질	그게... 조준의 대응이 좀 이상합니다.
이방원	이상하다니?
민무구	조준이 이숙번 등과 대치하던 숙위병을 모두 철수시켰습니다.
이방원	!
민 씨	뭔가 삼봉과 당여들 사이에 내홍이 있는 것입니다.
이방원	이거... 생각지도 못한 원군을 만났습니다그려.
이방과	정안군. 기선을 잡았으니 여기서 이러고 있을 게 아니라 우리들이 아바마마를 알현하세.
이방원	아닙니다... 왕자들이 이 일에 간여하는 인상을 주어서는 아니 됩니다.
이방과	바깥에서 떠들어댄다고 아바마마의 마음을 바꿀 수 있다고 보시는가? 누군가는 직접 아바마마를 압박해야 하네.
이방원	우리가 아니더래도 그리할 사람이 있습니다.
이방과	!
이방원	(옅은 미소)

16 _____ 다시 대궐 뜰 안 (낮)

연좌 농성이 벌어지는 한복판을 걸어오는 하륜. 손에는 상소가 쥐어져 있다.

17 _____ 정도전의 집무실 안 (낮)

정도전, 남은, 심효생, 이방석이 앉아 있다.

이방석 어마마마께서 심려가 아주 크십니다. 이 일을 어찌해야 하겠습니까?

정도전 모든 것이 신의 불찰로 벌어진 일이옵니다. 조만간 말끔히 수습할 것이오니 너무 심려치 마시옵소서, (하는데)

정진, '아버님!' 하며 들어온다.

정도전 어허! 빈청에서 그 무슨 해괴한 호칭이란 말이더냐!

정진 송구하옵니다. 하오나 지금 침전에...

남은 전하께 무슨 일이 있는 것이냐?

정진 하륜이 알현을 청하여 삼봉 대감의 입조를 간하고 있습니다!

일동 !

18 _____ 침전 안 (낮)

이성계, 상소를 서안 위에 내려놓고 하륜을 노려본다.

이성계 이건 받아들일 수 없소. 명나라엔 원래대로 권근이 갈 것이오.

하륜 고작 표전문의 문구 하나에도 심기가 상하신 황제시옵니다. 하온데 황제께서 지목한 사람을 보내지 않는다면 일이 어찌 되겠사옵니까?

이성계 경은 황제가 왜 저러는지 정말 몰라서 이러는 것이오? 표전문엔 처음부터 아무런 문제도 없었소. 황제는 지금 삼봉을 불러다 해코지 하려고 이러는 것이란 말이우다!

하륜 그렇다면 더더욱 보내야 하옵니다.

이성계 뭐요?

하륜 이번에 아니 보낸다 해두 황제는 계속 정도전의 입조를 요구할 것 이옵구, 우리가 거부할수록 황제의 진노는 나날이 커질 것이옵니 다. 하루라도 빨리 정도전이 입조하여 결백을 밝히는 것만이 사태 가 악화되는 것을 막을 수 있사옵니다.

이성계 그만하시오. 삼봉은 절대... 명나라에 가지 않소.

하륜 전하! 공신 한 사람을 지키려다 사직의 위기를 초래하는 우를 범해 서는 아니 되옵니다!

이성계 글쎄 그만하라지 않소이까!

하륜 전하~ 가납하여 주시옵소서!!

이성계 순군옥에 잡아 처넣기 전에... 썩 물러가시오.

하륜 (엷은 미소) 소신... 오늘은 이만 물러가겠사오나 뜻을 같이하는 신 료들과 더불어 다시 알현을 청하겠사옵니다. (나가는)

이성계 (상소를 옆으로 홱 집어 던져버리는, 노기를 참는)

19 ____ 동 침전 앞 복도 (낮)

하륜, 나온다. 득의의 미소를 지으며 걸음을 옮기다 멈칫한다. 앞에 남은이 노려보고 있다. 하륜, 보면.

남은 잠깐... 같이 좀 갑시다.

하륜 (엷은 미소)

20 _____ 정도전의 집무실 안 (낮)

정도전, 하륜이 독대 중이다.

정도전	어째 일사불란하다 하였더니 모든 게 호정의 작품이었구려.
하륜	부인은 하지 않겠습니다.
정도전	(보는)
하륜	솔직히 소생의 예측 이상이었습니다. 생각보다 대감에 대해 불만을 가진 사람들이 많더군요. 등잔 밑에 있던 조준 대감까지...
정도전	그렇다고 내가 명나라에 가리라 보시오?
하륜	전하의 신임이 두텁구 대감의 위세 또한 하늘을 찌르는데 그것이 가능하겠습니까? 소생은 그저 전하의 신임이 조금 열어지고 하늘을 찌르던 위세가 조금이나마 주춤하기를 바랄 뿐입니다.
정도전	그 정도로 국면이 바뀌겠소이까?
하륜	적어도 불계패는 면할 수 있지 않겠습니까? 끝내기에서 역전을 노려볼까 합니다만...
정도전	계절 따라 떠도는 철새 정도로 여겼더니... (피식) 정안군이 제법 훌륭한 책사를 얻었습니다그려.
하륜	과찬이십니다. 그래 봤자 금상을 보위에 올린 대감에 비하겠습니까? 사람들이 대감을 일러 한고조 유방을 도와 한나라를 세운 장자방에 비유할 정도니까요.
정도전	(피식)
하륜	헌데 한고조에겐 한 사람의 책사가 더 있었지요. 바로 한신.
정도전	(보는)
하륜	한나라가 세워진 뒤 장자방은 모든 권세를 내려놓고 초야에 묻혔으나 한신은 남았습니다. 해서 장자방은 천수를 누리고 한신은... 죽임을 당했습니다.

정도전	해서... 이 사람도 물러나지 않으면 언젠가 죽임을 당할 것이다?
하륜	(옅은 미소)
정도전	아쉽게도 이 사람은 아직 해야 할 일이 많습니다. 당장 저 밖에 있는 사람들과 당신을 제거하는 것에서부터 정안군을 비롯한 왕자들의 사지를 묶어버리는 일까지... 몸이 열 개라도 부족할 지경이에요.
하륜	본인이 아니면 아니 된다는 생각... 어쩌면 노욕일 것입니다.
정도전	(보는)
하륜	노자의 도덕경에 이런 말이 있습니다. 머무르지 않음으로써 사라지지 않는다...
정도전	머무르지 않음으로써 사라지지 않는다?
하륜	어차피 대감께서 세우다시피 한 나라잖습니까? 지금 물러나셔도 대감의 업적은 남을 것이고 대감의 정신은 후대의 인재들이 잘 계승할 것입니다.
정도전	(보다가) 충고 잘 들었소이다. 돌아가서 그 용한 점술로 본인의 운명이나 가늠하고 계세요.
하륜	(보는)
정도전	(보는)

21 _____ 정도전의 집 사랑채 안 (밤)

정도전, 최 씨, 남은, 정진, 정영, 정유가 앉아 있다.

정진	하륜이 용퇴를 권했단 말입니까?
정도전	오냐.
남은	하룻강아지 범 무서운 줄 모른다더니... 여러 생각할 것 없이 내일 당장 대궐 안에 있는 자들을 압송하고 하륜은 탄핵합시다. 내가 앞

장 서겠수.

최 씨 (옅은 한숨) 나무 관세음보살...

정영 (남은에게) 허나 숙부님. 그리하면 조준 대감이 가만있겠습니까?

남은 그 쫌생원이 가만 안 있으면 어쩔 것이냐?

정진 그들을 진압하는 것은 일도 아니겠으나 아버님에 대한 민심이 나빠질까 두렵습니다.

정유 민심은 차후 문제일 것입니다. 아버님. 숙부님 말씀대로 저들을 쳐야 합니다.

최 씨 애미가 도저히 들어줄 수가 없구나. (일어나는) 무서운 말들 함부로 지껄이지 말고 너흰 나오너라.

정진 어머님...

최 씨 (나가려다 말고 작심한 듯 정도전에게) 대감... 저자에 사람들이 뭐라 수군대는지 아십니까? 임금은 허수아비고 대감이 임금이랍니다!

정도전 ...

남은 형수님...

최 씨 그게 단 줄 아십니까? 이인임이가 다시 살아 돌아왔다는 사람도 있습니다!

정도전 ...

정진 (일어나 최 씨를 잡으며) 아니 되겠습니다. 같이 나가세요, 어머님. 어서요. (하는데)

최 씨 (밀리듯 나가며, 눈물 그렁해서) 사람 잡는 게 그리 좋으시면 죽고 못 사는 당여들하고만 하세요! 왜 애들까지 앉혀 놓고 이러냐구요, 왜!!

최 씨, 나가고 남은, 탄식하는. 정도전, 의외로 덤덤하다.

남은	대감…
정도전	(후~ 핏 웃는) 집안 민심을 보니… 저자의 민심은 보나마나겠구만…
남은	(엹은 한숨)
정도전	(생각하는)

22 _____ 대궐 침전 안 (밤)

이성계와 강 씨, 앉아 있다.

강 씨	대체 언제까지 저들의 망동을 지켜보고 계실 것입니까?
이성계	(엹은 미소) 삼봉이 알아서 처리할 것이니 중전께선 너무 심려치 마시오. 헌데 어캐 이래 낯빛이 핼쑥한 것이오? 어디 편찮으신게요?
강 씨	(답답한 듯) 전하… 이럴 때는 전하께서 힘을 보여주셔야 하옵니다. 그래야 다시는 삼봉 대감에게 도전하는 자들이 없어질 것이 아니옵니까?
이성계	(흠… 생각하는데)
김 내관	(E) 전하, 판삼사사 정도전 대감 입시이옵니다.
이성계	들라 하라.

정도전, 들어와 예를 표한다.

이성계	내 중전의 뜻은 잘 알았으니 그만 침소로 건너가세요.

강 씨, 정도전을 일별하고 나간다. 정도전, 목례를 하고 이성계와 마주 본다.

시간 경과》

정도전, 이성계 앞에 앉아 있다.

정도전   소신의 무능으로 심려를 끼쳐드려 송구하옵니다.

이성계   (핏 웃는) 객쩍은 소리 마시우다. 내 중전 바가지가 무서워서래도 내일 날이 밝는 대로 모조리 끌어낼 거이니 염려 붙들어 맵세.

정도전   그러시면 아니 되옵니다.

이성계   아이오. 이번에는 과인도 욕을 좀 먹어야 되겠수다. 아, 동지끼리 그 정도 의리는 있지 않겠슴둥?

정도전   전하...

이성계   (보는)

정도전   소신이 과로를 하였사온지 몸에 각기병이 들었사옵니다.

이성계   ? ...멀쩡한 양바이 어찌 병 얘기를 꺼내고 그러시우까?

정도전   소신... 모든 관직을 내려놓고 물러날까 하옵니다.

이성계   !

정도전   윤허하여 주시옵소서.

이성계   칭병사직은 과인이 써먹던 방식이우다. 거 남의 거 함부로 베껴서리 흉내 낼 생각 말고 삼봉은 하던 대로 합세.

정도전   소신이 벌여놓은 일 가운데 관리는 조준에게 맡기시고, 개혁은 남은에게 맡기시오면 능히 종사가 유지될 것이옵니다.

이성계   삼봉! 어캐 이카시우까!

정도전   명나라와의 관계가 더 이상 경색되는 것을 막고, 소신의 안전도 지키기 위해서는 아주 잠시 물러나 있는 것이 최선일 듯싶사옵니다.

이성계   아주... 잠시?

정도전   소신 그간 개혁에 매몰된 나머지 민심과 괴리되고, 젊은 관리들의 마음을 다스리지 못하였사옵니다. 잠시 물러나 초심을 되찾고, 더불어 명나라와의 관계를 정립할 수 있는 근본적인 처방을 고민하고 싶사옵니다. 윤허하여 주시옵소서.

이성계 (보는)

23 _____ 이방원의 사랑채 안 (밤)

이방원, 하륜, 민 씨가 앉아 있다.

하륜 삼봉이 전하와 독대를 하고 있다 합니다.

민 씨 무슨 말들이 오가겠습니까?

하륜 강경 대응을 할 생각이었다면 굳이 전하를 알현하여 부담을 줄 리
는 없을 터... 뭔가 본인의 거취에 관해 결단을 내린 듯싶사옵니다.

이방원 명나라로 갈 리는 없을 터이니... 자리에서 물러날 수도 있겠구만.

하륜 분명 이 보 전진을 위해 일 보 후퇴하겠다는 심산... 하오니 틈을 주
지 말고 벼랑으로 몰아야 하옵니다. 소생이 밀어붙일 것이옵니다.
(결연한)

정도전 (E) 소신이 궐을 비우는 동안 마음에 걸리는 사람이 있사옵니다.

24 _____ 다시 침전 안 (밤)

이성계 ...방원이 말이우까?

정도전 정안군의 책사, 하륜이옵니다.

이성계 (보는)

정도전 하륜은 지략이 출중한 자이니 정안군과 떼어놔야 하옵니다. 하륜
을 권근과 더불어 명나라로 보내시옵소서.

이성계 ...알겠네... 내 그리하지비.

25 _____ 대궐 앞 (낮)

이방원, 걸어오다 멈춘다. 도포 차림의 정도전이 남은과 걸어 나온다. 뒤로 짐 보통이를 든 관리들이 서 있다. 정도전, 인사...

이방원 짐을 빼시는 걸 보니 정말 사직을 하긴 하신 모양입니다? 이 사람은 혹 말을 뒤집으실까 내심 걱정을 했습니다만.

남은 (불만스레) 거 비아냥대지 좀 마십시오.

이방원 (피식)

정도전 심신의 피로를 씻을 좋은 기회이거늘 어찌 말을 뒤집겠사옵니까? 오랜만에 유람이나 다니면서 강산이 어찌 변했는지 좀 보고 오겠사옵니다.

이방원 행선지는 정하셨습니까?

정도전 오래전부터 가고 싶던 곳이 있사온데 말씀은 못 드릴 듯싶습니다.

이방원 어째서요? 이 사람이 자객이라도 보낼까 봐서요?

남은 정안군 대감!

정도전 (미소) 궐에는 하륜을 배웅 나온 것입니까?

이방원 그렇습니다. 대감 덕분에 사지로 떠나게 되었으니 위로를 해주려구요.

정도전 말씀하시는 김에 이 사람의 위로도 전해주십시오. 차라리 황제에게 부탁해서 명나라에 남는 편이 나을 것이라구요. 돌아오는 순간, 조선이 아마 그자의 사지가 될 것입니다.

이방원 누가 먼저 관에 들어갈지는 그때 가봐야 알 것입니다.

정도전 (보다가) 허면... (인사하고 가는)

이방원　　...

26 _____ 동 빈청 앞 (낮)

사신단 앞에 권근과 부사가 서 있다. 일각에 하륜, 이방원과 서 있다.

하륜　　이만 다녀오겠사옵니다, 주군.

이방원　　꼭 살아서 돌아오시오.

하륜　　그리될 것이옵니다. 소생, 잠깐의 방심으로 삼봉에게 허를 찔렸사오나 아직 죽을 운세는 아니옵니다.

이방원　　황제는 예측할 수 없는 사람입니다. 어떤 일이 있어도 심기를 불편하게 해서는 아니 됩니다.

하륜　　심려치 마시옵소서. 소생... 하륜이옵니다.

이방원　　(안쓰러운)

하륜　　하옵구... 아마도 사가에 가시면 소생이 드리는 선물이 당도해 있을 것이옵니다.

이방원　　선물이라니요?

하륜　　(옅은 미소)

이숙번　　(E) 이숙번이라 하옵니다.

27 _____ 이방원의 집 사랑채 안 (낮)

이숙번, 이방원 앞에 앉아 있다.

이숙번　　소생, 하륜 대감으로부터 사정은 들었사옵니다. 대감께서 허락하신다면 주군으로 모시고 싶사옵니다.

이방원　그대의 배포와 성품은 이 사람도 익히 들었소이다. 허나 이 사람과 같은 길을 가면 목숨을 걸어야 하는데 그럴 수 있겠소이까?

이숙번　사내대장부가 대의 앞에서 어찌 목숨 따위에 연연하겠사옵니까?

이방원　그대의 대의는 뭐요?

이숙번　권신이 통치하는 나라가 아니라 강력한 군주가 다스리는 나라이옵니다.

이방원　...올해 나이가 어찌 되시오?

이숙번　스물넷이옵니다.

이방원　허면... 주군이니 뭐니 거추장스러운 호칭 말고 편히 형님이라 부르게.

이숙번　(보는)

이방원　(미소) 지금부터 숙번이 자넨 나의 동생일세. 배신은 용서치 않네.

이숙번　알겠습니다! ...형님!

이방원　(웃는) 사람... 듣던 대로 시원시원하구먼그래. (하는데)

문이 열리고 민 씨가 들어온다.

이방원　부인?

민 씨　대감... 중전마마께서... 앓아누우셨다 합니다.

이방원　!

28 ＿＿＿ 대궐 중궁전 외경 (밤)

29 _____ 동 침소 안 (밤)

강 씨, 핼쑥한 안색으로 눈을 감고 드러누워 있다. 의관이 진맥을 하고 있고, 이성계와 이방석이 수심이 가득한 얼굴로 앉아 있다. 맥을 짚던 의관의 표정이 어두워진다.

이성계	중전의 환우가 무엇인가?
의관	(조심스레) 아뢰옵기 황공하오나... 음수증°인 듯싶사옵니다.
이성계	! ...음수증?
이방석	해서 병증이 위중한 것인가?
의관	(난감한) 일단은 신기환과 음양쌍보탕으로 처방을 한 연후에 용태를 지켜봐야 할 듯싶사옵니다.
이방석	(눈물 그렁해지는) 어마마마...
이성계	(강 씨를 안쓰럽게 바라보는)

30 _____ 동 침전 안 (밤)

이성계, 이마를 짚고 있고 무학대사, 앉아 있다.

무학	심려하신다고 병이 낫는 것이 아니옵니다. 성심을 강건히 하시옵구 부처님께 지성으로 비시옵소서.
이성계	(한숨) 아직 팔팔한 나이에 음수증이라이... 이기 다... 과인이 지은 죄가 많아서 이카는 거 같습메다.
무학	...전하.

° 만성신부전.

이성계	내한테 죽은 사램들이 구천을 떠돌믄서 저주를 퍼붓고 있으이… 우리 중전한테 저런 몹쓸 뱅이 걸린 거 아이겠습메?
무학	나무 관세음보살…
이성계	속죄를 해야갔습메다… 죽은 사램은 극락왕생 빌어주고… 산 사램들한테는 잘못을 빌어야갔습메다… 기캐야 우리 중전이 살지 않갔습둥?
무학	(안쓰러운)
이성계	(후~) 가만있자… 누구한테 제일 몹쓸 짓을 많이 했을꼬… 가만있자… (생각하는)

31 _____ 대궐 뜰 안 (낮)

상복을 입고 지팡이를 쥔 이색, 조준과 남은의 안내를 받아 걸어온다.

이성계	(E) (반갑게) 어서 오십시오, 대감!

32 _____ 동 침전 안 (낮)

이성계, 용상에 앉아 있다. 조준, 남은이 곁에 서 있다.
이색, 꼿꼿하게 서 있다.

이성계	그래 먼 길 오신다고 얼마나 고생이 많으셨습니까?
이색	(냉랭하게) 고생이랄 것은 없구… 그간 잘 지내셨소이까?
이성계	…

조준	전하께 이 어인 무례란 말씀이오! 어서 예부터 표하시오!
이색	임금이 아니 보이는데 누구에게 예를 표하란 말이오이까?
남은	뭐요!
이성계	(미소) 자, 자 됐소. (용상에서 일어나 다가서는) 내가 결례를 한 것 같습니다. 자, 우리 편하게 서로 앉아서 얘기하십시다. (자리 권하면)
이색	(선 채로) 이 사람을 보자 한 용건이나 말씀하시지요.
이성계	과거의 얽히고설킨 감정들 다 잊고 편하게 지내자는 뜻에서 뵜습니다. 이 부족한 사람이 대감께 가르침도 받고 싶고 해서 말입니다.
이색	...
이성계	대감을 한산백으로 봉하고, 전답과 노비를 내릴 것입니다. 부디 가까이 거처하시면서, (하는데)
이색	거 참 듣던 중 해괴한 소리로고.
이성계	(보는)
이색	이 사람은 망국의 신하로 이렇듯 상복을 입고 사는 처집니다. 나라가 없고, 임금이 없는데 누가 나를 백으로 봉하고, 누가 내게 전답과 노비를 내린단 말씀이오?
남은	저, 저런!
이성계	(애써 웃으며) 그래요, 대감 말씀이 맞습니다. 다 맞으이 일단은 앉아서 찬찬히 얘기를 하십시다.
이색	이 사람 명색이 대고려국의 문하시중을 하였단 사람인데 이런 바닥에 아무렇게나 퍼질러 앉으란 말이오?
조준·남은	(노기를 참는)
이색	(용상 가리키며) 아! 저기 저 의자가 좋겠구만... 이보시오, 이성계 대감. 내가 저기 좀 앉아도 되겠소이까?
남은	(못 참고) 닥치지 못할까!! 이자가 노망이 든 것이 아닌가!!
조준	전하! 저자를 당장 하옥하여 참형으로 다스리겠나이다!
이성계	(노기를 참으며) 다들... 조용히 하시오... (이색에게 애써 부드럽게)

	원하시면 앉아도 됩니다.
이색	!
남은	전하!!
이성계	앉으십시오.
이색	(파안대소 터뜨리는)
이성계	(보는)
이색	예전에 알고 지내던 사람이 하도 출세를 하였다기에 눈요기나 하러 왔었소이다. 이제 눈요기는 대충 하였으니 이 사람은 이만 물러갈까 합니다.
이성계	목은 대감...
이색	건강하시오. (껄껄 웃으며 나가는)
남은	소신이 저자를 요절을 낼 것이옵니다! (나가려는데)
이성계	그럴 거 없소.
남은	(멈칫) 전하!
이성계	(헛헛한) 그러지 마시오... 그럴 거 없슴메...
조준·남은	(안타까운)

33 _____ 강가 (낮)

이색, 지팡이를 두 손으로 잡은 채 바위 정도에 걸터앉아 있다. 하인이 곁에 서 있다.

이색	(쓸쓸한 듯 피식) 역적의 칼에 죽어 충신의 이름이나마 남기나 하였더니... 하늘이 이 늙은이에게 그마저도 허락지를 않는구나... 참으로 고약한 운명이 아니더냐... (먹먹해지는... 하인에게) 가서 나룻배가 오는지 살펴보고 오너라...

하인	예, 대감마님. (쪼르르 가는)

이색, 자꾸만 먹먹해진다. 애써 감정을 추슬러 보는데 결국 눈물이 흐른다. 흑, 흑... 서럽게 우는 모습 위로...

해설(Na)	이성계를 만나고 얼마 후 복은 이색이 예순아홉의 나이로 세상을 떠났다.

이색의 자료화면과 오열하는 모습이 교차하면서...

해설(Na)	이색은 고려 말 경학의 대가로 손꼽혔던 이곡의 아들로 태어났다. 불과 열네 살의 나이에 성균시에 합격한 이후 원나라로 유학을 떠나 국자감의 생원이 되었다. 원나라 과거에서 장원과 차석을 차지한 그는 고려로 돌아와 공민왕의 개혁을 도왔다. 성균관을 중건하고 성리학의 보급과 발전에 힘썼는데 정몽주, 이숭인, 정도전, 하륜, 권근, 길재 등 기라성 같은 학자들이 모두 그의 제자였다. 위화도 회군 이후 실권을 잡은 이성계에 맞서 기울어가는 고려를 지키기 위해 사력을 다했으나 실패하였다. 망해가는 나라의 최고 지식인으로서 그의 비통하고 막막한 심정이 회고가란 이름의 시조로 전해지고 있다.

이색(Na)	〈자막〉 백설이 잦아진 골에 구름이 머흘레라... 반가운 매화는 어느 곳에 피었는고... 석양에 홀로 서 있어 갈 곳 몰라 하노라...

해설(Na)	조선이 건국된 이후, 이성계는 이색을 한산백에 봉하고 출사를 종용하였지만 망국의 한을 곱씹으며 은거하다 최후를 맞이하였다.

저서로 '목은시고'와 '목은문고'가 남아 있다. 본관은 한산, 시호는 문정이다.

34 _____ 요동 - 산길 (낮)

정도전, 득보와 걸어간다. 정도전, 주변 곳곳을 예의 주시하며 걷는다.

득보   (헥헥 대는) 아유, 대감마님... 좀 천천히 갑시다요.

정도전   (멈추는) 사람... 그러게 왜 따라나서서는 사서 고생을 하누?

득보   아, 유람 간다길래 죽기 전에 호사 좀 누려 볼라고 그랬지요. 이리 줄창 걷기만 할 줄 누가 알았습니까!

정도전   (핏 웃고) 어서 따라오게. (휘적휘적 가는)

득보   (짜증스레 한숨 쉬고) 아니 근데 대체 여기가 어디여? (저만치 가는 정도전 부르며 따라가는) 아, 대감마님! 같이 좀 갑시다요!!

35 _____ 명나라 남경 외경 (낮)

하륜   (E) 찾아계셨사옵니까, 황제 폐하.

36 _____ 황궁 일실 안 (낮)

주원장, 하륜을 보고 있다.

주원장	(중국어) 귀국 준비는 마친 것이냐?
하륜	예, 폐하. 소신과 사신단 전원을 무사 귀환시켜 주신 폐하의 성은에 엎드려 감사드리옵나이다.
주원장	(중국어) 감사는 말이 아니라 행동으로 하는 것이다.
하륜	(보는)
주원장	(중국어) 하륜이라 하였던가?
하륜	그렇사옵니다.
주원장	(중국어) 왕자 이방원에게 짐의 밀명을 전하거라.
하륜	지금... 밀명이라 하셨사옵니까?
주원장	(중국어) 정도전... 그자를 제거해라.
하륜	!

37 _____ 요동 – 평원이 보이는 산비탈 (낮)

정도전과 득보, 평원을 내려다보고 있다.

득보	대감마님, 대체 여기가 어딥니까?
정도전	우리 조상들이 말을 타고 달리던 곳일세.
득보	조상들이라니요? 지금은 아니구요?
정도전	여긴 조선이 아닐세.
득보	예?
정도전	우리의 옛 강토... 요동일세.

평원을 굽어보는 정도전과 하륜, 주원장의 모습에서 엔딩.

47회

1 _____ 황궁 일실 안 (낮)

하륜   지금 밀명이라 하셨사옵니까?

주원장   (중국어) 정도전... 그자를 제거해라.

하륜   !

2 _____ 요동 – 평원이 보이는 산비탈 (낮)

정도전   여긴 조선이 아닐세.

득보   예?

정도전   우리의 옛 강토... 요동일세. (평원을 굽어보는)

3 _____ 대궐 강령전 외경 (밤)

이방석   (E) 어마마마! 어마마마!!

4 _____ 동 처소 안 (밤)

의녀의 부축을 받으며 앉은 강 씨, 호흡이 곤란한 듯 가슴을 부여
잡고 숨넘어가는 소리를 연신 토한다. 사색이 된 의녀들, 등을 두드
리고 몸을 주무른다. 곁에서 지켜보는 이방석과 박 상궁, 어쩔 줄
모르는...

이방석   정신을 차리시옵소서, 어마마마!!

박 상궁	(다급히) 중전마마! 숨을... 숨을 크게 들이쉬소서!
강 씨	(숨넘어가는 소리를 토하고)
이방석	(사색이 되어 박 상궁에게) 어의는 어찌하여 아니 오는 것이냐!! 어의는 어찌 됐느냔 말이다!!
박 상궁	(다급히 뛰쳐나가고)
강 씨	(이방석을 향해 팔을 뻗으며) 세, 세자...
이방석	어마마마! 소자 여기 있사옵니다~!
강 씨	세자~ (어윽... 숨을 몰아쉬는)
이방석	(울먹이는) 어마마마~!!

5 _____ 동 침전 안 (밤)

이성계, 슬픔에 잠긴 표정으로 앉아 있다. 정진과 무학, 옆에 서 있고 의관, 전전긍긍 앉아 있다.

정진	(의관에게) 어찌하여 아무 말도 없으신가? 중전마마의 병세가 어떻냐는 대두?
의관	(차마 말하지 못하고 전전긍긍하는) 그, 그것이...
이성계	괜찮으니 말해보게.
의관	음수증이 심해져서... 음극사양에 이른 듯싶사옵니다.
이성계	(굳는)
무학	나무 관세음보살...
의관	(어쩔 줄 모르는)
이성계	... (허! 맥이 탁 풀리는)

6 _____ 이방원의 사랑채 안 (밤)

이방원, 민 씨, 이숙번이 앉아 있다.

이숙번   전의감의 지인에게 전해 들은 얘기이온데 중전마마의 환우가 음극 사양에 이르렀다 합니다.

이방원   !

민 씨   허면 회생이 불가하단 얘기가 아닙니까?

이방원   자네 그 말... 틀림없는 사실이렷다.

이숙번   여부가 있겠습니까? 이미 온몸이 마비되어 산송장이나 진배없다 합니다.

이방원   (심각해지는)

민 씨   (냉한) 자업자득입니다. 하늘이 천벌을 내린 것이에요.

이방원   ...

7 _____ 동 마당 일각 (밤)

착잡한 표정의 이방원, 상념에 잠겨 있다. 손에 쥔 무언가를 들어 본다. 강 씨가 준 수필낭이다. 생각하는...

강 씨   (E) 받거라.

F.B》32회 11씬의

이방원   수필낭이 아닙니까?

강 씨	서장관°의 중책을 맡았으니 늘 붓을 지니고 있어야 할 것이 아니냐?
이성계	방워이 니 줄 거라고 수틀 잡고 메칠 밤을 새더구마...
이방원	(고마운 듯 보는) 어머님...
강 씨	잘 다녀오너라. 몸 성히 돌아올 때까지 부처님께 빌고 또 빌 것이다.

현재》

이방원, 착잡해지는데 민 씨, 다가선다.

민 씨	(탐탁잖은) 그것을 아직까지 지니고 계셨습니까?
이방원	...
민 씨	소첩이 태워버리겠사옵니다. (다가와 낚아채려는) 이리 주시어요.
이방원	(뿌리치는)
민 씨	(이해할 수 없다는 듯) 대감...
이방원	(수필낭을 쥔 채 대문을 나가는)
민 씨	(보는)

8 _____ 강령전 처소 안 (밤)

비스듬히 모로 누운 채 가늘게 숨을 몰아쉬는 강 씨. 이방석과 이지란, 침통하게 앉아 있다.

이방석	(울먹이며) 어마마마...
이지란	(안타까운, 혼잣말처럼) 행수... (한숨 푹 쉬는데)

° 사신 중에서 기록과 외교문서에 관한 직무를 담당하는 관리.

박 상궁	(E) 저하... 정안군 대감 들었사옵니다...
이방석	!
이지란	?... 어, 날래 드시라 해라.

이방원, 착잡한 표정으로 들어온다.

이지란	(일어나 인사하며) 정안군...
이방원	(강 씨를 일별하고) 어마마마께선 차도가 좀 있으십니까?
이지란	(대꾸 대신 옅은 한숨 쉬며 고개 젓는)
이방석	형님, 오셨습니까?
이방원	피곤하실 터인데 동궁전으로 가시어 좀 쉬십시오. 여긴 제가 지키고 있겠사옵니다...
이지란	(의외라는 듯) 정안군이 계시겠다구요?
이방원	이게 다 소자가 어마마마께 심려를 끼쳐드렸기 때문인 듯싶어... 용서를 빌고 싶사옵니다.
이방석	(못 미더운 듯 보는)
이지란	저하, 그리하시옵소서.
이방석	(마지못해 이지란과 나가는)
이방원	(강 씨를 물끄러미 보는, 만감이 교차하는) 소자, 방원입니다... 들리십니까?
강 씨	... (천천히 눈을 뜨는... 멍한)
이방원	(옅은 한숨) 어마마마... 어찌 이리 맥을 놓고 계십니까?
강 씨	(보는)
이방원	(먹먹한 느낌으로 토로하듯) 소자, 코흘리개를 겨우 면했을 무렵이었습니다. 아바마마와 방우 형님 손에 이끌려 처음 개경 땅을 밟았는데 어마마마께서 나와 계셨지요... 어찌나 아름다우신지 소자, 하늘에서 내려온 선녀인 줄 알았더랬습니다... 니가 방원이구나... 들

던 대로 아주 귀엽게 생겼구나... 환하게 웃으며 소자를 안아주시는 어마마마에게선 광채가 났습니다. 그때 생각했었지요. 이분이 내 친어머니였으면 좋겠다구... 내가 이분의 사랑을 독차지하고 싶다구...

강 씨　　(보는)

이방원　허나 머리가 굵어지면서 어마마마의 행복이 화령에 홀로 계신 제 친어머님껜 눈물이고, 고통이란 걸 알았습니다... 해서... 미워하려 했었습니다... 어마마마의 아들이 되고픈 마음이 커질수록 더... 미워하려 했었습니다...

강 씨　　(끄응... 무언가 말을 해보려 하지만 아니 되는)

이방원　(어느새 눈물 그렁해지는... 조금은 격앙된 어조로) 그리 놔두셨어야 했습니다! 아바마마께서 회군을 하던 날 소자가 관졸의 칼에 쓰러지건 말건 모른 척하셨어야 했습니다! ...소자에게 어머니가 되어서는 아니 되는 것이었단 말입니다! (북받치는) 그래 놓구서... 그래 놓구서 어찌 방석이를 택하신 것입니까! 왜요, 왜!

강 씨　　(하아~! 숨을 몰아쉬는)

이방원　(차분히) 소자의 안사람은 그리 말을 하더군요... 어마마마께서 천벌을 받은 것이라고...

강 씨　　(미간이 꿈틀대는)

이방원　(킬킬대는) 하오나 소자는 어마마마를 원망하지 않습니다. 생각해보니 그게 어마마마의 탓이 아니더란 말입니다. 그놈의 권력... 그 빌어먹을 권력의 탓인 게지요. 부모자식 간에도 나누지 못하는 게 권력이라는데 국본의 자리를 앞에 놓고 배 아파 낳은 자식 챙기는 것을 누가 뭐라 하겠습니까? (비아냥대듯) 잘하셨습니다... 참으로 잘~ 하셨습니다~! 어마마마~!!

강 씨　　(보는)

이방원	(웃음 멈추고) 덕분에... 소자의 마음도 아주 홀가분해졌습니다. 이제 아무런 죄책감도, 미련도 없이... 국본을... 보위를... 도모할 것입니다.
강 씨	(이를 악무는, 끄응... 무언가 말하려 하는)
이방원	(품에서 수필낭을 꺼내) 기억나십니까? 권좌가 아직은 멀게만 느껴지던 시절에... 어마마마와 소자의 마음이었습니다. (강 씨의 손에 쥐어주는)
강 씨	(보는)
이방원	분명히 말씀드리지요. 머잖은 장래에... 방석이를 그리 만들어버릴 것입니다.
강 씨	(간신히 수필낭이 쥐어진 손을 들어 펴보는데... 이미 잘려진 조각들이 툭, 툭 떨어지는, 헉! 이방원을 보는)
이방원	(냉랭하게 바라보는)
강 씨	(이를 악무는... 가까스로) 네... 이...놈...
이방원	잘 가십시오... (일어나는)
강 씨	(어흐! 신음을 토하며 몸을 일으키려 버둥대며) 전하... (마지막 기력을 짜내듯) 전...하!!
이방원	(돌아보는)

박 상궁, 급히 들어온다.

박 상궁	중전마마!!
강 씨	(맥없이 쓰러지는)
박 상궁	어의를 부르겠나이다! (다급히 나가려는데)
이방원	게 섰거라.
박 상궁	(멈칫 보면)
이방원	...듣고 있었더냐?

박 상궁	!... (차마 그렇다는 얘기는 못 하고 머뭇대는)
이방원	저 여인보다 오래 살고 싶거든... 알아서 처신해야 할 것이다.
박 상궁	(헉! 두려움에 강 씨를 보면)
강 씨	(기진해 쓰러진 채 이방원을 노려보며 으어... 묘한 신음만 토하는)
박 상궁	그리할 것이옵니다, 정안군 대감.
이방원	(나가는)
강 씨	박...상...궁...

박 상궁, 얼른 수필낭 조각을 주워 들고 강 씨의 손에서 남은 수필낭 조각을 빼앗아 나간다. 기가 막힌 강 씨, 입만 뻥긋댄다. 충혈된 그녀의 눈물 고인 눈에서...

9 _____ 정도전의 집 외경 (밤)

득보	(E) 마님~!! 기체 강령하셨습니까!!

10 _____ 동 마당 안 (밤)

정도전, 득보와 들어온다. 최 씨가 굳은 얼굴로 서 있다.

최 씨	(서먹한) 유람은 잘 다녀오셨습니까?
득보	유람은요? 말도 마십쇼... 고생만 죽어라 했습니다요!
정도전	집엔 별일 없었습니까?
최 씨	대감께서 아니 계시니 집에는 별일이 없사온데 궐에는 일이 났습니다.

정도전	(보는)
최 씨	어서 등청 채비를 하시어요.
정도전	...

11 _____ 대궐 강령전 앞뜰 (밤)

조준을 필두로 침통한 표정의 백관들, 도열해 있다. 이지란, 민제, 조영무, 정진 등이 앞줄에 있고 이숙번, 민무질, 민무구, 정영, 정유 등 파란 관복들 틈에 서 있다. 궁문이 열리고 정도전, 남은과 심효생을 대동하고 들어온다. 조준을 제외한 일동, 예를 표한다.

조준	(인사) 삼봉 대감...
정도전	...중전마마께서 위중하시다구요?
조준	임종이 임박하신 듯합니다.
정도전	(수심이 어리는데) ...들어가십시다.

12 _____ 동 처소 앞 복도 (밤)

세자빈과 옹주들, 서 있다. 민 씨, 굳은 표정으로 서 있다. 정도전과 조준, 나타나면 박 상궁, 허리 숙인다. 정도전, 차가운 민 씨의 시선을 일별하고...

정도전	고하시게. (하는데)
이성계	(E) 중전!!
이방석	(E) 어마마마!!

정도전·조준 !!

13 _____ 동 처소 안 (밤)

정도전과 조준, 들어오면 의관 앞에 누운 강 씨, 숨을 몰아쉰다. 이 방석과 나란히 앉은 이성계. 뒷줄에 앉은 이방과, 이방원, 이방번 등 왕자들.

| 이성계 | 중전~ 정신을 차려봅세~! 중전~! |
| 이방석 | (부여잡고) 어마마마~!! |

숨이 경각에 달린 강 씨, 눈을 번쩍 뜬다. 그의 시야에 이성계, 이방 석, 정도전, 이방원의 얼굴이 스친다. 누구 쪽인지 모를 손을 뻗는 강 씨...

| 이성계 | 중전~!! |

어느 순간, 툭 떨궈지는 손. 일동, !! 강 씨, 눈을 감는다.

이성계	(멍해지는)
이방석	어마마마? ...눈을 떠 보세요, 어마마마...
정도전	(침통한 한숨)
이성계	(떨리는 손을 뻗어 강 씨의 손을 가슴 위에 올려놓는... 울음을 가까스로 참아보지만 격하게 터져 나오는) 중~ 전~!!

14 _____ 다시 뜰 (밤)

눈물범벅의 이지란, '중~전~마마~!!' 외치며 무릎 꿇으면 남은, 심효생 등 일제히 '중전마마~!!' 외치며 엎드려 통곡한다.

15 _____ 처소 앞 복도 (밤)

세자빈을 비롯한 옹주, 나인들 모두 '중전마마~' 엎드려 오열한다. 민 씨, 차분한 표정으로 앉아 있다.

16 _____ 해설 몽타주 (밤)

1) 강령전 처소 안 – 이성계, 강 씨의 시신을 부여안고 통곡한다. 이방석, 이방번, '어마마마~' 울부짖는다. 무릎 꿇은 조준, 눈물이 그렁하고 정도전, 침통하다. 이방과 등 왕자들은 시늉만 낸다. 이방원, 착잡한 표정으로 강 씨의 시신을 바라본다. 이성계, '이리 가면 아이 됩메다~!' 정도 외치며 절규한다.
2) 강 씨의 자료 화면 위로...

해설(Na) 태조 5년인 서기 1396년 8월 조선의 첫 번째 왕비, 현비 강 씨가 죽었다. 고려말의 권문세가인 상산부원군 강윤성의 딸로, 이성계의 경처가 되어 이방번, 이방석, 경순공주 등 2남 1녀를 낳았다. 변방의 토호 출신인 이성계가 중앙 정계에 안착하고, 조선을 건국할 수 있었던 데에는 그녀와 그녀의 든든한 친정이 큰 도움이 되었다. 그러나 왕비가 된 이후에는 이방원 등 향처 한 씨 소생의 왕자들을 제치고 이방석을 세자에 앉힘으로써 피비린내 나는 권력투쟁의 빌미를 만들었다. 훗날 왕위에 오른 이방원에 의해 후궁으로 격하되고 묘가 이장되는 치욕을 겪은 그녀는 17세기 현종 대에 이르러서야 왕비로 복위된다. 본관은 곡산, 시호는 순원현경신덕왕후, 능묘는 정릉이다.

3) 다시 처소 안 – 어린아이처럼 엉엉 우는 이방석. 그런 이방석을 바라보는 정도전. 그런 정도전을 바라보는 이방원에서 F.O

17 ＿＿＿＿ 대궐 강령전 앞뜰 (낮)

상복을 입은 숙위병, 나인들, 오가는...

정도전　(E) 찾아계셨사옵니까?

18 ＿＿＿＿ 동 침전 안 (낮)

이성계, 깊은 시름에 잠겨 있다. 그 앞에 상복 차림의 정도전이 앉아 있다.

이성계　조정엔 언제 돌아올 거우까?
정도전　쉴 만큼 쉬구, 새로운 과업도 구상을 마쳤으니 곧 복귀할 것이옵니다.
이성계　새로운 과업이... 뭐우까?
정도전　지금은 중전마마를 떠나보내는 데 진력하시옵소서. 차차 말씀을 드리게 될 것이옵니다.

이성계	...과인은 오늘부터 전국을 순시할 거우다. 조준 대감과 상의해서 속히 돌아와 주시우다.
정도전	갑자기 어인 순시이시온지...
이성계	중전의 묏자리를 보러 다닐 거우다.
정도전	서운관의 관리들에게 맡기시면 되지 않사옵니까?
이성계	아이오... 이 촌뜨기, 거골장 같은 놈한테 시집와서리 평생 마음고생만 하다 간 사람이우다... 천하제일의 명당에다가 과인의 손으로 직접... 묻어줄 거우다. (눈가 벌게지는)
정도전	(보는)
남은	(E) 봉화백을 복귀시켜야 합니다.

19 _____ 빈청 도당 안 (낮)

상복을 입은 조준, 남은, 심효생, 이지란, 민제 등 재상들이 앉아 있다.

민제	(놀라) 삼봉 대감을 도당에 들이잔 말씀입니까?
심효생	당연한 얘기를 하는데 어찌 그리 놀라십니까?
이지란	맞습메다. 중전마마께서 승하하시고 전하마저 도성을 비우셨잖습메까? 삼봉 대감이 날래 들어와서리 세자마마 곁에서 중심을 잡아 줘야 됩메다.
조준	...
남은	종전대로 판삼사사와 판의흥삼군부사를 겸하게 하여 삼사와 군권을 관장케 하십시다.
조준	아직은 때가 아닌 듯싶습니다.
남은	!
심효생	아니 좌정승 대감.

조준	명나라에 갔던 하륜과 권근이 돌아오고 있다고는 하나 그것으로 표 전문 사태가 수습됐다고 단정하긴 이릅니다. 황제의 의중을 파악하기 전에 섣불리 복귀시켰다간 상황이 다시 악화될 수도 있어요.
남은	이보세요! 허면 대체 언제까지 삼봉 대감을 저리 야인으로 놔두자는 것입니까!!
조준	(불쾌함을 참고) 이 사람도 삼봉 대감의 복귀를 바라는 마음은 같습니다... 허나 사안이 사안이니만큼 추이를 좀 더 지켜보십시다.
남은	(못마땅한 듯 끙! 하는)
조준	...

20 _____ 정도전의 집 사랑채 안 (낮)

정도전, 수수강무도를 그리고 있다. 남은, 뚱해서 앉아 있다.

남은	조준 대감의 간땡이가 갈수록 작아지는 것 같습니다. 쫌생원인 건 진작에 알았지만 그래도 옛날엔 이 정도는 아니었잖수.
정도전	(그리는)
남은	대감께서 이리 계실수록 정안군과 왕자들 기만 살려줄 터인데... (짜증 팍, 강무도를 홱 끌어가며) 아, 지금 한가하게 그림이나 그리고 있을 때요!
정도전	거 사람... 군사를 훈련시키려면 훈련시킬 거리가 있어야잖은가? 수수강무도라고 내 새롭게 고안한 것일세. (도로 제 앞으로 끌어다 놓는)
남은	수수강무도고 수수깡이고 간에 왕자들이 협조를 해줘야 훈련을 할 거 아닙니까? 요즘엔 진법훈련은 고사하고 국상을 빌미 삼아 삼군부 회의마저 나오지 않는단 말요!

정도전   (피식 웃고 붓에 먹을 묻히는)

남은   두고 보시우. 이제 하륜까지 멀쩡히 돌아오면 정안군이 뭔 짓을 꾸며도 꾸밀 테니까요.

정도전   (잠시 멈칫하다가 이내 그림을 그려나가는)

남은   으이구... 속 터져서 원...

21 _____ 저잣거리 (낮)

말을 탄 하륜과 권근, 사신단을 이끌고 들어온다. 상복을 입은 백성들이 지나다닌다. 하륜, 의미심장하게 본다.

조준   (E) 무사히 돌아오셔서 천만다행입니다.

22 _____ 빈청 조준의 집무실 안 (낮)

조준, 하륜, 권근이 앉아 있다.

하륜   이게 다 심려해주신 덕분입니다.

조준   해서... 표전문에 대한 황제의 오해는 풀린 것입니까?

권근   자초지종을 소상히 고하긴 하였으나 흔쾌히 수긍하는 눈치는 아니셨습니다.

조준   (흠... 중얼대듯) 이거 일이 좀 애매하게 되었구만... 삼봉 대감을 어서 복귀시켜야 할 터인데...

하륜   (예리하게 보는)

조준   공식 문서 말고 황제께서 따로 전하시는 말씀 같은 건 없었습니까?

하륜	...

F.B》1씬의

주원장	(중국어) 정도전... 그자를 제거해라.

현재》

하륜	(옅은 미소) 없었습니다.
조준	(수긍하는)
이방원	(E, 심각한) 삼봉을 제거하라 하였다구요?

23 _____ 이방원의 사랑채 안 (낮)

이방원, 민 씨, 이숙번, 하륜이 앉아 있다.

하륜	그렇사옵니다, 주군.
이방원	(심각한)
이숙번	이는 황제가 형님께 거사를 명한 것입니다.
이방원	(불쾌한) 주원장 이자가 이젠 나를... 사냥개 취급을 하고 있구만.
이숙번	자존심에 연연할 때가 아닙니다. 전하께서 도성에 아니 계신 이때 삼봉을 제거하고 세자를 폐하여야 합니다. 황제가 형님의 거사를 지지할 것이니 전하께서도 받아들이실 수밖에 없을 것입니다, 형님.
민 씨	허면... 군사를 일으키잔 말씀입니까?
이숙번	그렇습니다. (이방원에게) 왕자들을 규합하여 속히 결행하시지요.
하륜	말 같잖은 소리! 저들이라고 지금이 위기임을 모르고 있겠는가!
이숙번	예?
하륜	(이방원에게) 삼봉은 치밀한 사람이옵니다. 섣불리 거병을 도모하

였다간 삼봉이 겹겹이 쳐놓은 그물망에 걸려 모두 참변을 당할 것이옵니다. 거사를 하더라도 저들이 방심할 때를 노려야 하옵니다.

이숙번 두려울 게 무엇입니까? 형님과 왕자들의 사병을 합치면 의흥삼군부의 관병들보다 몇 곱은 많습니다. 전하와 세자마마의 친병이 저들에게 가세한다 해도 결코 밀리지 않는단 말입니다.

하륜 거사에서 첫째는 명분! 힘은 그다음일세! 지금 거병을 할 만큼의 명분이 쌓여 있다 보시는가!

이방원 호정의 말씀이 옳아요. 거사에 성공한다 해두 명분이 부족하면 역풍을 맞기 십상이오. 그리되면 삼봉을 따르는 무리들이 궐기할 것이구... 자칫하다간 나라 전체가 내전에 휩싸이게 될 것입니다.

하륜 황제가 진정으로 노리는 것이 바로 그것이옵니다. 누가 이기든... 조선이 누더기가 되는 것.

민 씨 설사 그렇다 해두 거병 말고는 삼봉을 몰아낼 방도가 없지 않습니까?

하륜 지금은 적을 섬멸할 때가 아니오라 포위하고 고립시킬 때이옵니다.

이방원 무슨 좋은 계책이 있는 것이오?

하륜 부저추신釜底抽薪°! 끓는 물을 건드렸다간 낭패를 보기 십상이니 아궁이의 장작을 꺼내 식게 만드는 것이 우선일 것이옵니다.

이방원 (보는) 적의 사람을 빼내자는 말입니까?

하륜 그렇사옵니다... 조준 말이옵니다.

이방원 ...

24 _____ 조준의 집 외경 (밤)

°　솥 밑의 장작을 빼낸다는 뜻.

25 _____ 동 사랑채 안 (밤)

상석에 이방원, 조준, 다과상 정도 마주하고 앉아 있다.

조준　　(옅은 미소) 이거 소인이 먼저 찾아뵈야 하는 것인데... 이 누추한 곳까지 왕림해 주시니 몸 둘 바를 모르겠사옵니다.

이방원　목마른 사람이 우물을 파야지요. 내 오랜만에 대감과 회포도 풀고 인사 청탁도 좀 해볼까 하여 왔습니다.

조준　　(의아한 듯 보는)

이방원　판삼사사 자리가 너무 오래 비어 있는 듯한데... 이 사람이 적임자를 천거해도 되겠습니까?

조준　　누구를... 말씀하시는 것이옵니까?

이방원　하륜 대감입니다.

조준　　(굳는)

이방원　지금 조선에 그만한 경륜을 갖춘 인물도 드물다는 것은 대감께서도 아마 인정을 하실 것입니다. (하는데)

조준　　(조심스레 말 끊듯) 말씀 중에 송구하오나... 판삼사사는 삼봉 대감을 위해 비워둔 것이옵니다.

이방원　(핏 웃는) 아니, 조선의 관직이 삼봉의 사유물도 아니고 그래서야 되겠습니까? 더욱이 삼봉은 황제를 진노케 하여 자숙 중인 사람이거늘 나중에 그 뒷감당을 어찌하시려구요?

조준　　...소인에게 이런 말씀을 하시는 연유가 무엇이옵니까?

이방원　...조 대감.

조준　　말씀하십시오.

이방원　그 옛날 조민수를 숙청하고 과전법을 만든 분이 누구시오? 바로 대감이십니다. 어디 그뿐입니까? 대업에 기여한 공로로 따지자면 결코 삼봉에 밀리지 않습니다. 헌데 어찌하여 삼봉의 오른팔 노릇이

나 하고 계시는 것입니까?

조준   (불쾌함을 참으며) 말씀이 조금 과하신 듯싶습니다. 소인은 당여니 파당이니 하는 것에 관심을 접은 지 오래이옵니다.

이방원   그렇다면 더더욱 하륜 대감을 거절할 이유가 없지 않습니까? 나라의 실권이 삼봉 한 사람에게만 몰리는 것은 바람직한 일이 아니니까 말입니다.

조준   대감... 여전히... 종사에 미련을 버리지 못하신 것이옵니까?

이방원   (잠시 굳어서 보다가 이내 미소) 솔직히 말해서 세자 자리에 미련이 남는 것은 사실입니다. 허나 이미 다 지난 일... 이 사람은 그저... 재상 정치 운운하며 나라를 어지럽히는 삼봉을 견제하려는 것뿐입니다. 그마저도 아니 된다 하시겠습니까?

조준   ...

이방원   도와주시오. 이 사람은 대감과 뜻을 함께하고 싶소이다.

조준   ...

26 _____ 동 집 앞 거리 (밤)

이방원, 종복이 이끄는 말을 타고 사라진다. 조준, 묵묵히 바라보는... 일각 모퉁이에 숨어 바라보는 사내1의 날카로운 시선.

심효생   (E) 정안군이 조준의 사가를 다녀갔습니다.

27 _____ 정도전의 집 사랑채 안 (밤)

정도전, 남은, 심효생이 앉아 있다.

남은	무슨 얘기를 했겠습니까?
정도전	...
심효생	조준 대감을 회유하려는 것일지 모릅니다. 근자에 대감과 조 대감이 다소 격조하지 않았습니까?
남은	지금 당장 조 대감을 데려오겠수.
정도전	굳이 그럴 것 없네. (서안 위에 놓인 두루마리를 남은에게 건네는) 오늘 안에 이 일부터 처리해 주시게.
남은	?... (받아 펼치며) 이게 뭐요... (대번에 굳는, 정도전을 보면)
정도전	...

28 _____ 거리 (밤)

하륜, 이숙번과 걸어온다.

이숙번	조준이 넘어오겠습니까?
하륜	첫술에야 배가 부르겠는가? 열 번 찍어 안 넘어가는 나무 없으니 주군께서 공들이기에 달린 것일세. (하는데)

두 사람의 앞을 막아서는 관원과 관졸들. 하륜과 이숙번, 멈칫한다.

이숙번	웬 놈들이냐! 썩 비키지 못하겠느냐!
하륜	자중하시게... (관원에게) 그래, 무슨 일인가?
관원	사헌부에서 대감을 탄핵하였소이다.
하륜	뭐라? 탄핵?
관원	뫼셔라!
관졸들	(달려들어 하륜을 제압하는)

이숙번	(헉!) 대감!
하륜	(끌려가는)
이숙번	(당혹스러운)

29 _____ 정도전의 집 마당 안 (밤)

득보, 대문을 열면 노기 어린 표정의 조준이 들어온다. 서 있던 최씨, 맞이한다.

최 씨	우재 대감 오셨습니까, (하는데)
조준	(들은 척 만 척 홱 지나쳐가는)
최 씨	!... (불길한)

30 _____ 동 사랑채 안 (밤)

정도전과 조준, 마주 앉아 있다. 냉랭한 분위기가 감도는...

조준	이게 말이 된다 보십니까?
정도전	다짜고짜 무슨 말씀이신가?
조준	경상도에서 투항한 왜구를 놓친 박자안이란 무장이 압송되었습니다. 헌데 그자를 문초하여 난데없이 뇌물죄를 적용하였습니다. 하륜에게 뇌물을 주었다구요!
정도전	헌데?
조준	(발끈) 날조도 정도껏 해야 하지 않습니까!!
정도전	어찌하여 날조라 단정하는 것인가? 사헌부에서 하륜의 비리를 파

다 보니 박자안이가 나왔구, 마침 그자가 순군옥에 있기에 죄를 추궁한 것뿐일세.

조준 (꾹 참고) 좋습니다. 날조가 아니라 해두지요! 허나 좌정승인 이 사람에게 일언반구도 없이 옥사를 터뜨릴 수 있는 것입니까!

정도전 하륜이 누군가? 자네에게 눈독을 들이고 있는 정안군의 측근일세.

조준 !

정도전 헌데 어찌 사전에 상의를 할 수 있겠는가?

조준 (기막힌 듯 허! 하는) 이제... 이 사람에게까지 사람을 붙인 것입니까?

정도전 그 역시 오해... 자네가 아니라 정안군에게 붙였던 것이네.

조준 (질린 듯 보다가 벌떡 일어서는) 헛걸음을 한 듯싶습니다. 이만 물러가지요.

정도전 게 서시게.

조준 (보는)

정도전 도당에 복귀할 것이니 필요한 준비를 해주시게.

조준 명령하지 마십시오. 이 사람은 대감의 수하가 아닙니다.

정도전 나는 지금 수하에게 지시를 하는 것이 아니라... 동지 대 동지로서 당당히 요구하는 것일세.

조준 !

정도전 판삼사사까지는 필요 없고 판의흥삼군부사로서 군제개혁에만 집중하고 싶네. 이제 대업의 마지막 단추를 채울 때가 되었으이.

조준 대업이라는 말 앞에 부끄럽지도 않으십니까?

정도전 뭐라?

조준 지금 대감의 모습과 민본의 대업이 어울린다 보십니까? 대업 이전에 군자가 되셔야 했습니다!

정도전 ...대업의 적이 한 사람이라도 남아 있는 한... 나는 철저히 악당이 될 것일세... 군자는... 내가 자네에게 기대하고 있는 역할일세.

조준	(보는… 마음 한구석 울림이 있는, 부정하듯 나가는)
정도전	…

31 _____ 이방원의 집 사랑채 안 (밤)

이방원, 이숙번이 앉아 있다.

이숙번	삼봉이 뭔가 낌새를 눈치채고 선수를 친 것입니다.
이방원	명나라에서 멀쩡히 돌아온 것이 이상하기도 하였겠지. 황제의 밀명에 정신이 팔린 나머지 도리어 우리가 방심을 한 것이야.
이숙번	호정 대감을 어찌 구해내야 하겠습니까?
이방원	(고심하는데)
민 씨	(E) 대감.

일동, 보면 민 씨, 들어온다. 조금은 격앙된 표정.

이방원	무슨 일이오?
민 씨	불청객이 들었습니다.
이방원	불청객?
민 씨	삼봉 대감이 왔습니다.
일동	!

32 _____ 동 후원 일각 (밤)

이방원, 정도전, 나란히 서 있다.

정도전	하륜은 수원부로 유배를 가게 될 것이옵니다.
이방원	언젠간 이 빚을 꼭 갚아드리겠소이다.
정도전	소인이 하륜을 명나라에 보냈던 연유를 아시옵니까?
이방원	이 사람과 떼어놓기 위함이 아니겠소이까? 명나라에서 죽기라도 하면 금상첨화일 것이구.
정도전	그보다는 한 가지 확인을 하기 위함이었사옵니다.
이방원	(보는)
정도전	이 년 전 소인은 정안군 대감을 명나라에 보냈었사옵니다. 가면 영락없이 볼모가 되어야 할 상황... 헌데 멀쩡히 돌아오셨었지요. 해서 이번엔 대감의 최측근인 하륜을 보내본 것이옵니다. 보내라는 정도전이는 아니 오고 엉뚱한 사람이 왔으니 대노하여 목을 자르거나 귀양을 보내야 정상일 텐데 역시 멀쩡히 돌아왔더군요. 소인, 그 때 확신하였지요. 아, 황제와 정안군 대감 사이에 무언가가 있구나.
이방원	(조금 놀란 듯 보다가 피식) 허면 어디 맞춰보시오. 그 무언가가 무엇인지?
정도전	소인을 죽이라 하였겠지요.
이방원	(굳는)
정도전	대답은 아니 하셔도 좋습니다. 대답을 들으러 온 것이 아니라 경고를 드리러 온 것이니까요.
이방원	(불쾌함을 참고 피식) 지금... 경고라 하였소?
정도전	황제에게 어떠한 기대도 갖지 마십시오. 명나라와 비선으로 접촉하려 들었다간 대감의 안위가 위태로워질 것이옵니다.
이방원	이거 숫제 협박이구려. 허나 삼봉, 똑똑히 들으시오. 내가 아무렴 외세에 빌붙을 사람으로 보이시오? 그대를 도모한다 해도... 내 힘으로 할 것이오.
정도전	조만간 그 힘도 사라지게 될 것입니다. 곧 사병이 혁파될 것이니까요.
이방원	참으로 집요하신 분이십니다그려. 이젠 포기할 때도 되지 않으셨

소이까?

정도전 이번엔 진짭니다.

이방원 (긴장)

정도전 우리 조선은 이제 좀 더 큰 꿈을 향해 전진하게 될 것이옵니다. 황제와 사병은 그 꿈의 적이오니... 버리십시오.

이방원 ...꿈?

정도전 그렇사옵니다.

싸한 미소의 정도전. 노려보는 이방원의 모습에서 길게 F.O

33 _____ 산길 (낮)

파발이 맹렬하게 달려가는 모습 위로...
〈자막〉 서기 1397년(태조 6년)

정도전 (E) 고생이 많으셨습니다.

34 _____ 빈청 정도전의 집무실 안 (낮)

상복 차림의 정도전, 갑옷을 입은 이지란과 앉아 있다.

이지란 고생은 무시기 고생... 내사 고향 갔다 온 거 아임메... (흐뭇한) 조선서 높은 재상 됐다고 부족 사람들이 난리도 아이었습메다.

정도전 그래... 동북면 북쪽의 사정은 좀 어떻습니까?

이지란 말도 마시우다. 난장판도 그런 난장판은 없을 거우다. 옛날 북원에 나가추 그 간나새끼가 있을 때만 해도 아이 그랬는데 몽고 놈들 사라지고 무주공산이 되고 나이 지들끼리 치고받고... 난리도 아이었슴메.

정도전   (긴하게) 요동의 사정도 살펴보셨습니까?

이지란   (큼, 긴하게) 대감이 부탁하신 대루 요양에 있는 명나라 요동도지휘사를 정탐하지 않았겠음메? 긴데... 뱅력도 얼마 없구, 있는 놈들도 죄다 비리비리해서는... 순 쭉정이더란 말이우다.

정도전   (흠...)

이지란   헌데 거는 어째서리 정탐을 해보라 한 거우까? (하는데)

상기된 표정의 남은, '삼봉 대감!' 하며 장계를 말아쥐고 들어온다.

정도전   무슨 일인가?

남은   (장계를 탁자 위에 턱 올리며) 이겼습니다!

정도전   !... (펴보는)

이지란   아이... 이기다이 그거이 무시기 소림둥?

남은   대감께서 북방에 가 계시는 동안 대마도와 일기도에 군사를 보냈었습니다. 우리 정벌군이 왜구에게 대승을 거두었다 합니다!

이지란   (반색) 대승!

남은   예!

정도전   (장계를 보는)

35 _____ 대궐 침전 안 (낮)

침울한 표정의 이성계와 정도전이 앉아 있다.

정도전	승전의 낭보가 전해졌사온데 어찌 이리 안색이 어두우십니까?
이성계	(애써 옅은 미소) 아이오... 장졸들이 돌아오는 대로 과인이 후한 상을 내리갔소...
정도전	그리하시옵소서.
이성계	헌데... 간자들 보고를 들어보이 정벌군을 보낸 거에 대해서리 명나라가 떨떠름해한다는 얘기가 들리던데 맞수까?
정도전	그렇사옵니다. 왜구에게 당하기만 하던 우리가 왜구의 소굴을 선제공격하였다는 것은 그만큼 우리의 국력이 강해졌다는 얘기... 조선을 껄끄럽게 생각하는 명나라로선 달가운 일만은 아닐 것이옵니다.
이성계	이제 보이... 주원장이 놀래킬라고 왜구를 소탕한 거였구만기래.
정도전	(미소) 황제는 이제 전하를 책봉하여 유화책을 쓸 것인지... 아니면 더욱 강경하게 나올 것인지 양자택일을 하게 될 것이옵니다.
이성계	(흠...) 알갔소... 그만 나가보시우다.
정도전	전하...
이성계	...
정도전	부디 성심을 강건히 하시옵소서... 대업은 아직 끝난 것이 아니옵니다.
이성계	(수심이 어리는) ...내 혼자 있고 싶수다... 애쓰셨으이 그만 나가보시우다.
정도전	(안쓰럽게 보는)

36 _____ 이방원의 사랑채 안 (낮)

이방원, 이숙번, 민제, 민 씨, 민무구, 민무질이 앉아 있다.

민제	왜구에게 대승을 거둔 것은 다행한 일이나 뒷맛이 개운치 않습니다.

이숙번	무엇보다 차출된 사병들이 의흥삼군부의 지휘를 받은 것이 마음에 걸립니다. 사병 혁파의 빌미가 하나 더 늘어난 셈입니다.
민무질	헌데 이상한 것은 삼봉이 유비고라는 군수창고를 만들어 군량미를 비축하고 있는 것입니다.
민 씨	군량을 비축하는 것이 어째서 이상하다는 것이냐?
민무질	그 양이 어마어마하니 드리는 말씀입니다.
민무구	들리는 말로는 십만 대병이 삼 년은 너끈히 먹을 수 있는 양이라 합니다.
민 씨	대체 그 많은 쌀을 언제 다 모았다는 것이냐?
이숙번	삼봉이 수년간 긴축하여 모아온 것이라 합니다. (이방원에게) 형님, 분명 삼봉의 의중에 우리가 모르는 뭔가가 있습니다.
이방원	(생각하는)

F.B》32씬의

정도전	우리 조선은 이제 좀 더 큰 꿈을 향해 전진하게 될 것이옵니다. 황제와 사병은 그 꿈의 적이오니... 버리십시오.

현재》

이방원	이자가... 설마...
이숙번	?

37 _____ 빈청 정도전의 집무실 안 (낮)

정도전, 남은, 심효생, 유비고의 대장을 수북이 쌓아놓고 검토하고 있다.

정도전	군량은 이 정도면 된 듯싶네만 아무래도 창검을 만들 재물이 부족하네.
심효생	창검을 더 만드시려구요?
남은	아니 어디 전쟁하러 갈 것도 아니구 이 정도면 충분한데 그러십니다.
정도전	...

조준, '삼봉 대감' 하며 굳은 표정으로 들어온다.

정도전	(반갑게 맞는) 어서 오시오. 조 대감.
조준	대감...
정도전	?
심효생	어찌... 그러십니까?
조준	황제의 칙서가 예문관에 당도하였는데... (차마 말을 잇지 못하는)
정도전	(보는)
남은	뭐라 지껄여 놨길래 그러십니까?
조준	(심각한) 삼봉 대감을 가리켜 화의 근원이라 비난하면서 명나라로 압송하지 않으면 좌시하지 않을 것이라 하였습니다.
남은	뭐요?!
정도전	...

38 _____ 대궐 편전 안 (낮)

이성계, 조준, 정도전, 남은, 심효생, 이지란, 민제, 권근 등 재상들이 앉아 있다. 무거운 분위기다.

이성계	...일전에 표전문 가지고 시비를 걸 때두 얘기했지만 삼봉은 보내지 않을 것이오. 경들은 심사숙고해서 다른 좋은 방도를 찾아주시오.
정도전	...
권근	(작심한 듯) 아뢰옵기 송구하오나 전하... 이번에도 황제의 요구를 거부하신다면 두 나라의 관계가 돌이킬 수 없는 지경에 이를 것이옵니다.
남은	(울컥해서 노려보는)
이성계	(노기 어린) 해서 지금... 삼봉을 명나라로 보내자는 말이오?
권근	(긴장, 망설이는데)
정도전	전하... 신 판의흥삼군부사 정도전 아뢰겠사옵니다.
이성계	(보는)
정도전	소신 한 사람의 희생으로 두 나라의 관계가 정립되고 조선의 사직이 안정된다면 열 번, 백 번이고 명나라로 갈 것이옵니다. 하오나 명나라 황제 주원장의 의도는 소신을 죽임으로써 조선이 다시는 자주국방의 꿈을 품지 못하게 하려는 것이오니... 갈 수 없사옵니다.
민제	허면 대감은 이 난국을 어찌 헤쳐 나가잔 말씀이오이까!
정도전	방도가 하나 있사옵니다.
일동	!
이성계	그게 뭐요?
정도전	명나라로 하여금 우리에게 유화적인 태도를 취할 수밖에 없도록 만드는 것이옵니다.
이성계	어떻게?
정도전	요동을 쳐야 하옵니다.
일동	!!
이성계	지금... 뭐라 했는가?
정도전	소신, 군사를 일으켜 요동을 점령하겠사옵니다. 윤허하여 주시옵소서!

이성계　　!

　　재상들의 경악한 표정이 스치고, 정도전의 결연한 표정에서 엔딩.

48회

1 _____ 대궐 편전 안 (낮)

정도전 명나라로 하여금 우리에게 유화적인 태도를 취할 수밖에 없도록 만드는 것이옵니다.

이성계 어떻게?

정도전 요동을 쳐야 하옵니다.

일동 !!

이성계 지금... 뭐라 했는가?

정도전 소신, 군사를 일으켜 요동을 점령하겠사옵니다. 윤허하여 주시옵소서!

이성계 !

재상들 (경악하는)

이성계 요동을... 공격하자?

정도전 소신, 건국 이후 줄곧 명나라와 요동의 정세를 관찰해 왔사옵니다. 드넓은 요동 땅에 외딴섬처럼 고립되어 있는 명나라의 요동도지휘사만 타격하면 요동을 취할 수 있사옵니다.

조준 (심각한)

민제 아니 되옵니다! 요동 정벌이라니, 이는 명나라와 전쟁을 하자는 것이옵니다!

권근 전하! 고려조에 권신 최영이 주도했던 요동 정벌이 어찌 귀결되었는지 아시지 않사옵니까! 천부당만부당한 주장이옵니다!

정도전 그때와 지금은 다르옵니다. 고려는 약했고 명나라는 천하의 끝까지 제패할 기세였사오나 지금 우리는 강해졌고, 명나라는 요동을 다스릴 여력이 없어 사실상 방치하고 있사옵니다.

민제 명나라가 손을 놓고 있는 것은 사실이나 공격을 당하고 가만있을 리가 없지 않소이까! 명나라의 백만대군을 어찌 감당하려고 이러시는 것이오이까!

정도전	명나라는 결코 요하강 동쪽을 넘어오지 못합니다.
민제	어찌 그리 장담을 하시는 겝니까!
정도전	(돌아보는... 싸늘한)
민제	(흠칫하는)
정도전	(다시 이성계에게 차분하게) 전하... 요동 정벌의 소상한 내용을 이처럼 많은 신하들이 있는 자리에서 고해 올리는 것은 적절치 않다고 사료되옵니다. 따로이 알현하여 소신의 구상과 전술을 고하겠사오니 오늘은 이만 자리를 파하심이 어떻겠사옵니까?
이성계	...좋소. 그리합시다.
정도전	성은이 망극하옵니다.

재상들, 벙한 표정이다. 이성계, 정도전을 지그시 바라보는.

2 _____ 이방원의 집 외경 (밤)

민 씨	(E) 요동 정벌이라니요?

3 _____ 동 사랑채 안 (밤)

이방원, 민 씨, 이숙번이 앉아 있다.

이숙번	정도전이가 명나라에 끌려가지 않으려고 발버둥을 치는 것입니다. (기막힌 듯) 자기 하나 살자고 나라를 결딴내려 들다니...
민 씨	위기에서 벗어나고자 마음에도 없는 소릴 내뱉은 것입니다. 사태를 호도하려고 말입니다.

이방원	삼봉은 그리 좀스런 사람이 아니오.
민 씨	허나 요동을 공격하겠다는 것은 너무나 허무맹랑한 발상이 아닙니까?
이방원	삼봉이 주창했던 민본의 대업 역시... 처음엔 허무맹랑하기 그지없는 얘기였소. 절대... 그냥 내뱉은 말이 아니에요... (심각해지는)

4 _____ 빈청 정도전의 집무실 안 (밤)

남은, 심효생, 들어와 정도전 앞에 앉는다.

정도전	우재는 어찌 아니 보이는가?
심효생	자리를 비웠기에 관원에게 말을 전해놓았습니다.
남은	(흔쾌히) 그나저나 대감, 어쩌면 그리 기가 막힌 생각을 해낼 수가 있습니까? 일석이조의 훌륭한 계책입니다!
정도전	무슨 소린가?
남은	아, 편전에서 요동 정벌을 공언하였으니 머잖아 명나라 황제도 이를 듣게 될 것이구. 그리되면 아무리 황제래도 간담이 서늘해져서는 강경하게만 나오지는 못할 터... 그 계산을 하신 것 아닙니까?
심효생	헌데 어째서 일석이조라는 것입니까?
남은	요동 정벌을 핑계 삼아 사병 혁파를 밀어붙일 수 있으니 일석이조라는 것이지요. (씨익 웃으며 정도전에게) 아니 그렇습니까, 대감?
정도전	아닐세.
남은	(뜨악한) 아니라구요?
심효생	허면... 요동 정벌이 진심이란 말씀이십니까?
정도전	내 어찌 군권을 쥔 사람으로서 허언을 내뱉을 수 있겠는가?
남은	아니, 그럼... 명나라와 정말 전면전을 불사하겠다는 거요?

정도전	편전에서 말하지 않았는가? 명나라는 절대 요하강 동쪽으로 넘어오지 못하니 전면전도 없네.
심효생	어째서 그렇습니까?
정도전	주원장이 병석에 누웠다는 소문이 돌고 있네. 그의 나이 올해로 칠십... 쉬쉬하고는 있으나 소문은 분명 사실일 것이네... 더욱이 대를 이을 손자가 어린 탓에 후계를 둘러싼 암투와 숙청이 끊이질 않으니... 국력을 결집하여 요하를 건널 상황이 아닐세... 우리가 요동을 점령한다 해도 명나라는 결국 협상을 선택하게 될 것이야.
심효생	설사 그렇다 해두 만에 하나라는 게 있지 않습니까? 장담할 일이 아닙니다.

정도전, 일어나 책상에서 지도를 가져와 펼쳐놓는다. 남은과 심효생, 보면 중원과 요동, 한반도가 그려진 지도다. (중원에 明명, 반도에 朝鮮조선, 요하강 동쪽에 遼東요동이 표기된) 정도전의 손가락이 요하를 짚는다.

정도전	요하 동쪽... (손가락 요동으로 이동) ...이 요동 땅의 터줏대감들이 누군가?
남은	그야 여진족들이지요.
정도전	나라가 없이 부족끼리 흩어져 살고 있지만 한때는 송나라를 남쪽으로 밀어내고 천하를 호령했던 금나라의 후손들... 그 용맹한 자들이 조선의 편에 선다면 어찌 되겠는가?
남은	!
정도전	(지도를 짚으며) 서북면 북쪽의 숙여진은 이미 우리의 동화정책에 적극 호응하고 있고 (동북면 위를 짚으며) 이곳의 생여진에 대한 회유 역시 시간문제일세.
남은	그간 여진족에게 공을 들인 것이 단지 변방을 방어하기 위한 것이

	아니었단 말입니까?
정도전	사병 혁파와 생여진 부족들에 대한 회유까지 길어도 일 년... 그 무렵 우린 요동을 수복하게 될 것일세... 우리의 대업이 비로소 완성되는 것이지.
남은	(조금 두려운 듯 보는)
정도전	어떤가... 도전해 보시겠는가?
남은	...하겠수.
심효생	소인도 하겠습니다, 대감!
정도전	(미소 떠오르는데)

정진, 급히 들어온다.

정진	아버님.
남은	도승지, 무슨 일인가?
정진	조준 대감이 침전에 들었사온데...
정도전	우재가?
정진	조 대감의 동태가 수상합니다.
정도전	!

5 _____ 대궐 침전 안 (밤)

이성계 앞에 조준, 결연한 표정으로 서 있다.

조준	요동 정벌은 결단코 불가하옵니다!
이성계	...연유를 말씀해 보시오.
조준	우리 조선은 예로부터 대국에 대하여 사대의 예를 다하여 왔사옵

니다. 아무리 명나라가 우리를 업수이여긴다 해도 건국된 지 얼마 되지도 않은 조선이 전쟁으로 맞서는 것은 무모한 처사이옵니다! 더욱이 명나라의 세가 당당하여 틈이 보이질 않사온데 어찌 승리할 수 있겠사옵니까! 전하! 요동 정벌을 윤허하면 아니 되시옵니다!

이성계 (고심하는)

조준 (비장한)

6 _____ 조준의 집무실 안 (밤)

조준, 들어오다 멈칫한다. 정도전, 앉아 있다.

정도전 (옅은 미소) 주인 허락도 없이 자리를 차지하고 있었네. 양해해 주시게.

조준 (앉는)

정도전 전하께 요동 정벌은 아니 된다 주청을 올렸다구?

조준 그렇습니다.

정도전 어찌하여 이 사람과는 미리 상의를 하지 않은 것인가?

조준 상의를 드리면 입장을 바꿀 여지가 있었던 것입니까?

정도전 ...

조준 여진족에 대한 지속적인 회유와 동화정책, 명나라에 대한 일관되고도 강경한 태도... 대감께선 조선이 세워질 때부터 요동을 정벌할 작정을 하고 계셨던 것입니다. 아닙니까?

정도전 그것이 잘못된 것인가?

조준 잘못되었지요. 잘못되어도 한참 잘못된 것입니다!

정도전 어째서?

조준	몰라서 물으십니까! 민본의 나라를 만든다 하시고서 뒤로는 전쟁 준비를 하고 계셨습니다!
정도전	말이 거창해서 요동 정벌이지 요양에 있는 도지휘사 하나를 공략하는 일일세. 우리는 전쟁이 아니라 무주공산이나 다름없는 땅을 점령하러 가는 것이야.
조준	점령이든 전쟁이든... 모두 삼한 백성의 목숨과 민생을 위협하는 행위들입니다. 이는 민본의 대업을 주장해온 대감께서 스스로 대의를 부정하는 처사란 말입니다!
정도전	국방 없이 민본이 가능하다 보시는가?
조준	요동을 취하지 아니해도 조선의 안위 정도는 지킬 수 있습니다!
정도전	여진족이 사분오열되어 있는 지금이야 그렇겠지.
조준	(보는)
정도전	모이면 흩어지고, 흩어지면 다시 모이는 것이 고금의 이치... 언젠가 여진족이 통합되어 저 광활한 요동에 나라를 세운다면... 해서 사대라는 미명하에 명나라에 굽실거리고나 있을 우리의 머리맡을 짓누른다면... 그때 이 삼한 땅의 안위는 어찌 되겠는가?
조준	...명나라보다 여진족을 염두에 두셨던 것입니까?
정도전	요동을 취하고, 그 옛날 고구려의 말갈족처럼 여진족을 조선에 복속시켜야 하네. 그것만이 우리 조선을 안전하고, 강하게 만드는 첩경일세.
조준	천만에요.
정도전	(보는)
조준	조선과 여진이 손을 잡는 것은 명나라가 결코 좌시하지 않습니다! 대감은 지금 이 나라 조선을 언제 깨질지 모르는 살얼음판 위에 올려놓고 있단 말입니다!
정도전	(꾹 참고) 이보게, 우재.
조준	(보는)

정도전	마지막으로 한 번만 더 나를 믿어보게. 따라주시게.
조준	그리는 못 합니다.
정도전	우재... (하는데)
조준	진정 조선의 안위를 염려하신다면... 대감께서 명나라로 가십시오.
정도전	!
조준	이 사람이 보기에는 그것이 조선을 지킬 수 있는 첩경입니다. (하는데)

문 차는 소리가 들리고 남은, 식식대며 들어온다.

남은	삼봉 대감더러 명나라에 가라니! 다른 사람도 아니고 당신이 어찌 그런 망발을 지껄일 수 있소이까!
조준	재상 체면에 남의 말이나 엿듣고 계셨던 것입니까?
남은	당장 발언을 취소하고 삼봉 대감께 사과드리시오.
조준	(피식)
남은	조 대감!!
정도전	(책상을 팍 치는)
일동	(보면)
정도전	(조준을 차갑게 바라보고, 일어나는) 남은... 가세. (나가는)
남은	(조준을 노려보더니 휙! 나가는)
조준	...

7 _____ 대궐 침전 안 (밤)

이성계, 요동 정벌의 구상이 적힌 상소를 읽고 있다. 정도전, 앉아 있다.

이성계   (되새기듯) 요동 정벌이 아니라... 무주공산이 되어버린 요동을 경영하자는 것이다... (왠지 확신이 서지 않는 표정, 상소를 내려놓으며) 아무튼 잘 봤수다...

정도전   요동의 경영은 전하께서 보위에 계실 때만 가능한 일이옵니다. 전하께선 일찍이 여진족들과 함께 자라셨고, 그들과 더불어 숱한 전장을 누비지 않았사옵니까? 여진족이 동족처럼 여기고 우러르는 전하께서 요동 경영의 구심이 되어주셔야 합니다.

이성계   허나... 조준의 얘기도 과인은 일리가 있다고 믿수다.

정도전   전하...

이성계   과인에게... 생각할 시간을 좀 주셔야겠수다.

정도전   (보는)

8 _____ 대궐 궁문 앞 (밤)

정도전과 남은, 걸어 나온다.

남은   (분한 듯 멈춰서는) 빌어먹을... 이게 다 조준 그자 때문입니다. (훅! 숨 내쉬고) 애초에 장부나 적고 물자나 출납하면 딱 맞을 위인이었수... 이런 큰일을 함께할 그릇이 아니었단 말입니다.

정도전   그만하시게, (하다가 보면)

이방원, 이숙번과 걸어온다. 정도전을 발견하고 멈추는 이방원. 잠시 생각하는 듯하더니 정도전에게 다가선다.

이방원   이거 뉘신가 했더니... 최영 장군의 현신이셨구려.

정도전   이 야심한 시각에 궐엔 어인 일이시옵니까?

이방원	아바마마를 알현하러 가는 중이오. 위화도의 비극이 재연되는 것은 막아야 하겠기에 말이오.
정도전	이 사람이 분명... 정사에 간여치 말라 하였을 텐데요.
이숙번	권신 한 명 때문에 나라가 망하는 꼴을 지켜볼 순 없지 않소이까!
남은	이놈이! 니가 뜨거운 맛을 봐야 정신을 차릴 모양이구나!
정도전	(손들어 남은 제지하고) 이숙번이라 했었지... 헌데 우리가 요동을 취하면 나라가 망한다 보시는가?
이숙번	그렇습니다.
정도전	어째서?
이숙번	무모하고, 무책임하고, 부당하며, 불가능한 몽상이기 때문입니다!
정도전	불가능한 몽상이라... (피식 웃고) 제법 싹수가 있는 자라 여겼더니 평생 모사꾼이나 하다 죽을 밥버러지였구만.
이숙번	(발끈) 대감! 말씀을 삼가십쇼!
정도전	그 옛날... 자네처럼 혈기만 믿고 설치던 어떤 밥버러지가 있었네. 결국은 벼랑 끝까지 내몰렸고, 어느 날 가슴에 불가능한 꿈을 품게 되었지... 그 순간부터는 부족하나마 밥값은 하고 사는 처지가 되었네.
이숙번	...
정도전	자네도 밥버러지 신세를 면하고 싶다면... 가슴에 불가능한 꿈 하나 정돈 품고 사시게.
이숙번	(보다가 홍! 하는)
정도전	(피식 웃고 이방원에게) 정안군 대감...
이방원	말씀하시오.
정도전	대감의 안위가 걱정되어 드리는 말씀이오니 걸음을 돌려 사가로 가시옵소서.
이방원	뭐라?
정도전	더불어 이 일이 마무리될 때까지 대궐 출입도 자제해 주셨으면 하옵니다... 돌아가시옵소서.

이방원	(노려보는)
정도전	(보는)
이방원	(꾹 참고... 피식) 좋소... 내 대감께 좋은 가르침도 들었으니 오늘은 그리해 드리리다.
정도전	가르침이라구요?
이방원	이 사람, 이방원... 명색이 이 나라의 왕자인데 밥버러지는 면해야 하지 않겠소이까? 불가능한 꿈... 한번 품어보겠소이다.
정도전	(싸한 미소) ...기대하겠사옵니다.
이방원	(지지 않고 미소로 응대하는)

9 _____ 대궐 침전 외경 (낮)

10 _____ 동 침전 안 (낮)

홀로 있는 이성계. 정도전이 올린 상소를 펼쳐 놓고 생각에 잠겨 있다.

F.B》5씬의

조준	아무리 명나라가 우리를 업수이여긴다 해도 건국된 지 얼마 되지도 않은 우리 조선이 전쟁으로 맞설 수는 없는 것이옵니다!

F.B》7씬의

정도전	요동의 경영은 전하께서 보위에 계실 때만 가능한 일이옵니다.

현재》

고민이 깊은 듯 미간을 짚는데...

| 김 내관 | (E) 전하... 예문춘추관 학사 권근 입시이옵니다. |
| 이성계 | ?... 들라 하라. |

굳은 표정의 권근, 들어와 읍하고 앉는다.

이성계	권 학사께서 어찌 드셨소이까?
권근	전하... 대명국 예부에서 자문을 보내왔사온데...
이성계	...이번엔 또 무슨 개소릴 지껄이던가?
권근	사신으로 갔다가 명나라에 억류되어 있던 정총, 김약항, 노인도 등이... 참수됐다 하옵니다!
이성계	! ...무시기?
권근	(울컥) 전하...
이성계	(노기가 치미는, 서안을 쾅! 치는) 편전으로 모두 들라 하라.
이방원	(E) 뭐라?

11 _____ 이방원의 사랑채 안 (낮)

이방원, 민 씨, 이숙번이 앉아 있다. 조영무, 있다.

이방원	사신들이 참형을 당하다니...
민 씨	연유가 뭐라 합니까?
조영무	남경의 빈관에 억류되어 있던 사신들이 승하하신 신덕왕후의 삼년상을 치르는 뜻에서 상복을 입었는데 이것이 황제를 격노케 했다 합니다.
민 씨	상복을 입었다고 사람을 죽이다니요?
이방원	(기막힌 듯 허! 하는) 꼬투리지요... 주원장이 원래 그런 잡니다.

이숙번	그나저나 이거 일이 난망하게 됐습니다. 정도전의 요동 정벌 주장이 더욱 힘을 받게 되었습니다.
이방원	(심각해지는)

12 _____ 대궐 편전 안 (낮)

이성계 앞에 조준, 정도전, 남은, 심효생, 이지란, 민제, 권근 등 재상들, 앉아 있고 도승지 정진과 김 내관이 옆에 서 있다.

심효생	전하! 중원의 대국과 우리 삼한이 사대의 예를 맺어온 이후로 이토록 참담하고 무도한 사태는 일찍이 없었사옵니다!
남은	그렇사옵니다! 국상을 당한 나라의 사신이 상복을 입었다 하여 참형에 처하는 것은 변방의 오랑캐들도 하지 않는 짓이옵니다!
이지란	전하! 이번엔 그냥 넘어가시문 아이 됩메다! 우리도 뭔가 본때를 보여줘야 합메다!
이성계	(노기를 참는)
정도전	전하...
이성계	(보는)
정도전	더 이상의 인내는 의미가 없사옵니다. 요동 정벌을 윤허하여 주시옵소서.
이성계	더 이상 참는 것은 의미가 없다... (생각하는데)
조준	그래도 참아야 하옵니다.
일동	!
조준	나라와 나라 사이의 갈등과 마찰은 정도의 차이만 있을 뿐 언제든 존재하는 것이옵니다. 불의를 당했다 하여 소국이 대국을 범하려 드는 것은 당장의 치욕을 씻기 위해 나라를 멸망으로 몰아가는 처

사이옵니다!

남은　　좌정승은 대체 어느 나라의 재상이란 말입니까!

조준　　조선을 사랑하고, 조선의 미래를 걱정하는 조선의 재상입니다.

심효생　　그런 분이 어찌 이 같은 굴욕적인 주장을 할 수 있단 말이오이까!

조준　　전하! ...조선이 놓인 형세를 직시하시옵소서! 바다의 왜국, 북방의 오랑캐, 배로 사흘 거리에 명나라가 있사옵니다! 이런 조선이 살아남는 방도가 정녕 무력이라고 보시옵니까! 결단코 아니옵니다!

정도전　　(노기 어리는) 그만하시오.

조준　　(들은 체도 않고) 중원의 대국을 중심으로 돌아가는 천하의 질서는 냉엄하고 비정한 것이옵니다. 결코 명나라와 척을 져선 아니 되옵니다. 설사 명나라가 굴욕을 요구한다 해도 참고, 또 참으면서 사대의 예를 정착시킬 방도를 찾아야 하옵니다! 그것이 조선의 숙명이옵니다!

정도전　　(못 참고) 그 역겨운 소리 집어치우지 못하겠소이까!

조준　　편전이외다! 전하 앞에서 이 무슨 무례한 언사란 말이오!

정도전　　(발끈) 조준!!

정도전과 조준의 시선이 날카롭게 부딪힌다. 일동, 긴장하는...

이성계　　그만... 그만들 하시오.

좌중　　(보면)

이성계　　두 분 하시는 걸 보이 도당에 맡겨놔 봤자 죽도 밥도 안 될 것 같소. 과인이 결정을 할 테이... 무조건 따르시오.

정도전　　(후~ 숨 내쉬고 보는)

이성계　　과인은 주원장이를 용서할 수가 없소.

조준　　전하! (하는데)

이성계　　허나...

정도전	(보는)
이성계	억울해도... 참아야 한다는 좌정승의 말이 옳다고 생각하오.
정도전	!
이성계	우린 아직... 명나라에 맞설 힘이 없소.
남은	전하, 아뢰옵기 황공하오나, (하는데)
이성계	(버럭) 듣지비!! 과인이 말을 하고 있다!
일동	(잠잠해지는)
이성계	삼봉에겐 미안하게 됐소만... 의흥삼군부의 군권을 조 대감에게 넘기고 동북면으로 내려가 주시우다.
일동	!!
정도전	(덤덤히 바라보는)
이성계	주원장이 저리 나오니 한적한 곳에 가서 머리를 좀 식히시우다.
정도전	(노기 어린) 전하!
이성계	이건... 어명이우다.
정도전	(보는)
이성계	(보다가) 어카시겠소?
일동	(긴장)
정도전	...분부... 받들겠나이다.
남은·심효생·정진	(탄식)
민제	(반색) 전하~!! 성은이 망극하옵니다!!
권근	(홀로 따라 하는) 성은이 망극하옵니다!!

이성계, 덤덤히 정도전을 바라보고. 조준, 옅은 한숨을 내쉬는. 정도전의 싸늘한 표정에서 F.O

13 ＿＿＿ 대궐 앞 (낮)

관졸들과 짐꾼들을 대동한 정도전, 이지란과 말을 타고 나아간다.
정영과 정유가 말을 타고 따른다. 배웅을 나와 지켜보는 이방석과
세자빈, 남은, 심효생... 착잡한 최 씨, 득보, 안타까운 표정의 정진
이 보인다.

해설(Na) 정도전은 조준에게 군권을 넘겨주고 판의흥삼군부사에서 물러났
다. 동북면 도선무순찰사로 사실상의 좌천을 당한 정도전은 행정
구역 정비와 호구 및 군관을 조사하는 등의 임무를 띠고 이지란과
함께 동북면으로 떠났다. 정도전은 건국 이후 최대의 정치적 위기
에 직면해 있었다.

14 ＿＿＿ 빈청 앞 (낮)

〈자막〉 서기 1398년(태조 7년)
하륜, 걸어와 들어간다.

15 ＿＿＿ 동 조준의 집무실 안 (낮)

조준, 권근에게 지시하고 있다.

조준 명나라와의 관계가 하루빨리 정상화되어야 합니다. 사신으로 갈 사
람을 물색해 주시고, 아울러 표문의 작성에도 만전을 기해주시오.

권근 알겠습니다. (일어나 인사하고 나가는)

조준, 탁자 위에 쌓인 상소함을 끌어당기는데 하륜이 밖을 흘끔대며 들어온다.

하륜　　대감.

조준　　어서 오세요. 앉으세요.

하륜　　(앉으며) 양촌을 당여로 들이신 것입니까?

조준　　(조금 불쾌한 표정으로) 이 사람은 불편부당 중도를 걷는 사람입니다. 양촌의 능력이 탁월하니 일을 맡기는 것뿐입니다.

하륜　　귀에 거슬렸다면 부디 넓은 아량으로 이해해 주십시오. 헌데... 이 사람을 부르신 연유가 무엇입니까?

조준　　대감에게 관직이 제수되었소이다.

하륜　　(기대감이 비치는) 무엇입니까?

조준　　충청도 관찰사로 가주셔야겠소.

하륜　　(조금 실망한, 이내 미소 띠고) 일전에 정안군께서 대감께 이 사람을 천거한 적도 있고 하여 내심 기대를 했었는데... 일이 조금 아쉽게 되었군요.

조준　　이 사람이 비록 삼봉과 절연하긴 하였으나 그렇다고 세자마마에 대한 충심까지 버린 것은 아닙니다. 당부하건대, 정안군을 부추기는 행동을 자제하시고 지방에 내려가 자숙하시오.

하륜　　... (옅은 미소) 유념하겠습니다.

조준　　...

16 _____ 이방원의 집 사랑채 안 (밤)

이방원, 이숙번, 하륜, 민 씨, 주안상을 마주하고 앉아 있다.

민 씨	조준 대감이 어찌 이리 도도하게 나오는 것입니까?
하륜	도도해서라기보다는 순진해서 그런 것입니다. 허나 삼봉이 없는 조정에서 이리저리 부대끼다 보면 조 대감도 느끼는 바가 있을 것입니다.
이방원	(착잡한... 하륜에게 술을 따라주며) 잘 다녀오시오. 내 조만간 무슨 수를 내서든 불러올리겠소.
하륜	무리하실 필요 없사옵니다. 지금은 관망하시옵소서.
이숙번	관망이라니요? 삼봉이 없는 지금이야말로 우리의 세를 불릴 적기가 아닙니까? 삼봉의 당여들에 대한 탄핵도 준비해야 합니다.
하륜	서둘 것 없네. 어차피 남은이 조준에게 이를 갈고 있으니 저들끼리 치고받게 놔두는 것이 현명할 것이야.
이방원	...

17 _____ 빈청 조준의 집무실 안 (밤)

조준, 남은, 심효생이 앉아 있다. 분위기가 냉랭한.

남은	어째서 진법훈련을 막는 것입니까?
조준	몇 번을 말씀드렸소이까? 명나라와의 관계가 호전되기 전엔 대규모 군사훈련은 하지 않을 것이오.
심효생	대체 언제까지 말입니까! 몇 년을 공들여 겨우 군대의 면모를 갖춰 놨거늘 도로 오합지졸로 만들 작정입니까!
조준	군권을 관장하는 사람은 나요! 내가 판단할 것이니 대감들은 나서지 마시오!
남은	(책상 쾅! 치는)
조준	(보는)

남은	지금 그 알량한 군권을 내세워 삼봉 대감의 군제개혁을 물거품으로 만들겠다는 것이오?!
조준	뭐요?!
남은	의흥삼군부의 수장은 대감이지만... 그 밖에 모든 상수와 관원들은 삼봉 대감의 사람임을 잊어서는 아니 될 거요.
조준	우정승!!
남은	며칠의 말미를 주겠소이다. 그때까지 마음이 바뀌지 않으면... 그땐 정말 각오해야 될 것이오.
조준	뭐라... 각오?!
남은	나 남은을 화나게 하지 마시오. (획 나가는)
조준	(발끈) 저자가 감히, (하는데)
심효생	세자마마의 장인으로서 한 말씀드리지요. 세자마마께서도 지금... 좌정승에게 아주 깊은 유감을 갖고 계십니다.
조준	(보는)
심효생	(나가는)
조준	(기막힌 듯 허! 하는)

18 _____ 대궐 침전 안 (밤)

이성계, 조준과 앉아 있다.

이성계	도승지한테 들으이 옛날 친구들끼리 싸우고 아주 난리도 아이라고 들었소.
조준	모든 것이 신의 무능에서 비롯된 것이겠사오나, 도저히 수용할 수 없는 요구를 해오고 있는지라, (하는데)
이성계	좌정승.

조준	예, 전하.
이성계	죽는 사람 소원도 들어준다는데 산 사람 소원 한번 들어줍시다.
조준	무슨 말씀이시온지...
이성계	진법훈련 그거... 남은 대감에게 맡기시오.
조준	! ...전하.
이성계	적당히... 들어줄 건 들어줘 가문서 합세.
조준	(난감한)
이성계	(의미심장하게 보는)

19 _____ 동북면 – 진영 일각 (낮)

갑옷을 입은 정도전, 도포 차림의 정영, 정유와 서 있다.

정영	전하의 어명으로 진법훈련이 재개되었다 합니다.
정도전	...전하의 어명이란 말이지... (뭔가 짚이는)
정유	세자마마와 남은 숙부가 주도하고 있사온데 정안군을 비롯한 왕자들이 교묘하게 태업을 하는 바람에 애를 먹고 있다 합니다.
정도전	...
이지란	(E) 삼봉 대감~

정도전, 보면 갑옷을 입은 이지란, 다가선다.

이지란	준비 다 됐수다. 갑세.
정도전	...

20 _____ 동북면 – 진영 안 교장 (낮)

정도전과 이지란 앞에서 병사들이 무예를 펼쳐 보이고 있다. 정영, 정유를 대동하고 예의 주시하는 정도전.

이지란   삼봉 대감도 참 어지간하시우다. 백성들 숟가락 개수나 세문서리 대충 시간이나 때우문 되지... 좌천까지 당해 와개지구서는 군사들 훈련시킬 맴이 생기시우까?

정도전   (의미심장한) 글쎄요... 이 사람의 생각으로는 아마도 전하께서 이 것을 원하고 계시지 않을까 싶어서요.

이지란   ?

정도전   (병사들을 보는)

21 _____ 한양 – 교장 안 (낮)

조영무 등 장졸들, 색깔이 각기 다른 깃발 앞에 따로따로 줄지어 선. 병사들 앞에 서 있는 이방번, 걱정스러운 표정으로 보면 연단 앞에 의흥삼군부의 군기들이 놓여 있고. 갑옷을 입은 남은, 이방석, 이방과, 이방원이 대치하듯 서 있다.

이방석   어찌하여 의흥삼군부의 군기를 받지 않는 것입니까?

이방원   수년째 익숙한 군기가 있는데 군이 바꿀 이유가 없지 않습니까?

이방석   저것은 형님들의 병사임을 표시하는 사사로운 깃발입니다. 진법훈 련을 받은 때는 사병이 아니라 나라의 관병이니 삼군부의 군기 아 래 새롭게 편제되어야 합니다.

이방과   군대의 생명은 단결입니다! 사병들을 마구잡이로 뒤섞어선 아니 됩니다!

남은 수십 가지의 변화무쌍한 진법을 훈련하자면 어차피 섞일 수밖에 없습니다!

이방원 좀 솔직해지셨으면 좋겠습니다, 우정승.

남은 (보는)

이방원 사병의 지휘체계를 무너뜨려 병사들로 하여금 서서히 관병의 체계에 익숙하게 만들고... 왕자들을 비롯한 절제사들의 영향력을 약화시키려는 의도가 아니시오?

남은 (머뭇대면)

이방석 그렇다 해도 진법훈련을 나온 장수들이 삼군부의 군기를 거부할 이유가 되지 않습니다.

이방원 (보는)

이방석 우정승. 기수들에게 이 군기를 나눠주고 새롭게 편제를 하세요.

남은 알겠사옵니다.

이방원 멈추시오.

남은 세자마마의 영이십니다.

이방원 부당한 명령이오.

남은 (흥!) 여봐라, (하는데)

이방원 (일갈) 내 멈추라 하였다!!

남은 !

이방석 형님!

이방원 (눈을 희번덕이며) 세자마마... (뒤에 사병들 가리키며) 저기 있는 병사들이 뭔지 아십니까? 저것들은... 우리 왕자들의 목숨입니다.

이방석 !

이방원 누가 목숨을 뺏으려 든다면 마마께선 어찌하시겠습니까? (싸하게) 참고 죽겠습니까... 아니면 그자를 죽이시겠습니까?

이방석 (내심 헉! 하는)

남은	정안군 대감! 지금 그 말은 세자마마에 대한 겁박입니다!!
이방원	(무시하듯 이방석을 보며) 그럴 리가 있겠소이까? 그저 사리 판단을 여쭙는 것일 뿐... 어디 대답해 보세요.
이방석	(두려움에 몸이 떨리는)
이방원	(노려보는)
이방석	(떨리는 어조로) 군기는... 없던 얘기로 하겠습니다.
남은	(탄식)
이방원	(미소) 뙤약볕에 병사들의 피로가 심할 터이니 오늘 훈련도 이만 접는 것이 어떻겠습니까?
이방석	(당혹스러운)
이방원	(회심의 미소로 보는데)
김 내관	(E) 주상전하 납시오~!!

일동, 보면 경무장하고 칼을 찬 이성계, 정진, 김 내관 등 나인들을
대동하고 나타난다. 일동, 일제히 '전하!' 하며 읍하는...

이성계	(교장을 슥 둘러보고) 과인이 이럴 줄 알았지비. 훈련을 하라 했더이 다들 노닥거리문서 요령을 피우고 있었구만기래.
이방과	아바마마께서 여긴 어찌...
이성계	(탐탁잖은 표정으로 일별하고) 남 대감!
남은	예, 전하!
이성계	오늘부터 과인이 직접 훈련을 주관하갔소.
일동	!
이방원	아바마마... 어찌 이러시는 것이옵니까?
이성계	(일별하다가 남은에게) 사~!! 어디 한번 판을 펼쳐봅세!!
남은	예, 전하!!
이성계	(흡족한 미소)

이방원   (당혹스러운)

22 _____ 동북면 기와집 마당 안 (밤)

정도전, 이지란, 정유가 들어온다. 술병이 든 보퉁이와 서찰을 들고
있던 정영이 맞이한다.

정영   아버님.

정도전   (보면)

정영   도성에서 송헌거사란 분이 서찰과 이 술을 보내왔습니다.

정도전   !

이지란   지금... 송헌이라 했슴메?

정영   예.

정유   처음 듣는 호인데... 지기 분이십니까?

정도전   (서찰을 낚아채서 봉투를 확인하면 '松軒居士송헌거사'라 적힌... 긴
          한 표정으로 후다닥 들어가는)

정영   대체 누군데 저러시는 것인지...

이지란   전하께서 보낸 거우다.

정영   ! ...예?

이지란   송헌은 잠저시절에 전하께서 쓰던 호란 말이우다.

일동   (정도전이 들어간 쪽을 보는)

23 _____ 동 일실 안 (밤)

술병 놓여 있고... 정도전, 격앙된 표정으로 서찰을 읽고 있다.

이성계   (E) 삼봉... 오늘은 아무런 격식도 차리지 않고 직접 편지를 쓰고 싶 었수다.

24 _____ 몽타주 (밤)

1) 한양 교장 - 곳곳에 화덕 불을 밝히고 진영을 갖춰 도열한 병사 들. 이방석과 남은 앞에서 칼을 든 이성계가 호령한다. '총과 령들 은 들으라! 귀로는 징과 북소리를 듣고 눈으론 깃발을 보라우! 전 군 전투 대형으로!' 북소리와 더불어 깃발이 움직이고 일사불란하 게 움직이는 병사들. 깃발과 징, 북소리에 맞추어 이방원, 이방과, 이방번, 조영무 등 병사들과 함께 진퇴, 이동을 반복한다. 생기 어 린 표정의 이성계.
2) 동북면 일실 안 - 먹먹한 표정으로 편지를 읽어 내려가는 정도 전. 1)과 2)가 교차되며 이성계의 내레이션이 깔린다.

이성계(Na) 내 그간 임금 노릇 재미도 없구, 잔병치레에 중전까지 떠나고 나이 잠깐 실의에 빠졌었수다. 헌데 삼봉이 요동 얘기를 꺼내이 귀가 번 쩍하는 거이 갑자기 기운이 솟지 않았겠슴? ...기래두 거 기케 중차 대한 일을 대놓고 떠들문 어캅메까? 해서 내... 눈 딱 감고 삼봉을 동북면으로 보냈던 거우다. 지라이한테 들어보이 삼봉도 거서 군 사들 훈련시키고 성곽을 쌓는다이 내 맘을 처음부터 알고 있었던 것이겠지비... 삼봉, 이제 돌아오시우다... 우리 힘을 합쳐서리 요동 을 정벌합세! ...주원장이 그 간나새끼 코도 납작하게 맹글어 줍세!

정도전   (울컥) 전하... (저고리로 시선이 향하는)

이성계(Na) 변방서 마이 적적할 거 같아서리 내 술 한 되 보냅메다. 옛날 삼봉 집에 찾아갔을 때 가갔던 호박주요... 그때 생각하문서리 한잔하시고 기운내시우다. 멀리 한양에서 평생의 동무... 송헌이 썼소.

정도전 전하... (눈물이 흐르는) 전하...

감격스러운 정도전의 모습에서... F.O

25 _____ 빈청 외경 (낮)

26 _____ 동 조준의 집무실 안 (낮)

조준, 침통한 얼굴로 창밖을 바라보고 있다. 권근, 들어온다.

이성계 (E) 요동을 정벌할 거요.

27 _____ F.B(회상) - 대궐 침전 안 (낮)

병한 조준, 이성계를 본다.

조준 (병한) 전하! 아니 되옵니다!
이성계 이미 도승지를 통해 어명이 하달되었소. 다 끝났으이 삼봉을 맞을 채비를 해주시오.

28 _____ 현재 - 다시 조준의 집무실 안 (낮)

조준, 탄식 같은 한숨 내쉬는데 권근, 들어온다.

권근   대감...

조준   (보는)

권근   삼봉이 도성에 당도하였다 합니다.

조준   ...

29 _____ 대궐 침전 앞뜰 (낮)

정도전, 심효생, 남은이 들어온다. 일각을 보고 멈추면 조준이 인사
한다.

정도전   (부드럽지만 냉한) 오랜만입니다.

조준   (역시 차가운) 당도하셨다는 소식 듣고 인사를 나왔습니다. 변방에
서 그간 고생이 많으셨습니다.

정도전   아주 유익한 시간이었습니다. 요동 정벌의 교두보를 만드느라 정
신이 없었으니까요.

조준   (탄식과도 같은 옅은 한숨)

정도전   ...우재.

조준   (보는)

정도전   여전히 요동 정벌에 반대하는 입장이라면 용퇴하시게.

조준   !

정도전   그것이 목숨을 보전할 수 있는 유일한 방도일세. (가는)

남은과 심효생, 따르고. 조준, 노기를 억누르며 바라보는...

30 _____ 이방원의 사랑채 안 (낮)

이방원, 민 씨, 민무구, 민무질이 앉아 있다. 이숙번, 급히 들어와 앉으며.

이숙번 정도전이 왔습니다.

이방원 지금 어디 있는 것이냐?

이숙번 당여들과 더불어 전하께서 베푸시는 연회에 참석한 것까지 보고 왔사온데, 분위기가 화기애애한 것이 마치 헤어졌던 지기를 만난 듯하였습니다.

민 씨 큰일입니다. 이제 그자가 요동 정벌을 밀어붙이면 나라가 어찌 되겠습니까?

민무구 당장 사병부터 혁파하려 들 것입니다.

민무질 이리 손을 놓고 있어서는 아니 될 것입니다. 대책을 세워야 합니다.

이방원 ...처남들은 가서... 형님들을 뫼셔 오게.

민무구·민무질 예! (나가는)

이방원 (심각한)

정도전 (E) 사병을 혁파하겠사옵니다.

31 _____ 대궐 침전 안 (낮)

이성계, 정도전, 독대하고 있다.

이성계	(심각한) 꼭 그 수밖에 없갔소?
정도전	요동을 점령하고 다스리기 위해서는 단일한 지휘체계를 가진 관병이어야 합니다. 사병들로는 아니 됩니다.
이성계	...
정도전	더불어 세자마마의 위상을 반석 위에 올리는 일이옵니다. 이젠 결단을 내려야 하옵니다.
이성계	(헛헛한 웃음 짓고, 후~) 이건 과인이 명을 내린다 해두 애들이 순순히 따르지는 않을 거우다. 지들 모가지가 걸려 있다 생각할 게 뻔하이... 자칫하다간 칼부림이 날 수도 있지비.
정도전	소신이 왔사오니 저들도 무언가 대책을 세우려 들 것이옵니다. 예고 없이 전격적으로 단행해야 합니다.
이성계	전격적으로?
정도전	지금... 당장 말이옵니다.
이성계	(고심하는)
정도전	전하!
이성계	(망설이는)

32 _____ 다시 이방원의 사랑채 안 (낮)

이방원, 이방과 등 왕자들과 이숙번, 조영무, 민무구, 민무질 등 당여들이 빼곡하게 들어차 있다. 긴장감이 가득한 분위기.

이방과	요동 정벌을 막아야 사병도 지킬 수 있네. 왕자들과 각도의 절제사들의 뜻을 모아 요동 정벌에 반대하는 상소를 올리세.
이방원	아무리 생각해도... 상소 정도로 해결될 문제가 아닌 듯싶습니다.
이숙번	정안군 대감의 말씀이 옳습니다. 조선의 전 신료들이 들고일어나

도 대세를 바꾸지 못할 것입니다.

조영무   (이숙번에게) 허나 그것 말고 달리 방도가 있겠소이까?

이방원   하나 있습니다.

이방과   그게 뭔가?

이방원   조금 거칠긴 하지만... 역시 방도는 그것뿐이에요.

민무구   거친 방도라 하시면...

이방원   ...거병.

일동   !

조영무   지, 지금 거병이라 하셨습니까?

이방과   정안군!

이방원   이 사람이 선봉에 설 것입니다. 모든 책임 역시 이 사람이 질 것입니다. 형님, 함께해 주십시오.

이방과   (망설이는)

33 _____ 동 마당 안 (낮)

무사들, 군데군데 경계를 서고 있다. 민 씨, 다과상을 든 여종과 함께 대문 앞을 지나가는데 대문 밖에서 발자국 등 소란스러운 소리가 들려온다. 민 씨, 이상한 듯 멈춰 보는...

34 _____ 다시 사랑채 안 (낮)

이방원   (채근하듯) 형님!

일동   (이방과를 주목하는)

이방과   (난감한 듯 허! 하는데)

민 씨	(E) 웬 놈들이냐!!
일동	!
민 씨	(E) 대감! 대감!!
이방원	!

35 _____ 다시 마당 안 (낮)

대문으로 중무장한 장졸들이 몰려들어 온다. 주춤 물러서는 무사들. 여종, 겁에 질려 다과상을 떨어뜨린다. 이방원 등 사람들, 사랑채에서 몰려나오다 흠칫한다!

민 씨	(이방원 보고) 대감~!!
이숙번	네 이놈들 이게 무슨 짓이냐!!
장수1	정안군 대감의 사가에 있는 무기들을 몰수하고 사병들의 명부를 받으러 왔소이다!
이방원	뭐라?
이숙번	저들이 선수를 쳤습니다!
이방원	(이를 악무는)
장수1	(무사들에게) 모두 칼을 버려라!

무사들, 멈칫 이방원을 본다. 격노한 이방원, 한 무사의 칼을 뽑아드는... 일동, !!

민 씨	대감!!
이방원	무기든, 명부든 손에 쥐려면 나를 죽여야 할 것이다.
장수1	!

이방원	물러가라.

무사들, 일제히 칼을 겨누며 이방원 주변을 옹위하는. 장수1과 병사들, 당황하고.

장수1	정안군 대감...
이방원	물러가라 하였다!!
정도전	(E) 칼을 버리시옵소서.

일동, 보면 정도전, 들어선다. 이방원, !

정도전	무모한 저항은 의미가 없사옵니다. 금일 부로... 조선의 사병은 혁파되었사옵니다.
이방원	(노려보다가) 정도전~!!

정도전과 이방원의 얼굴에서 엔딩.

49회

1 _____ 이방원의 집 마당 안 (낮)

정도전   무모한 저항은 의미가 없사옵니다. 금일 부로... 조선의 사병은 혁파되었사옵니다.

이방원   (노려보다가) 정도전~!!

정도전   칼을... 버리십시오.

이방원   그대가 나를 죽일 수 있다 보시는가? 허튼짓 말고 물러가라.

정도전   (싸늘한 미소로 이방원을 보며 내뱉듯) ...궁수.

병사1, 호각으로 신호를 보내면 담 위에서 화살을 겨눈 궁수들이 일제히 모습을 드러낸다. 이방원, !!

정도전   고슴도치가 되고 싶지 않다면 칼을 버리고 물러서시오.

무사들   (주춤, 이방원을 보는)

정도전   (장수1에게 눈짓을 하면)

장수1   (이방원에게 다가가며) 정안군 대감, 칼을 이리, (손을 내미는데)

이방원, 흥! 장수1의 팔을 벤다. 윽! 장수1, 팔을 감싸 쥐고 물러난다. 일동, !! 병사들, 칼을 뽑고, 팽팽한 대치.

이방원   사병 혁파 이전에 나를 베어도 좋다는 전하의 어명부터 가져와야 할 것이다.

정도전   어명을 집행하던 무장을 공격하였으니 이는 항명이자 대역... 우선 죄인을 벤 연후에 재가를 받도록 하겠소이다.

이방원   뭐라?

정도전   지금부터... 셋을 세겠소이다.

일동   !

이방원	(노려보는)
정도전	하나...
이방원	(흥! 버티듯 미소 짓는데)
무사들	(견디지 못하고 하나, 둘 칼을 버리고 뒤로 물러나는)
이방원	!
정도전	두울...

팽팽히 당겨지는 활시위. 이방원과 정도전의 시선이 충돌하고...

이방과	(안 되겠다는 듯) 정안군! 어서 칼을 버리게!
이숙번	형님! 후일을 도모하십시오!!
이방원	(이익! 이를 악물고 칼을 바투 쥐는)
정도전	(보다가... 이내 싸늘한 미소 띠며) 셋, (손을 치켜드는데)
민 씨	(E) 멈추시오!

민 씨, 뛰어들어 이방원의 앞을 막아선다. 정도전, 멈칫 보면...

민 씨	(다급히) 무기와 사병들의 명부, 모두 가져가세요!
이방원	부인은 나서지 마시오! (하는데)
민 씨	(거의 동시에 버럭) 어찌 이러십니까!! (이방원의 칼을 거칠게 뺏어 던져버리는)
이방원	!
민 씨	(정도전에게) 안주인인 내가 어디에 뭐가 있는지 훤히 알고 있습니다! 다 내어 드릴 터이니 가져가세요!
정도전	(손을 내리고)
일동	(안도하는데)
정도전	헌데 사람이 상했습니다... 정안군도 뫼셔가겠습니다.

민 씨	삼봉 대감!!
이숙번	이보시오! 지금 왕자를 처벌하겠다는 것이오이까!!
정도전	왕자라 하여 국법 위에서 노닌다 하더냐? (이방원에게) ...순순히 가시겠습니까, 아니면 오라를 받으시겠습니까?
이방원	(부들부들 떠는) 이, 이자가... 점점...
민 씨	삼봉 대감! (무릎을 꿇는)
일동	!
정도전	(냉랭하게 보는)
민 씨	이렇게 간청드리겠습니다. 한 번만 눈감아 주세요. 정안군과의 옛 정을 생각해서라도 제발... 그리해 주셔야 합니다.
정도전	(천천히 이방원을 보는)
이방원	(노려보는... 수치심에 어쩔 줄 모르는)
정도전	대감... 군부인 마님께 고마워하십시오.
일동	!
정도전	(나가는)

궁수들, 시위를 늦춘다. 병사들은 바닥에 떨어진 무기들을 회수하고, 무사들을 격려하고, 장수1을 부축해 나가며 바쁘다. 이방원, 탄식하다 비틀 한쪽 무릎을 꿇는다.

이숙번	형님! (다가가 부축하듯 팔을 잡으면) 괜찮으십니까?
이방원	(치욕에 몸이 부들부들 떨리는)
민 씨	(냉랭한 표정으로 일어나 장수2에게) 이 사람을 따라오시게. (가는)
장수2	(병사들 일부와 따르고)
이방원	(충혈된 눈으로 이를 악무는) 이놈을.... 내 이놈을...

2 _____ 빈청 정도전의 집무실 안 (낮)

정도전, 남은, 심효생이 앉아 있다.

남은   의흥삼군부에서 다른 왕자들의 무기와 명부 역시 모두 몰수 조치
           하였습니다.

정도전   지방에 주둔한 사병들 역시 신속히 관병으로 전환시켜야 하네. 관
           찰사에게 맡겨놓을 일이 아니니 즉시 삼군부의 군관을 파견하여
           사병의 지휘권을 이양받고 편제를 정비하여 그 결과를 고해 올리
           라 하게.

남은   알겠습니다.

정도전   사병 혁파가 마무리될 때까진 결코 방심해선 아니 되네. 도성에 계
           엄을 선포할 것이니 도성 곳곳은 물론 왕자들의 사가 주변에 병력
           을 배치하게.

남은   예, 대감.

심효생   헌데 정안군의 난동을 너무 쉽게 용서해준 것은 아닐런지요? 왕자
           들의 콧대를 꺾어놓을 좋은 기회였는데 말입니다.

정도전   ...

민 씨   (E) 한 번만 눈감아 주세요. 정안군과의 옛정을 생각해서라도 제
           발... 그리해 주셔야 합니다.

정도전   ...

이방원   (E) 삼봉 숙부!

F.B 》 19회 35씬의

이방원   녹봉조차 주지 못하는 나라의 말단 관원 따위 관심 없습니다. 믿고
           따를 만한 인물도 없고... 숙부님께서 재상이 되시면 한번 고려해
           보겠습니다.

(중간 생략)

정도전　가당찮은 소리... 사람들한테 팔불출 소리나 듣고 사는 위인이니라.

이방원　때를 기다리고 계신 것, 압니다. 그 옛날 한량들의 가랑이 사이를
기어갔던 한신처럼 말입니다.

정도전　(미소) 시킬 일이 있어 왔느니라, 하겠느냐?

이방원　(미소) 뭐든지요.

현재》

정도전　(쓸쓸해지는)

남은　? ...대감?

정도전　(기분 바꾸듯) 전하는 어찌하고 계시는가?

남은　거 왜 요새 맨날 하시는 거 있잖수...

정도전　...

3 _____ 대궐 뜰 안 (낮)

숙위 장졸들, 도열하여 무술을 시연하고 있다. 간이 용상에 앉은 핼
쑥한 안색의 이성계. 좌우에 이방석, 갑옷을 입은 이지란이 있고,
어검을 든 김 내관, 정진 등 나인들이 앞에 서 있다. 장졸들, 일사불
란하게 초식을 운용하는데 이성계, 뭔가 탐탁지 않은...

이성계　(중얼대는) 저거이, 저거이 아인데... 명색이 임금의 친위군이라는
놈들이 어캐 저래 비리비리한 거이가...

이지란　전하두 참... 길만 하는네 그러시옵메다.

이성계　(쓰읍) 간나새끼... (보다가 안 되겠다는 듯) 그마안...

이지란　?... (크게) 멈추라우!

장졸들	(멈추면)
이성계	(장졸들에게) 니들 지금 파리 잡으러 나왔니? 이래개지구서리 주원장이 그 간나새끼레 콧방귀나 뽕뽕 끼갔니?
장졸들	(긴장)
이성계	(험! 일어나는)
일동	(보면)
이성계	칼 가오라우.

시간 경과》

(몽타주 느낌으로) 이성계, 장졸들의 자세 하나하나 교정해주고, 시범을 보인다. 흡족한 듯 웃고, 장난친다. 이지란, 이방석 등 미소로 보고. 신명이 난 이성계, 어린아이처럼 들뜬 표정으로 난도 높은 초식을 운용하다가 삐끗 넘어진다. 일동, 헉!

김 내관·정진	(거의 동시에) 전하!!
이방석	(다가서며) 아바마마!
이성계	(통증을 참으며 짐짓 껄껄 웃는) 괜찮다, 세자... 괜찮다. (끙, 일어나는)
이지란	아이 되갔습메다. 쟈들 훈련은 인자부터 소신한테 맡기시우다.
이성계	간나새끼... 임금 노릇 칠 년 만에 겨우 재미 붙일 걸 찾았는데 니한테 뺏길 것 같니?
이지란	전하...
이성계	(장졸들에게) 자! 다시 한번 해보자우! (하다가 멈칫 보면)

정도전, 인사한다. 이성계, 옅은 미소...

이성계	(E) 과인도 요동에 같이 가갔소.

4 _____ 대궐 침전 안 (낮)

들뜬 표정의 이성계와 정도전이 앉아 있다.

정도전　군사들의 사기를 위해서는 더없이 좋은 일이오나 옥체가 견뎌내겠
　　　　　사옵니까? 소신에게 맡겨주시옵소서.

이성계　(짐짓 밝게) 과인이 어때서? ...까딱없지비.

정도전　근자에 용안이 몰라보게 수척해지셨사옵니다.

이성계　이기 수척해진 거이 아이라 기름기가 쫙 빠진 거우다. 실은 내 요
　　　　　새 기운이 넘쳐서리 주체를 할 수가 없수다. (싱긋) 이카다 회춘하
　　　　　는 거 아인지 모르겠슴.

정도전　(부드러운) 출정을 하시든 도성에 계시든 전하께선 요동 정벌의 구
　　　　　심이시옵니다. 당분간 바깥걸음을 삼가시구 옥체를 돌보시옵소서.

이성계　걱정맙세. 내한테는 배깥에서 칼 들고 뛰댕기는 거이 보약이우다.

정도전　(걱정스레 보는데)

김 내관　(E) 전하... 좌정승 조준 입시이옵니다.

정도전　...

이성계　들라 하라.

조준, 잔뜩 긴장한 표정으로 들어와 예를 표한다.

조준　전하...

이성계　어째 이리 심각하시오? (농담처럼) 또 요동 정벌 갖고 잔소리하실
　　　　　라는 거는 아이겠지비?

조준　명1 나리 남경에시 암약하는 간자로부터 밀서가 당도하였사온데...

정도전　(보는)

이성계　명나라에 무슨 일이 있는 거우까?

조준	황제께서... 승하하셨다 하옵니다.
정도전	!
이성계	(정색) ...확실한 거우까?
조준	예부에서 각 나라에 보낼 사신단을 꾸리고, 남경 내에 음주와 풍류를 금하는 것은 물론 경계가 강화되었다 하오니 틀림없는 사실일 것이옵니다.
이성계	(실감이 나지 않는 듯 나직이 허! 하는) 주원장이가... (헛헛한 웃음) 주원장이가...
정도전	황제의 후계는 이제 갓 성인이 된 손자 주윤문... 필시 쟁쟁한 숙부들과 피비린내 나는 권력투쟁이 시작될 것이옵니다.
이성계	집안이 어수선하이... 집 배깥은 신경 쓸 틈도 없갔구만...
정도전	전하... 요동이... 눈앞에 다가왔사옵니다.
이성계	...

5 _____ 이방원의 집 앞 (밤)

횃불과 화덕 불을 놓고 삼엄하게 경계를 펼치고 있는 관병들.

민 씨	(E) 정도전의 앓던 이가 빠졌습니다.

6 _____ 동 사랑채 안 (밤)

민 씨, 수심이 가득하고 이방원, 말없이 술잔을 비운다.

민 씨	설상가상이라더니 지금을 두고 하는 말인 듯합니다.

이방원	... (술을 따르는) 저자의 술도가란 술도가엔 다 기별을 넣으시오. 제일 독한 것으로다 한 말씩 빚어오라구...
민 씨	(노기 어린, 손을 잡으며) 그만하십시오.
이방원	(보는)
민 씨	처지가 아무리 곤궁해졌기루 술 따위에 기대는 건 사내대장부가 할 일이 아닙니다!
이방원	(민 씨의 손을 밀어내고... 술을 따라 마시는)
민 씨	(안타까운) 대감... 어찌 이러십니까? 세상이 대감을 뭐라 여기겠습니까?
이방원	(술을 내려놓고 피식) 술독에 빠진 주정뱅이라 여기겠지요... 그리 되면... (정색하고) 삼봉도 방심을 할 것이구...
민 씨	!
이방원	사병을 빼앗기고, 주원장이 죽었으니 이 사람도 맥을 놔야지요... 삼봉이 세상을 다 가진 듯 만들어 주어야지요...
민 씨	...대감.
이방원	(생각하는)

F.B 》 21회 35씬의

| 정도전 | 기억해 두거라. 싸움에서 가장 긴장해야 하는 순간은... 이겼다 싶을 때니라. 해서... 지금이 위기다. |

현재 》

이방원	(중얼대듯) 정작 그대는... 이 말을 기억하고 있는지 모르겠구려.
민 씨	?
이방원	(결연한)

7 _____ 교장 안 (낮)

의흥삼군부의 깃발 아래 창검과 기치를 든 장졸들이 정연하게 도열해 있다. 일각에 가상 적진(목책과 허수아비나 짚단 따위)이 설치되어 있다. 각 부대 앞에 일반 장수들과 나란히 서 있는 이방과, 이방원 등 왕자들. 맨 앞에 이방번과 나란히 서 있던 심효생, 어딘가 보고.

심효생 (크게) 봉화백 정도전 대감 납시오~!!

일제히 솟구치는 기치들!! 북소리, 소라 소리 등 울리고 갑옷과 칼을 차고 말을 탄 정도전, 위엄 있게 입장한다. 남은, 이지란이 뒤에서 말을 타고 따른다. 부장들이 뒤를 받치고 장수들이 예를 표한다. 장졸을 압도하는 시선으로 병사들을 사열하던 정도전, 이방원을 바라본다. 초췌한 안색의 이방원, 애써 침울하고 의기소침한 모습으로 고개 숙인다. 정도전, 무심한 시선을 거두고 지나쳐간다. 이방원의 눈빛이 번득이는...

8 _____ 대궐 침전 안 (낮)

핼쑥한 안색의 이성계 앞에 당혹스러운 표정의 정진과 김 내관, 서 있다.

정진 (난감한) 전하, 이 무더위에 교장으로 거둥하심은 불가한 일이옵니다.

이성계 덥기는 뱅사들도 매한가지요. 과인이 가서 격려를 해줄 것이오.

정진	절대 안정을 취하라는 어의의 말을 잊으셨사옵니까?
이성계	글쎄 과인의 몸은 내가 더 잘 안다고 하지 않니! ...김 내관은 어서 어가를 대령하라.
김 내관	(난처한)
정진	전하, 아니 되옵니다!
이성계	거 누가 삼봉 아들 아이랄까봐 잔소리하는 것까지 쏙 빼다 박았구만기래. (부드럽게) 걱정하지 말아라, 도승지... 김 내관, 어가 갖다 대라는데 뭐 하고 있니!
김 내관	예, 전하... (쪼르르 나가고)
정진	(옅은 한숨 쉬고 나가는)

이성계, 용상에서 내려와 으랏차! 허리를 좌우로 돌려본다. 들뜬...

9 _____ 다시 교장 안 (낮)

긴장한 표정의 장졸들. 정도전, 연단 위에 남은, 이지란과 서 있다.

정도전	대조선국 의흥삼군부의 군사들은 총과 영을 들으라!!
일동	(집중)
정도전	오방진.
남은	(크게) 전군~ 방~진~!

깃발이 춤추듯 움직이고 북과 징 소리 등이 울리면서 각 단위 부대와 기병들이 신속하게 이동하여 정사각형의 방진을 펼친다. 이방원 등 장수들이 숨을 몰아쉬기 무섭게 남은, '전군~ 원진~!!' 외친다. 둥근 형태의 원진으로 바뀌는 동안...

정도전	(성에 차지 않는 듯 추상같이 호령하는) 깃발과 북소리에만 정신을 집중해라! 진법훈련의 목적은 제군의 마음을 한데로 뭉치기 위함이다! (원진이 마무리되자마자 직접 구령을 외치는) 전군~ 직진!!
군사들	(부지런히 직진을 펼치고)
정도전	(몰아붙이듯) 마음이 뭉치지 아니하면 대오를 정돈할 수 없고, 힘을 합칠 수 없다! 힘을 합치지 못하는데 적을 이길 수가 있겠느냐!! ....전군 예진~!!
군사들	(예진을 펼치고)
정도전	꾸물대지 마라! ...적보다 먼저 움직이고 적보다 먼저 멈춰야 한다! ...전군 곡진~!!
군사들	(곡진을 펼치고)
정도전	깃발과 북소리뿐 아니라 아군의 얼굴과 음성까지 기억해라! 대낮엔 얼굴로 피아를 구별하고 야밤에는 음성으로 식별해야 하는 것이다!
군사들	(진영을 갖추면)
정도전	대조선국 의흥삼군부의 정병들이여~! 전군... 공격하라~!!

군사들, 와~ 하며 가상 적진을 향해 돌격한다. 지켜보는 정도전...

10 _____ **대궐 침전 앞 복도 (낮)**

정진과 김 내관, 걸어와 선다.

김 내관	전하... 어가를 대령했사옵니다... (안에선 기척이 없는)
정진	?
김 내관	전하?

정진   ... (불길한 느낌에 문을 열고 들어가는)

11 _____ 동 침전 안 (낮)

정진과 김 내관, 들어와 안을 보고 굳어진다. 이성계, 일각에 쓰러져 신음을 토하고 있는...

김 내관   전하!!
정진   (이성계에게 다가서며) 어의를 부르시오! 어서!
김 내관   (뛰쳐나가고)
정진   (이성계를 흔들며) 정신을 차려보시옵소서! 전하!
이성계   ...

12 _____ 대궐 외경 (밤)

13 _____ 동 침전 안 (밤)

이성계, 실눈을 뜨고 누워 있다. 어의와 의관들, 일각에 배석해 있다. 정도전, 묵묵히 바라보는...

이성계   걱정 마시우다... 과인이 이 정도로 어찌 될 사람 아임메.
정도전   소신, 단 한 번도 건희의 패유를 의심해본 적 없사옵니다.
이성계   (옅은 미소) 기럼... 기럼... 내 금방 일어날 거구마.
정도전   (짠한)

이성계	(힘겨운 듯 도로 눈 감는)
정도전	(보는)
정도전	(E) 요동 정벌은 예정대로 추진될 것입니다.

14 _____ 빈청 도당 안 (밤)

조준, 남은, 심효생, 이지란, 권근, 민제 등 재상들, 정도전을 바라본다.

정도전	농번기가 끝나는 대로 십만의 대병을 편성하여 압록강을 건널 것이니 모두 준비에 만전을 기해주시오.
민제	허나 전하께서 위중하신 마당에 이는 현명한 처사가 아닌 듯싶습니다.
정도전	(발끈) 위중이라니?
민제	(보는)
정도전	이자가 뚫린 입이라고 못 하는 말이 없지 않은가!
민제	(병한) 대감...
정도전	전하께서 근자에 무리를 하신 탓에 지병이 잠시 악화된 것뿐이오. 호들갑 떨지 마시오.
조준	호들갑이라구요?
정도전	(보는)
조준	전하께서 발병하신 것이 오월과 칠월에 각각 한 번씩, 이달 들어서는 병오일, 기유일, 그리고 오늘 정사일까지 세 번쨉니다! 헌데 호들갑이라 하셨습니까?
남은	거 참 숫자 세는 취미 하난 알아줘야 되겠구만! 해서 어쩌자는 거요?
조준	전하께서 쾌차하실 때까지 요동 정벌을 잠정 중단해야 합니다.

심효생	이보세요! 이제 와서 중단하자니 이런 어거지가 어디 있소이까!
권근	어거지는 심 대감께서 부리고 계시지요!
심효생	뭐요?!
권근	군왕이 병석에 누워 계신데 군사를 일으키자는 것이야말로 어거지가 아니겠소이까!
심효생	(발끈) 이자가! 고려의 잔당 나부랭이 주제에 감히 세자마마의 장인에게 못 하는 소리가 없구나!!
권근	(지지 않고) 말씀을 삼가시오!! 이 사람은 조선의 재상입니다!!
조준	(책상 팍! 치며) 다들 고정하세요! 여긴 도당입니다!!
심효생·권근	(훅! 참는)
정도전	분명히 말해두겠소. 요동 정벌에 이의를 제기하지 마시오.
조준	대감!
정도전	이미 전하의 윤허가 내려졌던 사안입니다. 이를 재론하려 들었다간 그에 상응하는 대가를 치르게 될 것이오.
조준	(허! 하는)
정도전	(일어나 나가는)

남은, 심효생 등 재상들이 따라 나간다. 마뜩잖은 표정의 이지란, 나직이 '에이 쌍!' 하더니 나가고 조준, 옅은 한숨을 내쉰다.

15 _____ 산길 (낮)

이숙번, 맹렬히 말을 달려간다. 하! 하! 사정없이 채찍질을 가하는

16 _____ 충청도 - 관아 뜰 안 (낮)

사병들, 삼군부의 장졸들 앞에 도열해 있다. 무기를 반납하고 호패를 건네면 아전이 명부에 이름을 기입한다. 일각에서 관원1과 나란히 서서 바라보고 있는 하륜.

하륜   정말로 사병이 사라지긴 사라지는 것이로군요.

관원1   (티꺼운) 관찰사께선 어째 불만스러운 눈치십니다?

하륜   (얼른 부정하며) 아이구, 무슨 그런 큰일날 말씀을... 삼봉 대감의 추진력에 경탄을 금치 못해 드리는 말씀입니다. 정중부의 무신 난 이후로 사병이 득세한 것이 어언 이백삼십여 년... 이제야 비로소 군대다운 군대가 생긴다 생각하니 이 사람도 감격을 주체할 수 없습니다.

관원1   (미심쩍은 듯 보다가 힘! 하고 사라지는)

하륜, 피식 웃으며 시선을 돌리는데 이숙번이 주변을 경계하며 서 있다. 하륜, 날카롭게 보는...

17 _____ 동 일실 안 (낮)

하륜과 이숙번, 앉아 있다.

하륜   주군께선 어찌 지내고 계시는가?

이숙번   주정뱅이 시늉을 하면서 유폐나 다름없는 생활을 하고 계십니다.

하륜   (흡족한) 그리하셔야지. 헌데 안산군 지사로 좌천되었다는 소식은 들었네만 갑자기 여긴 어쩐 일인가?

이숙번	역시 이곳까진 아직 소문이 닿지 않은 모양이군요.
하륜	소문?
이숙번	며칠 전 전하께서 쓰러지셨는데 병세가 위중하다 합니다.
하륜	! ...그게 틀림없는 사실이렷다?
이숙번	여부가 있겠습니까? 해서 조정에선 조준 등 친명파를 중심으로 정벌에 대한 회의론이 퍼지고, 군부는 군부대로 사기가 바닥이라 합니다.
하륜	...삼봉에게도 서서히 위기가 다가오고 있구만... 이제... 때가 머지않은 듯하이.
이숙번	!
하륜	(의미심장한 미소)

18 _____ 빈청 정도전의 집무실 안 (낮)

정도전, 상소를 펼쳐 탁자 위에 탁 놓는다. 남은, 이지란, 보는...

이지란	삼봉 대감. 이게 뭐우까?
정도전	사헌부에서 의흥삼군부 예하 부대들의 진법훈련 상황을 감찰한 결과입니다.
일동	!
정도전	왕자들은 물론 수많은 개국공신들까지 진법훈련을 태만히 하고 있더군요... 남은.
남은	...예.
정도전	이틀 전 훈련에 불참한 연유가 뭔가?
남은	그게... 저기 집에 무슨 일이 조금 있어서... (말 돌리듯) 앞으로 잘하겠습니다.

정도전	연유가 뭐냐고 물었네.
남은	실은 그게... (머리 긁으며) 첩을 하나 들이는 바람에...
정도전	뭐라... 첩?
이지란	남 대감 거, 요즘 안색이 별루다 했더이만 밤마다 만리장성 쌓는다구 그랬구만기래. (킬킬 웃는데)
정도전	(책상 꽉 치는)
일동	!
정도전	세자마마의 친병을 맡은 심효생 대감을 제외하곤 모든 지휘관들이 진법훈련을 태만히 하고 있었소이다. 어쩌다 이런 결과가 나온 것입니까?
이지란	아, 그게 우리가 아이 할라고 그런 거이 아이라... 날씨도 덥구 전하께서 병이 나신 뒤론 뱅사들 사기도 예전 같지 않구 해서리...
정도전	(쏘듯) 지금 그걸... 변명이라고 하는 것입니까?
이지란	!
남은	대감...
정도전	모두 군율에 따라 문책을 받게 될 것이니 마음의 준비를 해두시오. (나가는)
이지란	무시기? ...문책? (기막힌 듯 허! 하는)
남은	(옅은 한숨)

19 _____ 삼군부 앞 (낮)

정도전, 심효생, 이방석이 서 있고 그 앞에 일렬로 엎드린 무장들, 형장을 맞고 있다. 그 뒤로 남은, 분노한 표정의 이지란, 침통한 이방번, 이를 악문 이방과, 이방원 등 왕자들과 장수들이 무릎을 꿇고 앉아 있다. 덤덤한 정도전. 일각에서 지켜보는 조준.

해설(Na)   정도전은 사헌부를 앞세워 진법훈련을 태만히 한 지휘관, 292명에
           대한 탄핵을 단행하였다. 이 중에는 이방원, 이방과, 이방번 등 왕
           자들 전원과 남은 등 측근, 이지란 등 개국공신들이 포함되어 있었
           다. 와병 중이던 태조 이성계의 서처로 왕자들과 개국공신은 처벌
           을 모면하고, 휘하 장수들만 태형 50대에 처해진다. 서기 1398년 8
           월, 한양의 정국은 한 치 앞을 내다볼 수 없는 혼돈으로 빠져들고
           있었다.

20 ＿＿＿ 대궐 침전 외경 (낮)

21 ＿＿＿ 동 침전 안 (낮)

           병석에 엉거주춤 앉아 있는 이성계. 그 앞에 조준, 앉아 있다.

조준   삼봉 정도전의 독단과 전횡을 좌시하였다간 사직의 미래를 장담할
           수 없을 것이옵니다!
이성계   (불만스레 보는)
조준   바라옵건대 요동 정벌을 중단하라 영을 내려주시옵소서!
이성계   과인은 삼봉에게 나라를 맡겼소. 가서 삼봉과 얘기하시오.
조준   이 나라는 전하의 나라가 아니옵니까! 전하께오서 용단을 내려주
           셔야 하옵니다!
이성계   과인은 좀 누워야겠소. 그만 나가시오.
조준   전하!! 삼봉이 폭주를 막을 이는 이 나라에 선하뿐이시옵니다!!
이성계   그만!!... (쿨럭 기침이 터져 나오고)
조준   ! ...전하...

이성계	그만... 그만하라...
조준	(탄식하고 나가는)
이성계	(숨을 몰아쉬는... 힘든)

22 _____ 빈청 정도전의 집무실 안 (낮)

정도전과 조준, 앉아 있다. 정도전, 물끄러미 조준을 바라본다.

조준	이 사람을 보자 한 용건이 무엇입니까?
정도전	(초록을 꺼내 건네는) 이것 때문입니다.
조준	(보는) ...불씨잡변?
정도전	틈나는 대로 써둔 것인데... 조선을 성리학의 나라로 만들기 위한 마지막 과업이오. 부족하나마 불교의 허상을 논박해 보았으니 대감께서 발문을 써주셨으면 합니다.
조준	무슨 뜻입니까?
정도전	(보는)
조준	이 사람이 전하께 요동 정벌을 중단하라 주청을 드렸다는 것을 이미 아실 터... 이러시는 연유가 무엇이냐 여쭙는 것입니다.
정도전	대감께 손을 내밀고 있는 것입니다.
조준	(보는)
정도전	내정에 관한 한 이 나라에 대감만 한 경륜을 가진 분이 없습니다. 이 사람이 요동으로 가고 나면 누군가는 남아서 미령하신 전하와 종사를 살펴야 할 터... 그간의 앙금을 털고 힘을 합치고 싶습니다.
조준	...죄송한 말씀이오나 불교를 비판하는 책이라면 이 사람보다는 양촌 권근에게 발문을 맡기시는 것이 나을 것입니다. 허면... (일어나는)

정도전	우재.
조준	(보는)
정도전	...도와주시게.
조준	!
정도전	나는 요동의 땅덩어리에 눈이 먼 패권주의자가 아닐세. 민본의 이상을 포기한 것은 더더욱 아니네.
조준	어째서 그렇습니까?
정도전	민본이 무엇인가? 민생일세. 민생 최대의 적은 무엇인가? 외적일세. 나라도 없이 떠도는 요동의 오랑캐를 복속시키고, 옛 강토를 수복하여 국부의 원천을 늘리고, 그 힘을 바탕으로 하여 책봉이나 구걸하는 껍데기 사대가 아니라 천하질서의 일원으로서 당당한 사대를 해보자는 이 사람의 생각이... 정녕 민본에 반하는 것인가?
조준	이 사람이 들어본 궤변 중에 가히 최고라 할 만하군요.
정도전	!
조준	어떠한 미사여구와 명분으로 포장하더라도 전쟁은 전쟁... 요동 정벌은 한 정치가의 불가능한 이상을 실험하기 위해 백성의 고혈을 동원하는 것 이상도, 이하도 아닙니다.
정도전	...
조준	...
정도전	한 달의 말미를 주겠네. 그 안에 용퇴를 하든가... 자네의 뒷자리를 알아보시게.
조준	(피식) 대감의 모습이 지금 어떤지 아십니까? ...영락없는 괴물입니다.
정도전	(보는)
조준	(나가는)
정도전	...

23 _____ 빈청 앞 (밤)

정도전, 생각에 잠겨 걸어오다가 멈춘다. 이지란과 남은이 서 있다. 이지란, 차갑게 외면하고 간다. 정도전, 쭈뼛 서 있는 남은에게 다가간다.

정도전	이 사람이 원망스러우신가?
남은	(기막힌 듯 허! 하고 짐짓 노기 어린 표정으로 중얼대는) 이거 정말 화나는구만그래.
정도전	...
남은	아무렴 이 남은이 그깟 문책 좀 당했다고 의리를 저버릴 것 같수? 대체 나를 뭘로 보시는 게요!
정도전	(옅은 미소)
남은	(큼) 언제 이 동생 첩년, 낯짝이나 구경하러 오시우. 아주 절색입니다.
정도전	글러먹은 사람 같으니... 군자는 무욕이라 하였거늘...
남은	무욕은 얼어죽을... 아, 군자는 사내 아니랍니까? (킥 웃는)
정도전	... (어깨 다독이는데)
정진	(E) 아버님!!

일동, 보면 정진, 허겁지겁 들어온다.

정진	(울먹) 전하께오서!
정도전	!
남은	전하께서 어찌 되셨다는 것이냐!
정진	전하께오서... (차마 말을 잇지 못하는)
정도전	(불길한)

24 _____ 대궐 침전 안 (밤)

이성계, 혼절해 있고 어의, 진맥을 한다. 정도전과 이방석, 앉아 있다.
어의, 침통한 안색으로 손을 놓는...

이방석 어서 말해보거라. 아바마마의 환우가 어떠한 것이냐?

어의 (당혹스러운) 아뢰옵기 황공하오나 요 며칠이... 고비일 듯 싶사옵니다.

이방석 (헉!)

정도전 어의란 자가 석고대죄를 청해도 부족할 판국에 뭐라... 고비?

어의 (흠칫) 대감! 죽을죄를 지었사옵니다! 용서해 주십시오!

이방석 (병한...) 아바마마...

정도전 마마, 전하께선 천하를 호령했던 영웅이시옵니다. 참담한 일은 벌어지지 않사오니 심려치 마시옵소서.

이방석 (울먹이는) 반드시 그리되어야 합니다... 이 사람은 아직... 아무 준비도 되어 있지 않습니다... 해서... 무섭고... 두렵습니다...

정도전 (보는)

25 _____ 정도전의 집 사랑채 안 (밤)

정도전, 남은, 심효생이 앉아 있다.

정도전 언제 국상이 날지 모르니 다들 마음의 준비를 해두시게.

심효생 허면 요동 정벌은 중단하는 것입니까?

정도전 천만에... 주원장이 죽고 새 황제의 권력이 안정되지 않은 지금이 요동을 공략할 적기일세.

남은 허나 전하께서 승하하시는 날엔 조선 역시 명나라 이상으로 정국이 불안해질 것입니다. 요동 정벌은 뒤로 미루고 사직의 안정부터 챙겨야 합니다.

정도전 이보게, 남은... 자네 앞에 이 사람은 백 년을 살 성싶은가?

남은 ...대감.

정도전 다음은 없네. 이번이 마지막 기회야.

남은 (옅은 한숨)

심효생 (긴하게) 허면... 후환이 될 싹을 미리 잘라내면 되지 않겠습니까?

남은 싹이라니... 무슨 말인가?

심효생 보위를 위협하는 왕자들을... 모조리 도려내잔 말입니다.

남은 뭐라?

정도전 (심각해지는)

26 _____ 이방원의 집 앞 (밤)

병사들, 서 있고 이숙번, 걸어온다.

장수2 뉘시오!

이숙번 안산군 지사 이숙번이라 하오. 정안군 대감께 문후를 여쭈러 왔소이다.

장수2 (미심쩍은 듯 보다가 들어가라는 듯 고갯짓)

이숙번 (들어가는)

27 _____ 동 사랑채 안 (밤)

민 씨, 있고 이방원에게 서찰을 내미는 이숙번.

이방원	이게 무엇이냐?
이숙번	하륜 대감이 전하라 한 것이옵니다.
이방원	(얼른 펴보는)
하륜	(E) 소생, 하륜이옵니다... 주군께선 지금 생사의 기로에 서 계시옵니다.
이방원	!
하륜	(E) 전하의 병세가 나날이 위중해지니 오늘 국상이 나고, 내일 세자마마가 즉위하여도 이상할 것이 없을 것이옵니다.

28 _____ 충청도 – 동 일실 안 (밤)

하륜, 갑옷을 입고 정좌해 있다. 잠시 후 일어나 나가는 모습 위로...

하륜	(E) 또한 삼봉은 하늘이 두 쪽 나도 요동 정벌을 포기하지 않을 것이옵니다. 이러한 작금의 상황은 주군을 벼랑으로 몰아가고 있음에 틀림이 없사옵니다.

29 _____ 동 뜰 안 (밤)

사병들, 횃불을 밝히고 서 있다. 관원1과 일행들, 포박을 당한 채 꿇어앉혀져 있다. 갑옷을 입고 나타나 굽어보는 하륜의 모습 위로...

하륜	(E) 주군... 지금은 다른 방도가 없사옵니다. 선수를 쳐서 기습을 해야만 삼봉을 제압할 수 있사옵니다.

30 _____ 다시 이방원의 사랑채 안 (밤)

하륜   (E) 소신, 충청에서 병사를 몰아 도성으로 달려갈 것이오니 부디
반갑게 맞아주시옵소서.

이방원   (편지를 내려놓는)

민 씨   뭐라 적은 것입니까?

이방원   (이숙번에게) 달리 전하는 말은 없었더냐?

이숙번   기사일 밤, 인경이 울리기를 기다려달라 하였습니다.

민 씨   기사일?

이방원   정도전... 그자의 세상이 끝나는 시각입니다.

민 씨·이숙번 !

이방원   (결연한)

남은   (E) 말 같은 소릴 하시게!

31 _____ 다시 정도전의 사랑채 안 (밤)

정도전, 남은, 심효생, 앉아 있다.

남은   왕자들을 죽이라니... 삼봉 대감을 간적으로 만들 참이신가!

심효생   어찌 이리 역정을 내십니까! 그 말고 다른 방도가 없지 않습니까!

남은   심 대감!

정도전   언성을 낮추시게, 남은.

남은   (참는)

정도전   심 대감의 말이 맞네.

남은   ! ...대감.

정도전   후환이 될 싹은 미연에 잘라버려야지. (비장한)

32 _____ 이방원의 집 마구간 안 (밤)

횃불을 든 민 씨와 이방원, 본다. 맨손으로 거침없이 짚을 헤치는 이숙번. 멍석이 드러나면 민 씨를 보는 이숙번.

민 씨　　걷어보세요.

이숙번　（멍석을 걷으면 낡은 수십 자루의 창과 칼이 나타나는） !!

이방원　...부인.

민 씨　　사병 혁파가 거론될 때 혹시나 싶어 숨겨둔 것입니다. 녹을 벗기고 날만 벼리면 능히 제 구실을 할 것입니다.

이숙번　이거면 행랑의 무사들과 아랫것들을 무장시킬 수 있을 것입니다.

이방원　바깥의 병졸들은 제압할 수 있다는 얘기로군... （하는데）

하인　　（E） 대감마님!

이숙번, 흠칫 멍석을 덮고 이방원 등 놀라 보면 하인이 서 있다.

이방원　무슨 일인가?

하인　　전하께서 위독하시다고 속히 입궐하시랍니다요.

민 씨　　뭐라?!

이방원　채비를 해주시오, 부인.

민 씨　　대감, 뭔가 이상하지 않습니까?

이방원　...

이숙번　저도 같은 생각입니다. 거사를 결정한 날, 그것도 이 야심한 시각에 입궐이라니요?

민 씨　　내일 날이 밝으면 들어가시어요.

이방원　아바마마께서 편찮다 하지 않습니까? （가는）

민 씨·이숙번 （걱정스레 보는）

33 _____ 대궐 침전으로 가는 궁문 앞 (밤)

인적 없이 휑하다. 이방원, 다가선다. 왕자들과 서 있던 이방과, 다
가선다.

이방과	정안군.
이방원	(인사하고) 어찌 아니 들어가고 계십니까?
이방과	(주저하듯) 아니, 그게...
이방원	?... 어찌 그러십니까?
이방과	숙위병도 보이지 아니하고 궐 안에 불빛이 하나도 보이질 않으니 이상한 노릇이 아니냐?
이방원	(보는... 그렇다 싶은데)
심효생	(E) 어서들 드시지요.

일동, 보면 심효생, 병사들과 서 있다.

이방원	심 대감... 어찌하여 대궐이 이리 어두운 것이오?
심효생	전하께서 위중하신 탓에 내관들도 덩달아 실수를 한 모양입니다. 소인이 혼쭐을 낼 것이오니 일단 안으로 드시지요.
이방과	무안군은 어찌하여 아니 보이는 것이오?
심효생	...이리로 오는 중일 것이옵니다. 어서 드시지요.
이방과	(불안한, 흠! 하고) 이 사람은 몸이 좋지 아니하여 오늘은 문병을 하지 못할 듯싶소이다.
심효생	영안군 대감... (하는데)
이방과	(도망치듯 다급히 걸어가는)
왕자들	(우르르 따라가는)
이방원	...

심효생　(아쉬움이 스치는... 이내 차분히) 정안군께선 어찌하시겠사옵니까?

이방원　(보다가 피식 웃고 안으로 들어가는)

심효생　(나직이) 어차피 저자만 제거하면 되는 것... (고갯짓하면)

병사들　(안으로 들어가는)

34 ＿＿＿＿ 대궐 침전 앞 복도 + 동 침전 안 (밤)

긴장한 표정의 이방원, 걸어온다. 아무도 없다. 흠... 애써 숨을 삼키고 문을 열어본다. 드러누운 이성계 앞에 좌정해 있던 정도전이 고개를 돌린다.

정도전　(미소) 어서 오시옵소서. 정안군.

이방원　...

35 ＿＿＿＿ 침전 밖 곳곳 (밤)

병사들, 칼을 뽑아 들고 전각으로 다가가 벽에 기대선다.

36 ＿＿＿＿ 다시 침전 안 (밤)

이성계 앞에 나란히 앉은 정도전과 이방원.

정도전　분위기가 묘했을 터인데... 용케 도망가지 않고 들어오셨습니다.

이방원	(애써 미소) 죽이고자 하였다면 거기서 죽였을 터... 이리로 부른 것은 무슨 용건이 있어서가 아니겠소이까?
정도전	그 반대이옵니다.
이방원	(보는)
정도전	다른 왕자들처럼 겁을 먹고 도망쳤다면 보위를 찬탈할 깜냥도 아니 되는 것이니 굳이 죽일 필요도 없지요. 생사를 모르는 이곳으로 들어올 정도의 배포를 가진 자라면... 죽여야겠지요.
이방원	감히 이 어전에서... 아바마마 앞에서... 이 사람을 도모할 수 있다고 보시오?
정도전	정안군을 죽이고 전하께서 승하하시면 이 사람은 후계 군왕의 정적을 제거한 일등공신이 될 것이고... 설사 전하께서 깨어나신다 해두 대감을 죽일 수밖에 없었던 이유 정도는 만들 수 있을 것입니다. 오늘 밤 대감의 사가를 다녀갔던 이숙번과 역모를 꾸몄다고 해도 되구요.
이방원	(긴장감에 주먹이 절로 쥐어지는)
정도전	(싸늘히) 정안군.
이방원	(흠칫 보는)
정도전	전하 앞에 무릎을 꿇으시오.
이방원	... (무릎을 꿇는)
정도전	소자 이방원...
이방원	...
정도전	소자 이방원...
이방원	...소자... 이방원...
정도전	다시는 권좌에 뜻을 두지 아니하고...
이방원	다시는... 권좌에 뜻을 두지 아니하고...
정도전	동북면으로 낙향하여...
이방원	동북면으로 낙향하여...

정도전	여생을 마치겠사옵니다.
이방원	여생을... 마치겠사옵니다.
정도전	...
이방원	...
정도전	...마음이 변하기 전에 나가십시오.

이방원, 천천히 일어나 나가려다 잠시 멈춰 돌아보면 미동도 않는 정도전. 이방원, 나간다. 정도전, 냉랭한...

37 ＿＿＿ 대궐 앞 (밤)

이방원, 터벅터벅 걸어 나온다. 심효생, 노기 어린 눈으로 바라본다. 나란히 선 남은, 안도의 한숨을 내쉬고. 기다리고 있던 민 씨와 이숙번, 다가선다.

민 씨	대감! 무탈하신 것입니까?
이방원	...
민 씨	대감!
이방원	...괜찮소. (하다가 긴장이 풀려 휘청하는)
이숙번	(잡으며) 형님!
이방원	...괜찮다... 가자.

이방원, 이숙번의 부축을 받으며 걸어간다. 심효생, 남은, 바라보는...

38 _____ 다시 침전 안 (밤)

정도전, 이성계를 먹먹히 바라본다.

정도전   전하. 어서 일어나시옵소서... 소신, 오늘은 간신히 참았사오나... 또 언제 살의를 품을지 모르옵니다... 제발 기운을 차리시옵소서... 전하... 우리의 대업이 아직 끝나지 않았단 말이옵니다... (눈물 그렁해지는데)

이성계   ...삼봉...

정도전   ! ...전하!

이성계   (실눈을 뜨는) 누가 이리 수다를 떠나 했더이... 삼봉이었구만...

정도전   (감격) 전~ 하~!!

이성계의 옅은 미소와 정도전의 모습에서 F.O

39 _____ 정몽주의 무덤 앞 (낮)

무덤 앞에 놓이는 책... 삼봉집이다. 정도전, 앉아 있다. 저만치 병졸들, 득보와 서 있고 정도전 뒤에 최 씨가 숙연한 모습으로 서 있다.

정도전   나도 이제 살 만큼 살았나 보이... 자식 놈들이 내 문집을 만들어 주면서 한사코 유람을 다녀오라 하지 않겠는가? 딱히 갈 데두 없구, 친구도 없구... 해서 이렇게 포은 자네나 보러 왔다네... 잘 지내셨는가?... (말 없는 봉분을 바라보는, 먹먹해지는 모습 위로)

정도전   (E) ...내게... 꿈이 하나 있네.

F.B》31회 9씬의

정몽주	...꿈?
정도전	언젠가 좋은 세상이 오면... 그 세상에서 자네가 문하시중이 되어 화합의 정치를 펴는 꿈일세.
정몽주	(어이없는 듯 핏 웃고) 이런 뜬금없는 사람 같으니라구... 자네 꿈인데 자네가 시중이 되어야지 어찌 나를 끌어들여 염치없는 사람을 만드시는가?
정도전	나는 시중의 자리에 어울리는 사람이 아닐세. 자네가 해야 하니.
정몽주	(정도전의 손을 잡으며) 이보게, 삼봉.
정도전	(보는)
정몽주	문하시중이야 누가 된들 어떤가? 지금보다 나은 세상을 만드는 것이 중요한 것이지... (중략) 천지신명이 굽어살펴 주실 것이야.

현재》

정도전	(먹먹한) 누가 나더러 괴물이라 그러더군... 자네 떠난 후로 딴에는 진짜 괴물이 되었다고 여겼는데... 고작 방원이 놈 하날 못 죽였다네... 괴물 그것도 아무나 하는 건 아닌 게지... (후~) 괴물도 아니고, 자네 같은 현자는 더더욱이 아니고... (키들대는) 내 그래서 나는 아니 된다 하지 않았는가? (봉분을 만지며) 몹쓸 사람 같으니... (북받치는) 이런 천하의 미련한 사람 같으니... (슬픔 참고) 그래도 다 왔네, 포은... 이제 대업의 마지막이 남았을 뿐이야... 머잖아 이 삼한 땅에 제대로 된 민본의 역사가 시작될 것이네... 지켜보시게... 저승에서나마 이 못난 벗에게... 힘... 힘을 주시게... 포은... 포은...

정도전, 오열한다. 처 씨, 눈물을 닦는나.

40 _____ 개경 - 정자 앞 (낮)

정도전과 최 씨, 앉아 있다.

최 씨   이제 기분은 좀 나아지신 겁니까?

정도전   (멋쩍은 미소) 미안하게 됐습니다. 오랜만에 개경 유람을 와서 주
              책을 부렸지요?

최 씨   그래도 오늘은 사람 같아 뵈더이다.

정도전   (보는)

최 씨   ...바가지 긁는 거... 소첩의 진심은 아닙니다, 대감...

정도전   (최 씨의 손을 가만히 잡는)

최 씨   (보는)

정도전   (미소) 미안하오... 조금만 더 참아주시면... 이제 웃을 날만 있을 것
              입니다.

최 씨   (가만히 정도전의 어깨에 기대는)

두 사람의 모습이 원경으로 잡히고 자막과 더불어 내레이션.

정도전(Na) 〈자막〉 선인교 나린 물이 자하동에 흘러드니...

              오백 년 왕업이 물소리뿐이로다...

              아이야... 고국의 흥망을 물어 무엇하리오...

41 _____ 이방원의 집 앞 (밤)

장수2를 비롯한 병사들, 삼엄한 경계를 펼친다.

42 _____ 동 사랑채 안 (밤)

민 씨, 민무구, 민무질, 긴장한 표정으로 앉아 있다. 싸늘한 이방원.

이방원 호정은 어디쯤 오고 있는가?

민무질 간밤의 야음을 이용하여 수원부에 당도하였다 하옵니다. 지금 한
양으로 달려오고 있을 것이옵니다.

이방원 숙번이는?

민무구 수하들을 데리고 이미 도성으로 잠입하였사옵니다. 의흥삼군부와
무기고를 장악하면 조영무가 갑사들을 이끌고 호응하기로 하였사
옵니다.

민 씨 정도전과 당여들은 지금 어디 있는 것이냐?

민무질 궐과 빈청에는 보이지 않사옵구, 사가에도 없다 하옵니다.

민 씨 허면 이들이 대체 어디 있다는 것이야?

이방원 찾아야 한다... 이제 곧 인경이 울릴 것이야.

43 _____ 송현방 – 남은의 첩 집 외경 (밤)

경계를 서는 병사들 몇 보이고, 왁자한 웃음소리 들린다.

44 _____ 동 일실 안 (밤)

정도진, 남은, 심효생과 당여들, 주연을 벌이고 있다.

남은 자! 우리 조선의 기둥이신 삼봉 대감께서 이리 왕림을 하여 주시니

이 남은! ...황공하여 몸둘 바를 모르겠습니다!

일동 (웃는)

정도전 거, 사람... 싱거운 소리 하고는... 술이나 드세...

심효생 우리 전하의 만수무강과 삼봉 대감의 건승을 기원하는 의미에서 다 같이 한잔하십시다! (하는데)

멀리서 들리는 인경 소리. 일동, 순간 돌아본다.

남은 아, 인경소리 한두 번 듣습니까! 자 듭시다!

일동 (마시는)

정도전 (뭔가 이상한 느낌으로 인경 소리를 듣다가 이내 미소 짓고 마시는)

45 _____ 몽타주 (밤)

인경 소리가 울려 퍼지는 가운데,

1) 산길 – 말을 타고 선두에서 달려오는 하륜. 그 뒤로 병사들이 몰려온다.

2) 무기고 앞 – 이숙번, 몽둥이를 든 장정들을 데리고 벽으로 다가선다. 잔뜩 긴장해서 경계병들을 바라본다.

3) 대궐 삼군부 인근 – 조영무와 병사들, 일각에 숨어 있다.

4) 이방원의 집 마당 안 – 이방원, 민 씨, 민무구, 민무질, 걸어 나온다. 창과 칼을 든 열댓 명 정도의 무사들이 서 있다.

5) 송현방 일실 안 – 흥겹게 술을 마시고 담소를 나누는 사람들.

46 _____ 이방원의 집 앞 (밤)

대문이 벌컥 열리고 무사들이 뛰쳐나와 병사들을 벤다.

장수2   반란이다! 쳐라!

격전이 벌어진다. 이내 관병을 제압하는 무사들. 포위된 장수2, 겁에 질려 주춤하는데 이방원, 민무구, 민무질을 대동하고 나온다.

장수2   대, 대감... (하는데)

이방원, 가차 없이 베어버린다. 피가 얼굴에 튀고...

이방원   이제부터... 사냥을 시작한다.

이방원과 정도전의 모습에서 엔딩.

50회

1 _____ 이방원의 집 앞 (밤)

대문이 벌컥 열리고 무사들이 뛰쳐나와 병사들을 벤다.

장수2   반란이다! 쳐라!

격전이 벌어진다. 이내 관병을 제압하는 무사들. 포위된 장수2, 겁에 질려 주춤하는데 이방원, 민무구, 민무질을 대동하고 나온다.

장수2   대, 대감... (하는데)

이방원, 가차 없이 베어버린다. 피가 얼굴에 튀고...

이방원   이제부터... 사냥을 시작한다... 대궐로 가자. (가는)

민무구, 민무질과 사병들이 따른다. 대문 앞에서 민 씨, 바라본다.

2 _____ 무기고 앞 (밤)

화덕 불 앞에 경계를 서고 있는 병사들. 어디선가 날아온 화살에 한 병사가 쓰러진다. 병사들 흠칫 보면 일각에서 활을 내리는 이숙번. 몽둥이를 든 장정들이 나타난다. 병사들, !!

이숙번   무기고를 접수하여 무장을 실시한다... 공격하라.

장정들, 와! 함성을 지르며 돌진하고 병사1, 삑! 삑! 호각을 불어댄다. 백병전이 벌어진다. 이숙번, 주시하는...

3 _____ 대궐 침전 안 (밤)

이성계, 누워 있고 이방석, 앉아 있다. 정진, 곁에 서 있다.

이방석 아바마마... 하늘이 도우셨사옵니다.

이성계 (옅게 웃고) 세자... 아무려면 이 아비가 세자 놔두고 벌써 가갔니?

이방석 아바마마... (하는데)

김 내관 (E) 전하~!!

문이 벌컥 열리고, 김 내관이 황급히 들어온다.

정진 김 내관, 이 무슨 경거망동이오이까? (하는데)

김 내관 (들은 척도 않고) 전하! 변고가 터졌사옵니다!

이성계 (보는)

정진 변고라니요?

김 내관 대궐 앞 관부에서 교전이 벌어지고 있다 하옵니다!

이성계 !

정진 !

이방석 뭐요?

김 내관 정체를 알 수 없는 괴한들 수십 명이 삼군부와 무기고를 습격하였다 하옵니다!

이방석 (헉! 하는데)

이성계 도승지, 날래 숙위병 풀구... 각 군에 연통 띄우시오.

정진 예, 전하. (다급히 나가는)

이성계, 힘겨운 듯 숨을 몰아쉬는 모습 위로 함성!

4 ____ 삼군부 앞 (밤)

조영무와 이숙번의 병사들, 경계병들과 교전 중이다. 조영무, 분전하고 이숙번, 뒤에서 형세를 지켜보는데 순간, 대궐 문 열리며 장수 3이 이끄는 숙위병들이 쏟아져 나온다.

장수3 역도들을 한 놈도 살려두지 마라! (베는)
이숙번 물러서지 마라! (화살을 장전하는데)

순간, 궐 안에서 기병 두 기가 달려 나온다.

조영무 (보고) 숙번이! 전령일세!
이숙번 (화살을 쏘아보지만 빗나가는) 빌어먹을! (하는데)

어디선가 날아온 화살 여러 발이 기병을 맞춰 떨어뜨린다. 이숙번, 조영무, 보면 말을 탄 하륜이 이끄는 부대가 횃불을 밝히며 달려온다.

이숙번 호정 대감!
하륜 대궐을 포위하라~! 한 놈도 빠져나가게 해서는 아니 될 것이다!

치열한 난전이 펼쳐진다. 박위의 숙위병들이 몰린다.
하륜, 날카로운 시선으로 바라본다.

5 _____ 대궐 침전 안 (밤)

병사들, 일각에 무장한 채 서 있다. 이성계와 이방석 앞에 정진, 고하고 있다.

정진 전하! 충청도 관찰사 하륜의 군사들이 대궐을 공격하고 있사옵니다!

이성계 !

이방석 하륜이라구요?

이성계 (버둥대며 일어나려는) 방위이다... 방위이, 이놈이!

이방석 아바마마! 고정하시옵소서!

이성계 (팔 짚고 겨우 앉는) 이 망할 놈이... 이 망할 놈이!!

6 _____ 대궐 앞 (밤)

이방원, 민무구, 민무질과 걸어온다. 반군들, 대궐을 에워싸고, 부상병을 나르고, 이리저리 몰려다닌다. 곳곳에 시체들, 쓰러져 있다. 이숙번, 이방원을 본다.

이숙번 (급히 다가서는) 형님!

이방원 형세가 어찌 되었느냐?

이숙번 의흥삼군부와 무기고가 우리 수중에 떨어졌사옵구, 교전을 벌이던 숙위병들이 궐 안으로 도주하였습니다!

이방원 ...

하륜 (E) 주군...

이방원, 보면 하륜이 예를 표한다.

이방원   무사하신 것입니까?

하륜   소생... 하륜이옵니다.

이방원   (옅은 미소)

7 _____ 삼군부 일실 안 (밤)

이방원, 상석에 앉아 있다. 하륜, 도성 지도를 펴놓고 작전을 설명하고 있다. 이숙번, 조영무, 민무구, 민무질 등이 있다.

하륜   기선을 제압하였을 뿐 아직 대세를 잡은 것은 아니니 방심해선 아니 됩니다. 조 장군.

조영무   예, 대감.

하륜   (지시봉으로 대궐 가리키며) 우리 병력으로 공성전은 무리이니 대궐을 포위하고 숙위병들에게 투항을 종용하시오.

조영무   예!

하륜   (지도 가리키며) 신속히 삼군부의 지휘체계를 무너뜨리고 관병들을 장악하지 못하면 우리가 당합니다. 소생의 병사들이 군부 핵심들의 사가를 급습, 회유를 시도하고 불응 시엔 참살할 것이옵니다.

이숙번   다른 왕자와 종친들에게도 거사를 알리고 동참을 요구해야 하지 않겠습니까?

하륜   이미 기별이 갔네... 모두 정도전이라면 치를 떠는 분들이니 동참하지 않을 이유가 있는가? (이방원에게) 주군, 도당의 중신들을 포섭하여 거사의 정당성을 추인토록 해야 하옵니다.

이방원   다 맞는 말이오만 이번 거사의 성패는 단 한 사람에게 달려 있소이다...

하륜	(보는)
이방원	정도전...
일동	(보는)
이방원	정도전을 찾아내시오. (비장한)

8 _____ 송현방 - 마당 안 (밤)

득보를 비롯한 종복들, 멍석 위에 앉아 음식을 게걸스레 먹고 있다.

남은	(E) 해서 그날 내가 성질이 있는 대로 뻗쳐서는 말이유!

9 _____ 동 일실 안 (밤)

남은, 심효생 등 당여들에게 신이 나서 떠들고 정도전, 겸연쩍은 듯 마시는...

남은	(신나서 떠드는) 그 염흥방이 가노 이광이란 놈을 죽이고 나도 칵 죽어버릴 요량으루다가 칼을 꼬나쥐고 가지 않았겠습니까! 아, 근데 우리 삼봉 대감이 나타나서 한다는 말씀이... 죽일라면 더 센 놈을 죽이라 하지 않겠수?
심효생	더 센 놈요?
남은	그렇다네... 해서 내가 물었지. 염흥방이요? 아니래... 그럼 이인임이요? 그놈도 아니래. 아, 그럼 대체 누구요! 그랬더니... 이 양반 하시는 말씀이... 고려 정돈 때려잡아야지 사내대장부라 하지 않겠는가? 이러시더란 말입니다!

당여들	(오! 찬탄하고)
심효생	그 엄혹한 시절에 이미 그 같은 웅지를 품으시다니... 참으로 대단하십니다, 삼봉 대감!
정도전	이거 낯 뜨거워 앉아 있을 수가 없구만... 그만들 하시게. (술 마시는)
남은	(헤! 웃고) 아, 없는 말 한 것도 아닌데 뭘 그리 수줍어 하시우?
정도전	(피식 웃는)

10 _____ 정도전의 집 마당 안 (밤)

최 씨, 반군들에게 끌려 나온다. 무사들 몇, 시체가 되어 있다.

최 씨	놔라! 이놈들아! 놓으란 말이다!!

바닥에 패대기쳐지는 최 씨. 하인들, 벌벌 떨며 무릎 꿇린다. 민무구, 칼을 들고 서 있다.

민무구	삼봉이 어딨는지 대시오.
최 씨	모른다!
민무구	(칼을 들이대며) 니년이 죽고 싶은 모양이구나! 말해라, 어서!!
최 씨	(다부지게) 모른다 하지 않느냐!! (하는데)

민무질, '형님!' 하면서 들어온다. 일동, 보면...

민무질	정도전의 소재를 알아냈습니다!
최 씨	(헉! 하는)

11 _____ 삼군부 일실 안 (밤)

이방원, 하륜, 이숙번, 민무구, 민무질이 있다.

이방원 송현방?

민무질 예. 남은의 첩 집에서 당여들과 연회를 벌이고 있다 합니다.

하륜 주군, 소생이 가서 처리하겠사옵니다.

이방원 ...대감께선 여기 남아 거사를 지휘해 주시오.

하륜 (보는)

이방원 숙번이, 가세. (일어나 나가는)

이숙번 (따르고)

하륜 (흠...) 권불십년이라더니... 삼봉의 시대가 이렇게 저무는 것인가?

12 _____ 송현방 – 일실 안 (밤)

정도전, 남은, 심효생 등 당여들, 조금은 진지한 표정으로 앉아 있다.

정도전 이제 조선은 전시체제로 돌입할 것이오.

일동 (긴장)

정도전 정벌군을 편성하여 요동에 있는 명나라의 요동도지휘사를 공파할 것이오. 그 연후에 명나라와 담판을 벌여 요동과 여진족에 대한 통치권을 인정받을 것이오.

심효생 명나라를 달래려면 떡을 쥐여줘야 하지 않겠습니까?

정도전 진심을 다한 사대... 사대의 예에 따른 조공 무역... 여기에 동방의 군사적 안정이오. 명나라의 새 황제가 마다할 이유가 없을 것입니다. (마시는)

남은   (걱정스레 보는)

13 ____ 동 집 앞 + 인근 모퉁이 (밤)

경계를 서고 있다. 일각에서 이방원, 이숙번이 군사들과 나타나 동태를 살핀다.

이숙번   정예병들입니다. 숫자도 만만치가 않구요.

이방원   ...

14 _____ 동 마당 일각 (밤)

정도전, 뒷짐을 진 채 밤하늘을 우러르고 있다. 남은, 다가선다.

남은   (큼) 큰소리 떵떵 치시더니... 어째 싱숭생숭해 보입니다?

정도전   (옅은 미소)

남은   다 잘될 겁니다. 여태까지 잘해오셨잖수.

정도전   해서 못 할 짓도 많이 하였지... 다투고, 속이고... 죽이고...

남은   (짠하게 보는)

정도전   허나 후회는 없네. 착하게 살고자 하였다면 정치 따위는 하지 않았을 터이니까... 대업의 꿈도 갖지 아니 하였을 터이구...

남은   헌데 명나라 말입니다.

정도전   (보는)

남은   명나라가 우리가 주는 떡만 가지고 만족을 하겠습니까? 실추된 자존심을 세워줄 방도가 있어야 합니다.

정도전	...그건 일도 아닐세.
남은	무슨 계책이 있는 것이우?
정도전	끝까지 체면을 살려달라 나온다면... 이 늙은 몸뚱아리가 명나라로 가 죽어주는 수밖에...
남은	! ...예?
정도전	어차피 민본의 대업에 목숨을 바치기로 결의한 몸... 대업의 완수를 위해 필요하다면 내 그리할 것이네.
남은	(먹먹해지는) 삼봉 형님...
정도전	(보는)
남은	고맙수...
정도전	이런 고약한 사람 같으니... 나 죽는다는데 고맙다니...
남은	이 미욱한 놈을 데리고 다니면서 대업하게 해줬잖수...
정도전	사람...
남은	정말... 고맙습니다.
정도전	(미소) 나도 고맙긴 매한가질세... 이 부덕한 사람 곁에 끝까지 남아줘서... 정말... 고맙네, 남은.
남은	(눈물 글썽한) 형님...

정도전, 남은의 어깨를 다독여주고 사라진다. 남은, 눈물을 찍어내고 먹먹한 마음을 달래듯 후~ 한숨 내쉬는데... 와~ 하는 함성.

| 남은 | ! |

15 _____ 동 집 앞 (밤)

경계병들 양쪽에서 틸며오는 반군듣. 잡수ㅣ 헉! 하는... 치열한 교전이 벌어진다.

장수1 (반군 한 명 베고 안을 향해 외치는) 기습이다!! ...기습이다!!

16 ＿＿＿＿ 동 일실 안 (밤)

정도전, 심효생 등 당여들, 신경을 곤두세운다! 바깥에서 어렴풋이
들리는 함성과 창검소리.

심효생 아니, 이게 무슨... (하는데)

문이 벌컥 열리고 남은, 뛰어든다.

남은 기습을 당했습니다!! 어서 피하십시오!!
일동 !

17 ＿＿＿＿ 동 마당 안 (밤)

득보 등 종복들, 막대기 정도 들고 벌벌 떠는데 대문이 깨지면서
경계병들이 밀려들어 온다. 반군들, 따라 들어와 곳곳에서 치열한
교전을 펼치며 종복들까지 베어 넘긴다. 득보, 기어서 마당을 빠져
나간다. 일각에서 반군 하나를 걷어차고 칼을 뺏어 드는 남은, 반군
을 벤다.

남은 (안을 향해) 삼봉 대감을 피신시키시오, 어서!! (하다가 칼에 베이

고, 윽!! 반군을 베어 넘기는)

마당으로 튀어 내려온 심효생과 당여들, 버선발로 뿔뿔이 도주한다.

남은   물러서지 마라! 적은 몇 놈 되지 않는다!

18 _____ 동 뒤란 (밤)

종들과 뒤섞여 도망치는 심효생과 당여들, 도주하다가 멈칫한다.
경계병을 베고 나타나는 이숙번의 군사들.

이숙번   심효생이다! 죽여라!
심효생   (헉! 도망치고)

반군들이 쫓아가고, 도망치다 넘어진 당여의 등에 칼을 쑤셔 박는
이숙번.

19 _____ 다시 마당 안 (밤)

시체들이 즐비하다. 반군들, 마당과 안채를 에워싸고 있고 일각에
살아남은 경계병들은 무릎 꿇려 있다. 심효생, 병사들에게 끌려와
이숙번 앞에 무릎 꿇린다.

이숙번   세자의 장인이랍시고 거들먹거리더니... 꼴 한번 우습게 됐소이다
그려.

심효생   (이 갈듯) 네 이놈... (하는데)

이방원, 호위병을 거느리고 들어온다. 이숙번, 비켜서고 반군들이
인사한다.
이방원, 심효생 앞에 다가서서 보는...

심효생   정안군... (버럭) 이 무슨 참담한 짓이오이까!!
이방원   (가차 없이 베어버리는)
심효생   (윽! 쓰러져 숨을 거두는)
이방원   (훅! 숨 내쉬고) 삼봉... 삼봉은 어디 있느냐?
이숙번   ...안채에 있습니다.

20 _____ 일실 안 (밤)

문이 벌컥 열리고 이방원, 들어온다. 정도전, 태연히 앉아 술잔을
기울이고 있다.

이방원   이게 뉘십니까? ...삼봉 정도전 대감이 아니시오?
정도전   (술잔 내려놓는) 역시... 네놈이었구나.
이방원   (보는)
정도전   (보는)

21 _____ 대궐 앞 (새벽)

하륜, 지켜보는 가운데 조영무가 궐 안을 향해 외치고 있다.

조영무	숙위병들은 들어라! 창검을 버리고 자진해서 나오는 자는 살려줄
	것이다! 숙위병들은 속히 투항하라! (하는데)
민무질	(E) 호정 대감!

일동, 보면 민무질, 달려와 말한다.

민무질	송현방에서 전갈이 왔사온데 정도전을 생포하였다 합니다!
하륜	됐어! 이 사실을 궐에 알리면 저들의 사기가 바닥을 칠 것이야!
정진	(E) 전~하~!!

22 _____ 대궐 침전 안 (새벽)

이성계, 한쪽 팔을 짚은 채 가까스로 앉아 있다. 이방석과 김 내관,
있고. 정진, 오열한다.

정진	전하! 봉화백이 당여들과 연회 중에 기습을 한 역도들에게 붙잡혔
	다 하옵니다!
이성계	(멍한)
이방석	장인은 어찌 됐습니까? 남은 대감은 어찌 되었구요!!
정진	남은 대감은 행방이 묘연하옵구 심효생 대감은 당여들과 더불어...
	참살을 당하였사옵니다!
이방석	(헉!)
정진	전~하~! 이 참담한 사태를 어찌하면 좋사옵니까!!
이성계	이라문 아이 되는데... 이거는 아인데... (쥐어짜듯 외치는) 궐 밖에
	다른 신하들은 대체 뭐를 하고 있단 말이니!!

23 _____ 무기고 앞 (낮)

살생부를 펴든 민무구, 서 있다. 고개 숙인 채 무릎 꿇은 신료들. 병사1이 한 신료를 벤다. 신료가 쓰러지면 병사1, 옆으로 가 신료1의 고개를 젖혀 민무구에게 보여준다. 겁에 실린...

신료1   사, 살려주십시오!

민무구   (살생부 보고) 베어라.

병사1, 가차 없이 베고 다시 앞으로 걸어가 한 사내의 고개를 젖힌다. 긴장한 기색이 역력한 권근이다. 민무구, 살생부를 넘겨 본다.

권근   나는 삼봉의 당여가 아니오.

민무구   헌데 어찌... 불씨잡변의 발문을 써준 것이오?

권근   거부하면 화를 당할까 싶어 써준 것뿐이외다.

민무구   (보는)

권근   (긴장) 믿어주시오...

민무구   ...다음.

병사1   (앞으로 가 신료2의 고개를 젖히는)

민무구   베어라.

병사1, 베고 신료2, 쓰러진다. 권근, 탄식과도 같은 안도의 한숨을 내쉰다.

24 _____ 조준의 집 일실 안 (낮)

조준, 심각한 표정으로 앉아 있다. 그 앞에 민 씨와 민제, 앉아 있다.

민 씨 정안군은 병든 금상의 성심을 어지럽히고 나이 어린 세자를 앞세워 국정을 농단한 정도전 일파를 처단하기 위해 거사를 결행한 것입니다. 대감께서는 이 나라 조정의 수반인 좌정승... 어찌하셔야 되겠습니까?

조준 ...

민제 이미 대세가 기울었소이다. 정도전이가 붙잡혔다지 않습니까?

조준 그래도 이건... 반역입니다...

민 씨 (미소) 이번 한 번만 눈 감아드리지요.

조준 (노려보는)

민 씨 정안군께서는 도당이 금일의 거사를 지지해줄 것이라 믿고 있습니다. 해서... 대감의 목이 아직 붙어 있는 것이구요.

조준 군부인!

민 씨 등청하시는 대로 도당회의를 열어주세요.

조준 ...

민 씨 가시어요, 아버님. (일어나 나가는)

민제 (당부하듯) 기왕에 터진 방죽입니다. 조금이나마 희생을 줄이는 쪽으로 생각해 주시오. (나가는)

조준 (탄식하는)

25 _____ 송현방 마당 안 (낮)

심효생 등 당여들의 시체가 도열해 있고, 반군들이 경계를 서고 있다.

26 _____ 인근 거리 (낮)

득보의 안내로 정영과 정유, 병사들을 이끌고 달려온다.

정영 아버님을 구해야 한다! 할아범, 서둘러라 어서!
득보 예, 이제 다 왔습니다요! (하는데)

어디선가 날아온 화살에 병사들 몇 쓰러진다. 흠칫 멈춰서 보면 민가에 매복해 있던 반군들이 함성을 지르며 튀어나온다.

정유 형님! 매복입니다!
이숙번 간적의 아들들이다! 죽여라!

격전이 벌어진다. 정영과 정유, 분전하지만 반군의 칼에 하나둘씩 쓰러진다. 득보, 털썩 주저앉는다.

득보 서방님... 서방님~!!
이숙번 (싸하게 시체를 바라보는)

27 _____ 송현방 일실 안 (낮)

묵묵히 정좌한 정도전. 맞은편의 이방원에게 귓속말을 건네는 이숙번.
이방원, 정도전을 바라보고, 이숙번, 나간다.

이방원 유감스런 소식을 전해드리지요. 그대의 아들, 정영과 정유가 죽었

	답니다.
정도전	...
이방원	세상일이란 게 그렇지요. 쌓기는 어려워도 무너지는 것은 한순간... 소회가 남다르실 듯헌데 어디 말씀이나 한번 해보세요.
정도전	...누구를 탓하겠느냐? 다 이 사람이 방심한 탓이니... 달게 받을 수밖에.
이방원	(허! 웃고) 갑자기 현자가 되신 것입니까?
정도전	...민본의 나라가 지척에 와 있었다.
이방원	(보는)
정도전	손을 뻗으면 잡을 수 있었다... 대업의 제물이 되어 명예롭게 죽을 순간이 눈앞에 와 있었단 말이다... 헌데... 내가 망쳐버렸다.
이방원	대감이 대업을 망쳤다?
정도전	너를 죽였어야 했느니라. 죽일 수 있었으나 죽이지 아니하였다. 대업은... 니가 아니라 내가 망친 것이다.
이방원	...
정도전	죽여라.
이방원	(피식)

28 _____ 이지란의 집 앞 (낮)

상처를 부여잡고 피범벅이 된 남은, 칼 한 자루에 의지하여 비틀비틀 걸어온다. 장수1과 패잔병 두어 명, 따라온다.

남은	이방원... 내 니놈의 뼈를 부숴 갈아 마셔버릴 것이다...
장수1	대감... 차라리 투항을 하시는 것이...
남은	닥쳐라! 이지란 대감에게 가면 무슨 수가 생길 것이다. 아직 희망

이 있다. (문 앞에 다다라 두드리는) 대감!! 이지란 대감!! ...대감!!

29 _____ 동 마당 안 (낮)

쿵쿵 소리가 나는 대문 양쪽에 무사들, 숨을 죽이고 기대 서 있다.

남은   (E) 대감, 나 남은입니다!! 문 좀 열어주시오!!

30 _____ 동 안방 안 (낮)

이지란, 서안 앞에 앉아 있다. 무사들, 칼을 겨누고 있다.

이지란   이런 썅간나새끼들... 날래 못 나가갔니!!
무사들   (주춤)
민 씨   (E) 물러서라!

병사들이 갑자기 좌우로 비켜서고 민 씨, 들어온다. 이지란, !!

민 씨   어찌 이리 노여워하십니까?
이지란   무시기라?
민 씨   (앉는) 작은아버님.
이지란   (보는)
민 씨   정도전에게 부역했던 자들이 지금 이 시각에도 도처에서 척살되고 있습니다. 헌데 작은아버님만 유독 숨이 붙어계신 연유가 무엇이 겠습니까?

이지란	내더러 역적이 되라 꼬드길라는 거 아임메!
민 씨	작은아버님 한 분 아니 계셔도 거사는 성공합니다... 이건... 정안군의 마음입니다.
이지란	!
민 씨	금상과 작은아버님만은... 지키고 싶어 하는 정안군의 마음 말입니다. 부디... 정안군을 도와주십시오... (머리를 조아리는)
이지란	(큼, 고민하는데)
남은	(E, 희미하게) 이지란 대감~!!
이지란	(답답한)
민 씨	...

31 _____ 다시 대문 앞 (낮)

남은, '대감! 문을 열어주시오!!' 하는데 문이 벌컥 열리고 무사들이 튀어나온다. 비틀 물러난 남은, 겨우 중심을 잡는다. 장수1과 패잔병들, 헉! 해서 무기를 버리고 도망친다. 무사들, 남은을 포위한다.

남은	(흥!) 가소로운 것들... 니들이 감히 이 남은이를 어찌할 수 있을 성싶으냐!

무사들, 눈짓을 주고받더니 타핫! 기합을 외치며 덤벼든다. 남은도 힘을 짜내어 맞선다. 두어 명의 무사를 베던 남은, 마침내 칼을 맞고 헉! 비틀한다. 틈을 주지 않고 짓쳐드는 칼날들. 남은, 피를 울컥 토하며 한쪽 무릎을 꿇는다.

남은	삼봉 대감... 이 못난 동생을 용서해 주시우...

무사1, 으아! 하며 남은의 목을 벤다. 툭, 남은의 머리가 땅에 떨어지고 부릅뜬 남은의 눈에서...

32 _____ 다시 안방 안 (낮)

이지란, 깊은 한숨을 토한다. 민 씨, 보는...

이지란   정안군을 지지하갔소.
민 씨   참으로 현명하신 판단입니다... 작은아버님.
이지란   ...
이성계   (E) 이거 놓으란 말이다!!

33 _____ 대궐 침전 안 (낮)

김 내관과 정진, 말리고 괴성을 지르며 나가려던 이성계, 이방석 앞에 풀썩 쓰러진다.

이방석   아바마마!!
이성계   칼... 칼을 가져오라우... (일어나려는)
김 내관   고정하시옵소서~! 숙위 장수들이 능히 막아낼 것이옵니다!
이성계   삼봉이 잡혀 있다잖니!! 도승지, 니 아바지 구하러 가자우...
정진   (울컥) 전하...
이성계   (안간힘으로 일어나려 하며) 방워이 이 간나새끼... 내 손으로 처단하가서... (말을 듣지 않는 몸이 원통한... 으아~ 절규하며) 칼!! 제발 칼 가오란 말이다~!! 칼~!! (하다가 억! 하는)

김 내관	전하!!
이성계	(맥을 놓고 풀썩 쓰러지는)
이방석	(다가서며) 아바마마!! 아바마마!!
이성계	(끙... 희미해져 가는 의식을 붙잡고, 이를 악무는) 삼봉... 삼봉을 구해야 한다... 삼봉~!

34 _____ 송현방 일실 안 (낮)

이방원, 정도전을 물끄러미 본다.

이방원	내 솔직히 말하리다. 나 이방원, 그대를 진심으로 존경했고 아바마마 이상으로 믿고 따랐었소이다.
정도전	...안다.
이방원	(원망 섞인) 이 사람을 세자로 세웠어야 했소이다! 그랬다면 오늘의 이런 비극도 없었을 것이오! 이 모든 것이 다... 재상 정치 운운하며 나라를 가지려 했던... 그대가 자초한 일이오.
정도전	...내가 나라를 가지려 했다구?
이방원	아니라 하지 마시오. 왕이 되자니 힘이 없고, 가진 것이라곤 머리뿐이니 순진한 아바마말 허수아비로 세우고, 그다음 허수아비로 방석이를 세워... 왕 노릇을 하려 했던 것이잖소?
정도전	(피식) 피곤하구나. 이제 그만 이 사람을 보내주거라.
이방원	...삼봉 대감.
정도전	...
이방원	내... 한 가지 제안을 하겠소이다.
정도전	(보는)
이방원	혹... 지금이라도... 이 사람의 신하가 될 의향이 없으시오?

정도전	(피식) 지금... 농을 하자는 것이냐?
이방원	내 비록 그대의 당여들과 자식을 죽이긴 하였으나 그대와 내가 힘을 합치기 위한 희생이라 여길 수도 있는 문제요.
정도전	그만하거라.
이방원	그대의 요동 정벌, 사병 혁파, 숭유익불, 병농일치, 중농, 민생, 민본! 그 밖에 그대가 떠들었던 모든 것들 다... 수용하겠소이다. 허니... 그 해괴망측한 재상 정치만 포기하시오.
정도전	더는 나를 치욕스럽게 만들지 마라.
이방원	(답답한 듯) 대업이 목전에 와 있다 하지 않았소이까! 신하가 나라를 다스린다는 망발만 철회하시오! 자존심만 버리면 대업을 성취할 수 있소이다! 당신이 누구요! ...대업에 미쳤던 사람이잖소!
정도전	자존심 때문이 아니다. 재상 정치 없이는 민본의 대업이 불가능하기 때문이다!
이방원	어째서 그렇소이까!
정도전	임금은 이씨가 물려받는 것이지만, 재상은 능력만 있다면 성씨의 구애를 받지 않는 것이다. 나 같은 정씨... 조씨, 박씨, 최씨, 강씨... 이 나라의 모든 성씨를 합친 것을 뭐라 하는지 아느냐?
이방원	뭐라 합니까?
정도전	백성이다.
이방원	!
정도전	왕은 하늘이 내리지만 재상은 백성이 낸다. 해서 재상이 다스리는 나라는 왕이 다스리는 나라보다 백성에게 더 가깝구, 더 이롭구, 더 안전한 것이다.
이방원	이 나라의 주인은 군왕입니다!
정도전	틀렸다. 이 나라의 주인은... 백성이다.
이방원	허면... 그대가 생각하는 나라에서 임금은 뭐요?
정도전	백성을 위해 존재하는... 도구.

이방원	!
정도전	(미소 띠며) 이제 내가 너의 신하가 될 수 없는 이유를 알겠느냐?
이방원	(노려보다가) 여봐라.

무사 두 명, 문을 열고 들어와 선다.

이방원	밖으로 뫼셔라.
무사들	예! (정도전을 끌고 나가는)
이방원	(착잡한)

35 _____ 송현방 마당 안 (낮)

정도전, 무사들에게 제압되어 무릎 꿇린다. 앞에 이숙번, 서 있다.
정도전, 처참한 심효생과 당여들의 시체를 바라본다. 이방원, 방에
서 나와 정도전 앞에 선다. 만감이 교차하는 듯 본다.

이방원	그대의 불순한 사상이 다시는 이 땅에 발붙이지 못하게 만들겠소이다. 그대를 죽여 시신조차 찾지 못하게 만들 것이오. 그대에 관한 사초와 세상의 모든 기록을 찾아내 비틀어버릴 것이오.
정도전	손바닥으로 하늘이 가려진다 하더냐?
이방원	(다가서는) 손바닥 말고 다른 하늘을 가져다가 덮어버릴 것이오... 충절의 화신, 포은 정몽주 말입니다.
정도전	(보는)
이방원	조선은 앞으로 포은을 숭상하는 나라가 될 것이오. 당신은 간신의 상징이 되어 영원히 경멸과 저주를 받게 될 것이니... 당신이 만든 나라, 조선에서 당신은 영혼조차 편히 쉴 수 없을 것이오.

정도전	(킬킬 웃는)
이방원	(보는)
정도전	(웃음 잦아들면 후! 숨 내쉬고... 천천히 읊조리는) 조존과 성찰 두 곳에 온통 공을 들여서... 책 속에 담긴 성현의 말씀 저버리지 않았다네... 삼십 년 긴 세월 고난 속에 쌓아놓은 사업... 송현방 정자 한 잔 술에 그만 허사가 되었구나...

〈자막〉 操存省察兩加功조존성찰량가공. 不負聖賢黃卷中불부성현황권중. 三十年來勤苦業삼십년래근고업. 松亭一醉竟成空송정일취경성공.

정도전	(따뜻하게) 방원아...
이방원	(보는)
정도전	기억하거라. 이 땅에 백성이 살아 있는 한... 민본의 대업은... 계속 될 것이니라.
이방원	...잘 가시오.
정도전	(눈을 지그시 감는)

이방원, 기합 소리를 내며 칼을 치켜든다. 의연한 정도전. 휘둘러지는 검. 정도전의 부릅떠지는 눈에서 일순 정적. 정도전, 컥! 피를 토하고. 주춤 땅을 짚는 손. 이방원과 이숙번, 착잡하게 지켜보면... 생을 놓치지 않으려는 듯 흙바닥을 긁으며 버티는 정도전. 일순 정적...

정몽주	(E) 이보게 삼봉...

이하 환상》

정도전, 고개를 들면... 사람들이 사라진 마당 안에 정몽주, 미소를 띠고 다가온다. 정도전, !! 정몽주, 마주 앉는다.

정도전	! ...포은.
정몽주	이런 한심한 사람 같으니...
정도전	(눈물 그렁해지는) 포은... 나는... 정말이지... 최선을... 다했네...
정몽주	(안다는 듯 손을 잡아주는) 삼봉... 이제 됐네... 자넨... 할 만큼 하였
	어... 이세 가세...
정도전	(포은의 손을 덮어 쥐며) 포은...
정몽주	(미소)
정도전	(미소)

이하 현실》

이방원의 착잡한 표정에서 카메라 팬하면, 두 손을 꼭 쥔 채 쓰러
져 숨을 거둔 정도전... F.O

36 _____ 대궐 앞 (낮)

반군들 사이로 무장을 해제한 장수3과 숙위병들이 줄지어 궐문을
빠져나온다. 하륜, 지켜보는데... 일각에서 병사들을 대동한 이방원,
이숙번, 나타난다.

하륜	주군... 삼봉은 어찌 되었사옵니까?
이방원	(대꾸 대신 숙위병들을 보면)
하륜	숙위병들이 모두 투항을 하였사옵니다. 대궐과 빈청을 우리 병사
	들이 장악하였사오니 이제 도당의 추인만 받아내면 되옵니다.
이숙번	(어딘가 보고) 형님!

일동, 보면 조준, 걸어와 선다. 이방원, 보는...

조준	정안군 대감.
이방원	말씀하시오.
조준	... (무릎을 꿇는)
일동	!
조준	도당회의를 소집하겠사옵니다. 소신이 처결해야 할 바를 알려주시옵소서. (머리를 조아리는)
이방원	(묵묵히 보는)

37 _____ 대궐 침전 안 (낮)

이성계, 서안 정도에 기대듯 누워 있다. 이방석과 정진, 김 내관, 있는데 바깥에 나인들의 비명이 들린다. 일동, 보면 문이 벌컥 열리고 민무구, 민무질, 병사들과 들어온다.

정진	네 이놈들! 예가 어디라고 함부로 들어오는 것이야!
민무질	간적의 아들놈을 끌어내라!
병사들	예! (하고 정진을 끌고 나가는)
정진	(끌려 나가는) 놔라! 이놈들아! 놔라!
이성계	...
민무질	전하! 도당에서 이방석을 폐세자한다는 중론을 모았사옵니다.
이방석	(헉!)
민무구	이방석을 데려가겠사옵니다.
이방석	(이성계의 곁에 숨듯이 앉으며) 아바마마! 아니 되옵니다! 정안군이 소자를 죽일 것이옵니다!!
이성계	(후~ 숨 내쉬며) 세자만 내리놓으문... 동생을 죽이기야 하겠니...
이방석	아바마마!!

이성계	차라리 잘됐다... 이런 개떡 같은 임금... 아이 하는 게 사람답게 사
	는기다... 방석아... 겁묵지 말고 나가봐라...
이방석	아니옵니다, 아바마마! 소자는 나가고 싶지 않사옵니다!!
민무구	(병사들에게) 뭣들 하는 것이야!!

병사들, 이방석을 끌고 나간다. '아바마마! 소자를 지켜주시옵소
서! 아바마마!' 하면서 나간다. 이성계, 멍하다. 민무구, 민무질, 인
사하고 나간다.
이성계, 정신 나간 사람처럼 킥킥댄다. 김 내관, 걱정스러운 듯 본다.

38 _____ 침전 앞뜰 (낮)

민무구, 민무질 일동, 이방석과 정진을 끌고 나온다. 민무구와 민무
질, 멈추면 병사들, 이방석과 정진을 세운다. 이방석, 겁에 질려 벌
벌 떤다.

이방석	나를... 어찌하려는 것이냐?
민무구	(눈짓하면)
병사	(베는)
이방석	(윽! 쓰러지고)
정진	세자마마!!
이방석	(숨을 거두는)
정진	(허! 털썩 무릎을 꿇는데)
이방원	(E) 누가 세자라는 것이냐?

일동, 보면 칼을 든 이방원, 들어온다. 정진, 노려보는...

이방원	이 아이는 자네 아버지가 세운 허수아비니라... 세자가 아니다.
정진	아버님을... 어찌 한 것이오?
이방원	(피식)
민무구	저놈도 베어라! (하는데)
이방원	(손들어 제지하는) 그럴 것 없다.
정진	!
이방원	가문의 대는 잇게 해줄 것이다. 니 아비란 자를 머릿속에서 깨끗이 지우고 살거라. (가는)
정진	(오열하는)

39 ___ 다시 침전 안 (낮)

이성계, 멍하니 있다. 칼을 든 이방원, 들어선다. 김 내관, 겁에 질려 도망치듯 나간다. 이성계와 이방원의 시선이 부딪친다.

이방원	(도전적으로) 아바마마... 그간 옥체 강령하셨사옵니까?
이성계	삼봉... 어쨌니?
이방원	어찌하였을 것 같사옵니까?
이성계	(힘없이 곁에 있는 약사발 정도 던지는... 이방원에게 날아가지도 않고) ...어찌했냐고 물었다.
이방원	이 칼에 묻은 피가... 바로 삼봉의 핍니다.
이성계	!...
이방원	소자에게 살려달라 애걸복걸을 하였사옵니다... 눈물, 콧물 짜내면서 목숨을 구걸하는데 아바마마께 보여드리지 못한 게 유감이옵니다...
이성계	(다가가 이방원의 칼에 묻은 피를 만지며 숨을 몰아쉬는... 비통한)

이방원	너무 노여워 마시옵소서... 이게 다... 아바마마 때문이 아니옵니까? 애시당초 철딱서니 없는 어린아이를 세자로 삼아선 아니 되었사옵니다. 오늘의 이 아수라장은 아바마마께서 초래하신 일이란 말입니다!
이성계	그래... 내 잘못이다... 방석이를 세자에 앉혔을 때 니를 죽였어야 하는 건데... 이놈아... (용상 가리키며) 저 자리가 그렇게 탐이 나더냐.
이방원	예! 탐이 납니다! 소자 미칠 듯이 탐이 났사옵니다!
이성계	저 용상에 앉으믄... 어떻게 되는 줄 아니?
이방원	어찌 되옵니까?
이성계	사람들이 적으로 보일 뿐이지! 언제 내 모가질 따고 용상을 차지할지 모르는 적 말이다! 지옥의 불구댕이지! 많은 사람들 마음 새카맣게 타버리게 하는 지옥의 불구댕이지! 헌데 삼봉만은 달랐지비... 삼봉의 눈동자에는... 적어도 욕심은 없었지비... 삼봉이 있어 이 애비가 여태까지 숨 쉬고 있는 거이다!
이방원	설사 저기가 불구덩이고... 해서 소자 한 줌 재로 변한다 해도... 가질 것이옵니다! 저기에 앉아서 세상을 호령하고 소자가 꿈꾸는 나라를 만들 것입니다!
이성계	이 애비가 전에도 말했었지비. 니는 임금감이 아이라구! 니 같은 놈이 저 용상에 앉으믄... 니놈은 온 세상을 피로 물들게 할 놈이다!!
이방원	(작심한 듯 걸어가 앉는)
이성계	!
이방원	어떻사옵니까? 소자... 제법 군왕다워 보이지 않사옵니까?
이성계	(으흐흐 우는)
이방원	(싸한 미소로) 어찌 말씀을 아니 하시는 것이옵니까? 소자가 임금처럼 보이지 않느냐 여쭙지 않사옵니까!
이성계	(억장이 무너지는) 이놈아... 어쩌다 이렇게 됐니...
이방원	아바마마... 임금의 재목은 달리 있는 것이 아니옵니다! 이 용상을

차지할 힘을 가진 자가 임금의 재목인 것이고 이 용상에 앉은 자가 바로 임금인 것입니다. 아시겠습니까?

이성계 방원아...

이방원 (웃는) 소자 언젠가 아바마마처럼 이 용상에 앉아서 세상을 호령할 것이옵니다. 하오나 소자... 아바마마 같은 임금은... 아니 될 것이옵니다.

이성계 (으! 가슴을 쥐어뜯으며 오열하는)

이방원 아바마마와 삼봉의 시대는 끝이 났사옵니다. 이제는... 소자의 세상이옵니다. 지켜보시옵소서. (큰소리로 웃더니 나가는)

이성계 (통곡하는) 삼봉...

F.B》17회 1씬의

정도전 (중략) 덕을 갖춘 왕이 인과 예를 몸소 실천하는 왕도정치의 나라... 한 줌 귀족이 아니라 백성이 근본이 되는 나라... 혈통과 가문이 아니라 능력만 있다면 누구나 사대부가 되어 벼슬할 수 있는 나라... 백성이라면 누구나 자기 땅을 갖고 농사를 지을 수 있는 나라...

이성계 !

정도전 해서... 모든 백성이 군자가 되어 사는 나라...... 그것이 내가 꿈꾸는 나라요.

F.B》31회 7씬의

정도전 (부복한 채 눈물을 흘리며) 주군! 오늘 시작은 이토록 미미하고 부족하오나! 언젠가 대업의 문이 활짝 열리는 그날엔! 이 나라 억조창생이 모두 뛰쳐나와 새 나라의 개창과 주군의 즉위를 경하드릴 것이옵니다. 소신이 그리 만들 것이옵니다! 소신, 신명을 바쳐 대업을 완수하겠나이다!

현재》

힘없이 용상에 앉아 고개를 주억거리고 있는 이성계.

이성계   미안합메... 미안합메... 삼봉...

F.B》31회 1씬의

이인임   이보게 이성계... 불행해지고 싶지 않거든... 용상을 쳐다보지 말게.

이성계   (보는)

이인임   분수에 맞는 자리까지만 탐하시게... 자네에게 용상은... 지옥이 될
         것이니 말일세.

현재》

칼을 빼든 뒤 주변 물건을 있는 힘껏 내려치고 용상을 찌르는 이성
계. 이내 힘에 부친 듯 털썩 주저앉는...

40 _____ **해설 몽타주 (낮)**

1) 빈청 도당 안 - 군사들, 도열해 있고 상석의 조준 옆에서 하륜
이 뭔가를 설명한다. 이지란, 권근, 민제, 조영무 등 침울하게 듣고
있다. 하륜, 엷은 미소...
2) 거리 - 이방석과 나란히 놓인 이방번의 시체.
3) 이방과, 이방원의 자료화면.
4) 강녕전 앞 - 나인들을 거느린 채 곤룡포를 입은 이방원과 왕비
가 된 민 씨의 모습에서...

해설(Na)   태조 7년 서기 1398년 8월 26일과 27일에 걸쳐 벌어진 이 사건을

무인정사 또는 제1차 왕자의 난이라고 한다. 도당을 조종하여 세자 이방석과 이방번을 제거한 이방원은 이방과를 세자에 앉힌다. 실권을 잃은 이성계는 9월 5일 보위에서 물러나고 이방과가 즉위하니 그가 조선의 제2대 임금, 정종이나. 이방원은 우군절제사 겸 판상서사사로서 국정을 좌지우지하게 되는데 2년 후인 1400년 1월, 넷째 이방간이 일으킨 제2차 왕자의 난을 진압하고 세자가 된다. 그해 11월, 정종의 양위를 받아 보위에 오르니 강력한 왕권을 바탕으로 조선의 기틀을 다졌던 제3대 임금, 태종이다.

41 _____ 대궐 앞 (낮)

줄줄이 늘어선 시체들 앞에서 목탁을 두드리며 독경을 하는 무학 대사. 넋이 나간 듯한 최 씨가 시체들을 일일이 확인하고 있다.

최 씨 대감... 대감... (없는, 일어나 멍한 표정으로 걸어가며) 대감~!! ...대감~!!

42 _____ 야산 일각 (낮)

멀리 사병들, 수레를 끌고 와 멈춘다. 누군가의 시체를 들어 비탈 아래로 내던진다. 사병들, 손 탁탁 털고 사라지는...

43 _____ 동 비탈 아래 (낮)

널브러진 정도전의 시체. 그 모습 위로...

해설(Na) 삼봉 정도전... 봉화의 향리 가문 출신의 그는 고려말 청백리로 명성이 높았던 염의선생 정운경의 장자로 태어났다. 정운경은 그에게 후세에 도를 전할 큰 인물이 되라는 의미로 도전이란 이름을 지어 주었다. 목은 이색의 문하에서 수학하면서 정몽주, 박상충, 이숭인 등과 교유하였다. 공민왕 대에 과거에 급제한 그는 우왕 즉위 직후 이인임의 친원 정책에 반대하다가 나주 거평부곡으로 유배를 당했다. 이후 십 년 가까운 유배와 유랑생활을 거치면서 백성의 고통을 몸소 체험한 그는 역성혁명을 결심하고 동북면의 군벌, 이성계와 의기투합하였다.

이성계의 천거로 관직에 복귀한 그는 1388년 위화도 회군 이후 조준, 남은 등 급진파 사대부들과 더불어 전제개혁, 폐가입진 등을 주도하였다. 이 과정에서 스승인 이색은 물론 정몽주와 갈등을 빚던 그는 마침내 정몽주의 탄핵을 받아 죽음의 위기에 처하게 된다. 그러나 이방원이 정몽주를 격살함으로써 목숨을 구한 그는 1392년 7월 조준, 남은, 배극렴 등과 더불어 이성계를 왕으로 추대하여 조선을 개창하였다. 개국 일등공신이 된 정도전은 왕조의 기초를 다지는 데 주력하였다. 조선 최초의 법전인 조선경국전을 비롯하여 수많은 저술을 남기는 한편, 한양 건설, 사병 혁파 등을 강력히 추진하면서 조선을 강력한 중앙집권국가로 만들고자 하였다. 무엇보다 민본과 민생의 중요성을 역설했던 그는 토지 개혁, 농업 진흥, 세제 감면에도 적극적이었다. 그러나 표전문 사건 등 명나라와의 갈등이 그의 발목을 잡았고, 요동 정벌을 추진하던 와중에 세자 책봉에 불만을 품은 이방원에 의해 57세를 일기로 세상을 떠났다. 이

때 큰아들 정진만이 전라도 수군에 징용되면서 목숨을 건졌을 뿐 대부분의 가족이 죽었다.

이방원은 그를 역적으로 매도하고, 그의 업적 또한 폄하하는 작업을 펴는 동시에 사병 혁파 등 정도전의 정책 대부분을 수용하는 이중적인 행보를 보였다. 조선왕조의 기틀을 다지고도 역적으로 규정되었던 그의 명예는 오백 년이 지난 고종 대에 이르러서야 비로소 회복되었다. 고려말의 난세에 절망하지 않고 민본의 이상으로 역성혁명을 기획하여 마침내 새로운 왕조를 개창하고 설계했던 삼봉 정도전... 그는 우리 민족사에서 손꼽힐 만한 위대한 혁명가이자 대 정치가다.

내레이션 끝나면 정도전의 처참한 시체에서 카메라, 푸른 하늘을 잡는다.

정도전   (E) 저것이 조선의 하늘이다!!

44 _____ 에필로그 – (49회 7씬에서 이어지는) 교장 안 (낮)

의흥삼군부의 깃발 아래 창검과 기치를 든 장졸들이 도열해 있다. 연단의 정도전, 연설하는...

정도전   (하늘을 가리키며) 저 하늘을 열어젖힌 것은 백만대군의 창검이 아니었다! 그것은 바로! ...꿈이었다... 지금보다 나은 세상이 가능하다는 희망이었다! ...자랑스런 삼한의 백성들이여! 이제 다시 꿈을 꾸자! 저 드높고 푸른 하늘 아래! 이 아름다운 강토 위에 민본의 이상이 실현되고! 모든 백성이 군자가 되어 사는 대동의 세상을 만들어

나가자! 나 정도전, 그대들에게 명하노라! 두려움을 떨쳐라! 냉소와 절망, 나태와 무기력을 혁파하고! 저마다의 가슴에 불가능한 꿈을 품어라! 이것이 바로 그대들의 대업! ...진정한 대업이다!

정도전의 결연한 얼굴에서 대단원.

KBS 대하드라마

정도전 5

초판 1쇄 발행 2024년 1월 1일

지은이 정현민
펴낸이 김선준

편집본부장 서선행
책임편집 이주영 **편집1팀** 임나리, 배윤주 **디자인** 엄재선, 김예은 **본문 디자인** 김혜림
본문 일러스트 최광렬
마케팅팀 권두리, 이진규, 신동빈
홍보팀 한보라, 이은정, 유재원, 권희, 유준상, 박지훈
경영지원 송현주, 권송이

펴낸곳 ㈜콘텐츠그룹 포레스트 **출판등록** 2021년 4월 16일 제2021-000079호
주소 서울시 영등포구 여의대로 108 파크원타워1 28층
전화 02) 332-5855 **팩스** 070) 4170-4865
홈페이지 www.forestbooks.co.kr
종이 ㈜월드페이퍼 **출력·인쇄·후가공·제본** 한영문화사

© 정현민, 2024
ISBN 979-11-93506-01-1 (04810)
　　　　979-11-92625-94-2 (세트)

㈜콘텐츠그룹 포레스트는 독자 여러분의 책에 관한 아이디어와 원고 투고를 기다리고 있습니다. 책 출간을 원하시는 분은 이메일 writer@forestbooks.co.kr로 간단한 개요와 취지, 연락처 등을 보내주세요. '독자의 꿈이 이뤄지는 숲, 포레스트'에서 작가의 꿈을 이루세요.